어차피 곧—죽을 텐데

DOUSE SOROSORO SHINUNDASHI
Copyright © 2025 by KOSAKA Maguro
Original Japanese edition published by TAKARAJIMASHA,Inc.
Korean translation rights arranged with TAKARAJIMASHA,Inc.
through Danny Hong Agency.
Korean translation rights © 2025 by Alpha Media

이 책의 한국어판 저작권은 대니홍 에이전시를 통한 저작권사와의 독점 계약으로
알파미디어에 있습니다. 저작권법에 의해 한국 내에서 보호를 받는 저작물이므로
무단전재와 복제를 금합니다.

어차피 곧— 죽을 텐데

고사카 마구로 지음
송태욱 옮김

알파미디어

하루살이회

자야마 교이치茶山恭一 …… 의사. '하루살이회'의 발기인이며 '야메이소夜鳴莊'의 소유자.

지로마루 마코토次郎丸誠 …… 의사. 뇌혈관내과·뇌신경외과 의원 운영 중.

롯폰마쓰 가라토六本松唐人 …… 식품 제조회사 이사.

가모 게이타賀茂慶太 …… 기자.

하시모토 히나코橋本ひな子 …… 전업주부.

미나미 하루나南春奈 …… 대학생.

◆

센자키 사쿠라코千崎桜子 …… 자야마의 손녀. 야메이소의 요리 담당.

나나쿠마 스바루七隈昴 …… 전직 형사인 사립 탐정.

야쿠인 리쓰薬院律 …… 수련의 휴직 중인 나나쿠마 탐정의 조수.

야메이소의 방 배치도

첫째 날

1

오래된 기억이 되살아났다.

예전에 읽은 정신의학 논문에 따르면, 자살을 시도하는 사람이 가장 선호하는 수단은 다량의 약물을 복용하는 것이고 두 번째는 목을 매는 것이다. 다만 실제로 사망에 이른 사례만 보면, 목을 매는 것이 단연 성공률이 높았다. 약물 과다 복용의 성공률이 불과 3.5퍼센트에 그친 반면, 목을 맨 사람은 무려 99.6퍼센트가 그 바람을 이루었다. 참고로, 해당 논문에서 목을 매는 것 다음으로 성공률이 높은 수단은 유독가스였고, 손목 긋기의 경우 건수는 많았지만 모두 미수에 그쳤다.

이런 생각을 떠올린 것은 눈앞, 아니, 이미 지나쳐버린 풍경 때문이다.

차창 밖으로 흘러가는 경치를 바라보고 있는데 문득 목을 맨 시체가 눈에 들어왔다.

"여자였는데……"

나는 천천히 고개를 돌려 점점 멀어지는 나무를 바라보며 중얼거렸다. 너도밤나무였을까. 아니, 나무 종류는 아무래도 좋다. 그 가지 하나에 묶여 늘어진 밧줄 끝에 여자가 매달려 있었다. 등을 돌린 채.

"저기 좀 봐. 여자가 목을 맸어."

"뭐라고요?"

운전하던 야쿠인은 이렇게 외치며 급히 브레이크를 밟았다. 다행히 속도를 많이 내고 있지 않아서 큰 충격 없이 멈췄다.

"어디요?"

"저기. 저 하얗고 유난히 키가 큰 나무 보이지?"

운전석에서는 잘 보이지 않는 듯 야쿠인은 일단 사이드브레이크를 당기더니 조수석 쪽으로 몸을 기울였다. 잠시 바깥을 이리저리 살펴보던 야쿠인이 말했다.

"……없는데요."

"뭐? 뭐라고?"

"여자 같은 건 없어요. 착각하신 거 아녜요?"

"착각? 나무밖에 보이지 않는 이런 데서 착각을 한다고? 그럼 그건 민달팽이였나? 하얗고 큰 민달팽이라면 착각할 수도 있겠지만, 이런 곳에 거대한 민달팽이가 있을 리 없잖아. 그런 커다란 건 말레이시아에나 서식하는 거고……."

야쿠인은 사이드브레이크를 풀더니, 다시 천천히 액셀을 밟기 시작했다. 그러곤 나를 힐끔 쳐다보며 물었다.

"그 여자, 옷은 무슨 색이었죠?"

나는 손으로 턱을 받치고 기억을 더듬었다.

"희끄무레하긴 했는데……, 소복 같았어."

"그렇다면 너도밤나무 줄기랑 착각한 거겠죠. 애초에 목을 매는데 굳이 그렇게 높은 나무를 고를 필요는 없잖아요. 괜히 수고스러울 뿐이죠."

"누군가에게 발견되고 싶었던 건지도 모르지. 과시욕이 강한 사람이 자살을 시도한 건 아닐까? 지금은 시체겠지만 말이야. 되돌아가지 않아도 괜찮겠어? 저대로 내버려두는 건 도리에 어긋나는 일인데……."

"오오."

"뭐야, 뭔가 말하고 싶은 것 같은데."

"아니에요. 아무튼 제 시력이 더 좋잖아요. 샅샅이 살펴봤지만 정말 아무것도 없었어요. 그러니까 괜찮을 거예요."

이렇게 말하면서 야쿠인은 액셀을 더욱 세게 밟았다.

승용차 한 대가 겨우 지나갈 수 있을 정도의 폭만 남아 있는 길 양옆에는 활엽수가 양치식물을 두른 채 무질서하게 뻗어 있었다. 나무의 성장을 가로막을 거라곤 없었다는 듯 나무들은 하늘을 향해 곧게 뻗어 햇빛 대부분을 가리고 있었다. 정오를 막 지난 시각임에도 차 안은 7월 초의 한낮답지 않게 음울함에 휩싸여 있었다.

짐승이나 다니는 길이라 속도가 그다지 나지 않았다. 계기판을 들여다보니 고작 시속 40킬로미터였다.

"좀 더 속도를 낼 순 없는 거야?"

핸들을 잡고 있는 야쿠인에게 물었다. 몹시 퉁명스러운 대답이 돌아왔다.

"공교롭게도 저는 안전 지향이거든요. 타이어가 길의 요철을 그대로

감당하느라 이 이상 속도를 낼 수는 없어요, 오오……."

"왜 그래, 이번에는 남자가 목을 매기라도 한 거야?"

야쿠인의 눈은 조금 전과 다름없이 전방을 응시하고 있었다.

"아뇨, 아무것도……."

"뭐야? ……아, 그래, 생각난 김에 미리 말해두겠는데 도착하면 나를 꼭 '나나쿠마 씨'나 '나나쿠마 탐정'이라고 불러야 해. 이름만 부르는 건 절대 안 돼. 알았지? 친한 사이라도 예의는 갖춰야지. 가족 모임이랑은 사정이 다르니까 실례하지 않도록 해."

"알고 있어요, 나나쿠마 씨."

"그리고 이상한 행동은 하지 말도록."

"갑자기 왜 그래요? 그건 서로 마찬가지잖아요."

"오래된 사이잖아. 네 생각쯤은 훤히 들여다보고 있다는 걸 잊지 마."

"제 말이 그 말이에요."

"흐음, 건방진 조수로군."

나는 거칠게 코로 숨을 내쉬며 대답했다.

도심을 달리면 그런대로 눈에 띄는 빨간 승용차도 보는 사람이 없으면 그저 평범한 차일 뿐이다. 차체를 개조했다지만 그건 어디까지나 내장(內裝)뿐이다. 무게중심이 낮은 만큼 안정적일 줄 알았는데 의외로 그렇지도 않은 모양이다. 아니면 야쿠인의 말처럼 길이 너무 험한 건가.

나는 허리에 찬 파우치에서 검은 단말기를 꺼내 왼팔에 댔다.

"151."

그러고는 캐러멜 아몬드 크런치를 꺼내 봉지를 찢고 한입 베어 물었다. 캐러멜이 약간 녹았지만 그런대로 맛있었다.

"어, 도넛이잖아요. 치사해요. 도착할 때까지 참기로 해놓고."

"그런 약속을 했나? 그건 그렇고, 아직이야?"

전방에 설치된 화면에는 숲이 하얗게 표시되어 있고, 삼각형 화살표(아마 우리 차를 나타낸 거겠지)가 중앙에서 움직이지 않고 있어 이것만 보면 나아가고 있는지 아닌지 확실치 않았다. 창밖에서도 같은 나무만 계속 이어지고 있었다.

"아직이에요. 앞으로 30분은 더 걸릴 겁니다. 그건 그렇고, 나나쿠마 씨는 초대 손님이잖아요. 전에도 이곳에 와본 적 있으세요?"

"없어."

나는 단호하게 말하며 고개를 저었다.

그렇다. 이번에 정식으로 초대받은 나는, 나나쿠마 탐정사무소의 소장 나나쿠마 스바루다. 그리고 운전석에 앉아 있는 야쿠인 리쓰는, 말하자면 운전사 겸 짐꾼 겸 알랑쇠다. 아니, 어떤 의미에서 그는 가장 중요한 초대 손님일 수도 있지만 말이다.

"그건 그렇고, 이번에 모이는 회원 중에 자야마 씨(그가 모임의 회장이자 별장의 소유자라고 한다)와 지로마루 선생님을 제외하면, 아마 와본 적 있는 사람은 없지 않을까?"

"아아, 뭐 이런 숲속에 있으니까 그렇겠네요."

야쿠인이 건조한 감상을 흘렸다. 잠시 뜸을 들인 뒤 그가 물었다.

"그런데 왜 하필 탐정사무소로 의뢰가 들어온 거예요?"

"뭐야, 전혀 상황을 못 따라오고 있었던 거야?"

"못 따라간 게 아니라 나나쿠마 씨가 중요한 얘기를 전부 생략해서 그런 거잖아요. 지금 저는 그냥 운전사 겸 짐꾼 겸 알랑쇠일 뿐이니까요."

 자기 처지를 잘 알고 있군. 나는 괜히 기분이 좋아져 입을 열었다.
 "이야기를 생략하는 건 탐정의 천성이야."
 "탐정의 천성이라니, 그런 문제가 아니잖아요, 정말."
 "그렇지……. 이번에는 탐정사무소로 의뢰가 들어온 게 아니라 나나쿠마 스바루 탐정을 꼭 집어 초대한 거야."
 "탐정이라면 누구든 괜찮은 게 아니란 말이군요."
 "그렇지."
 "의뢰인은 뭐라고 해요?"
 "음, 이번에는 지로마루 선생님을 비롯해서 비교적 미스터리를 좋아하는 회원들이 모이는 자리인가 봐. 그렇다면 진짜 탐정의 이야기도 들어보고 싶다, 뭐, 그런 취지의 의뢰가 아닌가 싶어."
 "그러면…… 풀어야 할 수수께끼가 있는 건 아니군요."
 "그렇지. 이번에 나는 그냥 여흥의 일부야. 그런데 숙식도 제공되고 보수도 받는 거지. 나쁘지 않은 제안이잖아. 맞다, 회원 중에 젊은 여자도 있는 모양이더라고."
 "우아."
 야쿠인은 별일 아닌 척 가장한 듯했지만, 백미러 너머로 입꼬리가 살짝 올라간 게 보였다. 게다가 늘 무심한 '우아'가 이번에는 한 옥타브 높았다. 결혼을 앞두고 상대를 잃은 야쿠인의 입장에서는 새로운 만남의 기회가 될 수도 있으니 목소리가 들뜬 것도 무리는 아니다. 물론, 외로운 독신이라는 점에서는 나도 마찬가지지만.
 나는 덧붙이듯 떠오른 생각을 입에 올렸다.

"젊은 여자라고는 했지만……."

"설마 결혼했나요?"

"아니."

"그럼 이제 막 유치원에 다니기 시작했다든가?"

"너, 날 어떻게 보는 거야?"

"가끔 엉뚱한 말을 하시잖아요."

"흐음. 탐정 일도 그렇고, 살아온 시간도 내가 자네보다 훨씬 더 길다고."

"그건 그렇지만."

나는 심호흡을 한 번 하고 말했다.

"나도 그 사람하고는 만난 적 없지만, 나이가 몇 살이라더라? 젊다고는 해도 말이지, 혹시 호감이 들더라도 옷 갈아입는 걸 방해하며 수작 부릴 생각은 하지 않는 게 현명하겠지."

"수작이라뇨……, 그런 생각은 안 했는데 왜 그러시죠?"

"왜라니, 그거야 당연히 그 사람도 물론……. 아, 이런."

나는 무심코 가슴 앞에서 손을 마주쳤다. '짝' 하는 마른 소리가 차 안에 울려 퍼졌다.

야쿠인은 핸들을 잡은 채 백미러 너머로 날카롭게 내 쪽을 바라보았다.

"야쿠인, 생각났다."

"정말 자주 뭔가를 떠올리시네요. 이번엔 뭔데요? 예전에 먹었던 카레 빵 맛이라도 생각나셨나요?"

"초대받지 않은 손님한테도 과연 식사와 이불을 준비해놓았을까?"

"무슨 말이에요? 설마."

"그 설마가 문제야. 역시 내 조수라니까. 눈치가 빨라. 초대장은 나한테만 보냈거든."

"그랬죠. 그런데 나나쿠마 씨, 물론 제가 가는 것도 그쪽에 전하신 거……."

"그걸 깜빡했다는 걸 지금 막 떠올린 참이야."

그 순간 나는 '아하하' 하고 크게 웃음을 터트렸다. 그 웃음은 의도한 게 아니라, 뱃속 깊은 곳에서 자연스럽게 솟아난 것이었다. 하지만 운전석에 앉은 야쿠인의 얼굴을 보니 그에게 어떤 영향을 주었는지가 분명했다. 얼굴에 핏기가 사라져 피부색이 창백하게 가라앉아 있었다.

지금 당장 전화를 걸어 사정을 설명한다고 해도, 이제 20분이면 도착할 터였다. 그렇다면 직접 만나서 설명해도 늦지 않을 것이다.

어색한 침묵이 싫어서 일부러 소리 높여 말했다.

"농담이야, 농담. 야쿠인, 너는 스페셜 게스트야. 그러니 느긋하게 있어도 돼."

"수상한데요. 뭡니까, 어색하게 스페셜 게스트라니요."

"뭐, 됐어. 잘 곳 없으면 복도에서 자면 되지. 고작 2박 3일인데. 자넨 건강하고, 계절도 계절인 만큼 감기 걸릴 일도 없을 거고. 설사 그렇게 되더라도 사과의 의미라고 하기에는 뭐하지만, 내 도넛을 먹어도 화내지 않을 테니까."

"됐어요. 뭐, 사람을 거칠게 부리는 게 어제오늘 일도 아니니까요. 복도는 좀 그렇지만, 잘 곳이 없으면 노숙이라도 할게요. 차 안에서 못 잘 것도 없고요. 그래도 돌아가는 짓만은 하지 않을게요. 한눈판 사이에

엉뚱한 탐정이 또 무슨 짓을 저지를지 모르잖아요."

"그래? 그럼 자네한테 맡기지."

길이 점점 넓어지더니 시야가 트이기 시작했다. 나뭇잎 사이로 비치는 햇살이 앞 유리에 쏟아졌다. 여전히 심하게 굽이치는 길을 십여 분 더 달리자 마침내 이번 여정의 목적지인 듯한 건물이 모습을 드러냈다. 야쿠인은 주차장이 어디인지 몰라 일단 차를 세웠다. 두 사람은 유리창 너머로 보이는 서양식 저택을 바라보았다.

"도착한 것 같군."

"예쁘네요. 이런 깊은 숲속에 저런 건물이 있다니."

"긴 여행길 운전하느라 수고했어. 우선 내려서 자야마 씨와 지로마루 선생님께 사정을 설명하자고."

"묵을 곳이 있다면 좋겠네요."

"뭐, 설사 방이 부족하더라도 자네가 잘 방법은 있을 거야."

"방을 같이 쓰시게요? 아니면 복도? 아, 그런데 식사는요? 아무리 그래도 계속 도넛만 먹었다가는 배탈이라도 나지 않을까요."

"흐음, 방도 식사도 문제없을지 몰라."

"왜요?"

멀리서 너도밤나무 가지가 바스락거리는 소리가 들린 것 같았다.

"긴단해. 사람이 한 명 죽으면 자리가 남잖아. 그러면 되겠지? 자, 가자."

야쿠인은 아무 대답도 하지 않고 주차장을 향해 천천히 차를 몰기 시작했다.

2

 건축에 대해 잘 아는 편은 아니지만 이 건물이 다실풍茶室風으로 지어진 건물이나 고딕 건축이 아니라는 것 정도는 알 수 있었다.
 단층으로 지어진 이 건물의 외벽 중 지면과 가까운 부분은 타일로 마감했고, 허리 높이부터 위쪽은 흰색 도장으로 마감되어 있었다. 에게해인지 지중해인지, 아무튼 환한 바닷가에 있을 법한 서양식 건물이라는 인상을 받았다. 사실 이 건물은 배경과 아주 잘 어울렸다.
 조금 전까지 숲속에서 느꼈던 음산함은 어디론가 사라지고, 건물 주변이 잘 정비되어서 그런 건지 아니면 원래부터 탁 트인 땅이라서 그런 건지 건강한 개방감이 감돌았다. 건물 동쪽에 차 한 대가 세워져 있어서 야쿠인은 그 옆에 주차했다. 잔디 위에는 타일로 포장된 길이 나 있었다. 그 길을 따라 입구 쪽 문으로 향했다.
 엄숙한 분위기의 문 앞에 다다르자 오른쪽 벽에 색이 일부 다른 부분이 보였다. 동판이 끼워진 그곳에는 해서체로 '야메이소夜鳴荘'라고 새겨져 있었다.
 "입구까지도 서양식이네."
 "입구라기보다는 현관이라고 해야 할까요. 아…… 나나쿠마 씨, 저기 초인종이 있어요."
 "어디 보자……, 이건가."
 내 목보다 약간 높은 위치에 있는 그것은 방울이라기보다는 그냥 금속 고리였다. 흔히 사자 머리상이 입에 물고 있는 그거 말이다. 야쿠인은 짐을 내 옆에 내려놓고, 그 고리를 쥐고는 쿵쿵 문을 두드렸다.

잠시 후 "예" 하는 소리가 들렸고, 양쪽으로 열리는 문 중 한쪽 — 우리가 볼 때는 오른쪽 — 이 조심스럽게 열렸다. 바깥으로 열리는 구조라서 방문객과 부딪치지 않도록 신중하게 열었을 것이다.

건물 안쪽에서 버드나무 가지처럼 가느다란 팔이 뻗어 나왔다. 허리를 굽혀 들여다보던 남자가 나를 발견하자 살짝 고개를 숙였고, 나도 가볍게 고개를 숙여 인사했다.

"처음 뵙겠습니다. 나나쿠마 탐정사무소 소장 나나쿠마 스바루입니다."

그러자 상대는 긴장한 표정을 풀고 문을 활짝 열었다.

"아아, 기다리고 있었습니다. 저는 자야마 교이치라고 합니다. 지로마루 선생님께 말씀 많이 들었습니다. 여기 서서 이야기 나누기도 뭐하니, 일단 안으로 들어가시지요."

이렇게 말하며 자야마는 한 걸음 앞으로 다가왔다. 키는 그다지 크지 않았다. 허리를 굽힌 탓도 있어 야쿠인보다 머리 하나는 작아 보였다. 하지만 그 나이대를 생각하면, 어쩌면 이 정도가 평균 키인지도 모른다. 정확한 나이는 알 수 없지만, 아마도 일흔다섯은 넘는 고령자일 것이다. 머리카락 대부분이 백발이었다. 피부 탄력은 사라졌고, 그 대신 작은 검버섯이 드문드문 보였다. 옷차림은 전체적으로 깔끔했고 품위 있는 외관을 유지하고 있었다.

자야마는 자세를 바로잡고, 내 옆으로 시선을 향했다.

"그런데 이분은?"

"처음 뵙겠습니다. 나나쿠마 탐정의 조수, 야쿠인 리쓰라고 합니다."

"아아, 운전기사님이신가요?"

"운전만 하는 게 아닙니다. 이 사람은 훌륭한 짐꾼이기도 하지요."
"흐음, 꽤나 훌륭한 청년이군요."
"저기……."
야쿠인이 과장되게 입을 열어, "혹시 괜찮으시다면, 저도 묵게 해주실 수 있겠습니까?" 하고 말하며 고개를 숙였다. 자야마는 망설이는 기색도 없이 온화한 얼굴로 대답했다.
"예, 물론 환영합니다. 빈방은 남아 있고, 식사도 충분히 준비되어 있습니다. 무엇보다도 나나쿠마 선생님의 동행이시니 중요한 손님이지요. 자, 들어오세요. 함께 모임에 참가해주시지요."
그리하여 경사스럽게 우리 조수도 무사히 잠자리와 식사를 확보하게 되었다.

현관에서 신발을 벗었다. 슬리퍼는 신어도 되고 안 신어도 되는 분위기였다. 야쿠인은 가장 큰 사이즈의 슬리퍼를 신었고, 나는 그대로 들어갔다. 신발은 신발장에 보관되는 듯했는데, 여기서는 우리가 몇 번째 손님인지 알 수 없었다.
눈앞에 다시 양쪽으로 열리는 중후한 문이 있었다. 자야마가 그 문을 열었고 그 뒤를 따라가자 다음 공간은 홀인 듯했다.
공간은 대략 다다미 30장 크기쯤 될까. 약 4미터쯤 되는 높은 천장에는 샹들리에가 매달려 있고, 세련된 빛이 홀 전체를 비추고 있었다. 다만 샹들리에만으로는 부족한 듯 벽면 곳곳에 간접 조명이 비추고 있었다.
홀에는 좌우와 정면에 각각 문이 하나씩 있었다. 그러니까 등 뒤의 양쪽으로 열리는 문까지 합치면 사방 모두 다른 공간으로 통하는 구조인 듯했다. 지금은 정면의 문만 좌우 모두 앞쪽으로 열려 있었다. 그 너머는 복도인 듯하다. 그 외에는 오른편 벽을 따라 고양이 다리 모양의 안락 소파가 하나 놓여 있고, 왼편 안쪽 벽에는 그림이 걸려 있다. 인물화인가? 나중에 찬찬히 보기로 했다.

공간은 더할 나위 없이 넓었지만, 뭐랄까, 공간을 굉장히 사치스럽게 활용한 느낌이 들었다. 이 방보다 좁은 우리 탐정사무소의 어질러진 모습을 생각하면 부럽다는 것이 솔직한 심정이었다.

나는 천장을 올려다보며 말했다.

"지로마루 선생님께서 꽤 흥미로운 모임이라고 하시더군요. 여러분도 탐정의 이야기를 기대하고 계시겠지만, 마찬가지로 저 역시 여러분의 이야기를 기대하고 있습니다."

"즐길 만한 이야기가 있다면 좋겠네요……." 하며 자야마는 쓴웃음을 지었다.

"그런데 지로마루 선생님은……."

자야마는 벽에 걸린 시계를 바라보며 대답했다.

"아직입니다. 저녁 무렵까지는 도착한다고 하셨습니다만."

나도 벽시계를 보았다. 정각 오후 1시였다.

"아, 맞다. 오늘 저녁 식사는 7시에 할 예정입니다. 애피타이저와 수프, 메인 요리는 7시 45분, 디저트는 8시 10분으로 예정되어 있습니다. 약소한 코스 요리입니다."

"기대가 됩니다. ……저도 즐겨도 되는 거겠지요? 그건 그렇고, 시간표가 상당히 꼼꼼하게 짜여 있나 보네요."

"당연하잖아. 세심한 시간 배분이야말로 자야마 씨가 할 수 있는 최대한의 배려야."

"그렇습니까. ……아, 그렇군요."

야쿠인도 금세 이해한 것 같았다.

"시간이 좀 남았으니 그때까지 저택 주변을 산책하셔도 좋고, 작지만 오락실과 도서실도 있으니 거기 가서 편히 쉬셔도 됩니다."

"그것도 좋습니다만, 우선은 한숨 돌리고 싶네요. 게다가 야쿠인, 네 짐도 내려놔야지."

"대부분 나나쿠마 씨 짐인데요, 뭐. 제 건 갈아입을 옷 정도입니다."

야쿠인은 검은 가방과 배낭을 들고 있었고, 허리에는 그의 음험함을 상징하는 듯한 새까만 파우치를 차고 있었다. 한편 나는 허리에 차는 파우치뿐이었다.

"실례했습니다. 그럼 먼저 방으로 안내해드리지요."

이렇게 말하며 그는 발걸음을 옮겼다. 홀에서 복도로 나서는 순간, "아, 한 가지만. 아마 손대실 일은 없겠지만, 이 문만은 닫지 않도록 주의해주시길 부탁드립니다." 하고 말하며 천장 부근까지 솟은 근사한 문을 '톡' 하고 두드렸다.

"그게 무슨 말씀이시죠?"

"이 문은 복도와 연결되어 있을 뿐이라서 닫은 적이 거의 없습니다. 그랬더니 막상 닫으려고 하니까 엄청난 소리가 나더라고요. 경첩이 녹슬기라도 했는지. 아무튼 열어둬도 불편한 건 없으니 그냥 열어둔 채로 있습니다."

"그 정도로 시끄럽습니까?"

"보시다시피 문이 워낙 튼튼하게 만들어져 있어서요. 정말 저택 전체에 울려 퍼질 정도로 시끄러운 소리가 납니다. 건물 자체가 그리 넓지 않다는 점도 있긴 하지만요."

높이도 그렇지만 확실히 폭도 한쪽만 거의 2미터에 달했다. 이 정도면 조용히 여닫는 게 오히려 더 어려운 일일 것 같다.

"그럼, 이쪽입니다."

그를 따라가자 밝은 느낌의 복도가 나왔다. 복도는 좌우로 길게 뻗어 있었다. 폭은 약 2미터 정도이고, 세 사람이 나란히 서면 약간 비좁게 느껴질 정도였다.

자야마는 왼쪽으로 방향을 틀었고, 몇 미터 더 나아간 모퉁이에서 다시 오른쪽으로 꺾었다. 복도가 계속 이어졌다. 양쪽으로 문이 세 개씩 보이는 걸 보니, 아무래도 이곳부터가 객실 구역인 듯했다.

"그러고 보니 두 분은 손수건이나 수건은 가지고 오셨습니까?"

자야마가 갑작스레 말을 걸어와서 내가 대답했다.

"손수건은 가지고 있습니다만."

"저도 수건은 있습니다만."

"그거 다행입니다. 제가 깜빡하고 미처 말씀드리지 못했습니다. 이번에는 인원이 많다 보니 각 방에 수건이나 종이 타월이 준비되어 있지 않습니다."

자야마는 미안한 듯 고개를 숙였다.

그러고 나서, "피곤하시지요?"라고 해서 "머리가 좀 아프네요"라고 대답했더니 옆에서 야쿠인이, "머리가 아프다고요? 누구 말인가요?" 하고 무뚝뚝한 어조로 말했다.

"하하하, 두 분 참 사이가 좋으시군요."

"글쎄요, 그렇게 보이시나요."

자야마는 막다른 곳에서 걸음을 멈추고 말했다.

"여기 왼쪽 방이 나나쿠마 씨, 그리고 조금 되돌아가서 하나 건너편 방이 야쿠인 씨입니다. 방 이름 같은 세련된 표시는 없습니다. 간단히 왼편 안쪽부터 1, 2, 3. 복도를 사이에 두고 4, 5, 6. 동쪽 동으로 건너가면 7, 8, 9. 또다시 복도를 사이에 두고 10, 11호실입니다. 대체로 남녀로 구분해서 두 동에 따로 배정했습니다. 그리고 12호실은 도서실입니다. 아, 그리고……."

자야마는 바지 오른쪽 주머니에서 열쇠 뭉치를 꺼내더니, "나나쿠마 씨가 1호실, 야쿠인 씨는 3호실입니다." 하며 그중 두 개를 열쇠고리에서 떼어냈다. 우리는 각자 방 열쇠를 건네받았다. 겉보기에는 같은 모양이었다.

"손잡이 부분에 숫자가 쓰여 있네요."

"어디? 아, 그렇군."

확실히 내 열쇠에는 1이라고 쓰여 있었다. 야쿠인이 들어 보인 손에는 3이라고 쓰인 열쇠가 보였다. 쓴 것이라기보다는 새겨져 있었다.

"괜찮으시다면 이따가 음료를 가져다드리겠습니다."

"극진한 접대로군요. 목이 마르기도 하고, 그럼 저는 맥주를."

"맥주, 말씀이신가요?"

자야마는 어이없는 듯한 표정을 지었다.

"나나쿠마 씨, 이런 대낮부터 맥주라니요…… 안주도 마땅치 않고……, 아니지, 낮이든 밤이든 안주야 어떻든 알코올은 자제하시는 게 좋지 않을까요."

"그렇겠네요. 홍차나 커피는 어떻습니까?"
내가 대답하기도 전에 야쿠인이 잽싸게 말했다.
"홍차, 홍차로 부탁합니다. 나나쿠마 씨도 그걸로 괜찮죠?"
"뭐, 그러죠. 부탁합니다."
"그럼 곧 가져오겠습니다. 천천히 쉬십시오."

3

 안쪽으로 열리는 문을 열자 정면의 창으로 서쪽 햇살이 알맞게 들어왔다. 위치와 시간, 그리고 햇빛의 각도로 보아 창이 거의 정확히 서쪽을 향하고 있는 것 같다. 그렇다면 이 방의 오른편 벽은 북쪽, 문은 동쪽이라고 봐도 좋을 것이다.
 바닥은 하얗고 깔끔하게 청소가 되어 있다. 들어서자마자 바로 오른편에 있는 문을 열자 단차 없는 일체형 욕실이 나왔다. 거울은 번쩍였지만 수건은 한 장도 없었다. 종이 타월 같은 것도 없어서 직접 가져온 것을 사용해야 한다. 방의 왼편 벽을 따라 침대가 놓여 있고 이불이 깔려 있다. 계절이 계절인지라 이불은 얇은 소재였다. 오른편에는 책상과 의자가 있었다. 그 위 벽에 걸린 작은 캔버스에는 풍경화가 그려져 있었다.
 창문 너머로는 잔디밭이 펼쳐져 있고, 그 뒤로는 상록수 숲이 보였다. 객실이라는 말이 딱 들어맞는, 말 그대로 호텔 방과 다름없는 구조였다.
"자, 그럼."
 나는 방을 나와 야쿠인의 방으로 가서 문을 두드렸다.

"아, 잠시만요……, 뭐야, 나나쿠마 씨였네요."

"홍차가 아니라 아쉬웠구나. 그건 그렇고 이 방은 꽤 덥네."

"똑같은 서향인데 별 차이 있겠어요? 아, 설마 자기 방 에어컨은 미리 켜두고 오신 건 아니죠?"

"오늘도 열대야라잖아. 밤을 대비해서 미리 준비해두는 것, 그게 탐정의 기본이지."

"버튼 한 번 누르는 것뿐이잖아요."

"자, 야쿠인. 짐은 내려놨지? 그럼 슬슬 가볼까?"

"어디를요?"

"어디긴, 저택 구경이지. 꽤 흥미로울 것 같지 않아? 게다가 날씨도 좋고. 산책하는 것도 기분 좋을 거야."

"잠깐만요. 저는 장거리 운전을 해서 피곤해요. 조금만 더 쉬었다 가면 안 될까요? 게다가 우리가 방에 없으면 자야마 씨가 곤란하실 텐데요. 아, 맞다. 정말 구경하고 싶으시면 나중에 자야마 씨한테 정식으로 안내를 부탁하는 건 어때요? 분명히 안내해주실 거예요."

"흐음, 그것도 그렇군."

야쿠인이 노골적으로 난처한 표정을 지어서 일단 물러났다.

"알았어. 나중에 다시 하자."

"잠깐만요."

야쿠인이 다급히 붙잡듯 말리자 나는 그를 돌아보며 말했다.

"뭐야, 방으로 돌아가라는 거야? 아니면 여기 계속 있으라는 거야? 어느 쪽이지?"

"차 안에서 뜸 들이며 하셨던 말 있잖아요. 젊은 여성이 있지만 기대는 하지 말라든가, 사람이 한 명 죽으면 방 하나가 빈다든가, 그런 말은 대체 무슨 뜻으로 하신 거예요? 아니, 그보다 이 모임은 대체 무슨 모임이죠?"

나는 깊은 한숨을 내쉬었다.

"질문이 정말 너무 많군. 마지막 질문의 답을 알게 되면, 앞의 두 질문도 저절로 해결되겠지. 급하면 자야마 씨한테 물어보든가. 그 사람이라면 알려줄 거야. 어쨌든 이번 모임의 주최자니까 말이야."

야쿠인은 실망스러운 표정을 지었다.

"음, 알겠습니다. 그렇게 할게요."

대화가 끊어졌을 때 마침 등 뒤에서 노크 소리가 들렸다.

"모임의 취지 말씀이신가요?"

자야마는 테이블에 두 사람의 홍차를 내려놓고 우리를 번갈아 보며 말했다.

"바쁘신데 죄송합니다." 하고 야쿠인이 사과했다.

"이봐, 야쿠인."

나는 타이르는 의미로 말을 던졌다.

"자야마 씨가 서 계시잖아."

지금 방 안에 놓인 의자에는 야쿠인이 가방을 끌어안은 채 앉아 있었다. 나는 상관없지만 일부러 차를 가져온 자야마가 앉아 쉴 수 있는 곳은 침대 끝자락 정도밖에 없었다.

"아닙니다. 저는 괜찮습니다."

"아니에요. 실례지만 자야마 씨는 허리가 안 좋으신 거 아닌가요?"

"오호, 그걸 어떻게?"

"관찰은 저희의 기본입니다만, 이런 건 관찰 축에도 못 끼는 겁니다. 허리가 굽으신 건 한눈에도 드러나는 사실이고, 게다가 연세까지 고려하면 너무나도 당연한 일이지요. 자, 그러니 야쿠인, 내 방에서 의자 좀 가져와."

야쿠인은 마지못해 일어나더니 곧 의자를 한 손에 들고 돌아왔다. 그 의자에 앉자마자 자야마가 말했다.

"그럼 다시 인사드리겠습니다. 저는 '하루살이회'의 발기인이자 회장을 맡고 있는 자야마입니다. 원래는 종합병원에서 정신과 의사로 일했는데, 정년을 맞은 뒤로는 마음 편히 지내고 있습니다."

"흔히 있는 이야기네요."

"정신과 의사라니, 비범하시네요." 하고 야쿠인이 옆에서 끼어들었다.

"그렇지. 자네한텐 평생 무리겠지만. ……그래서요?"

"은퇴 후엔 취미로 골프를 즐기거나 손주를 돌보면서 알차게 지냈습니다만, 3년 전에 아내가 그만 세상을 떠나고 말았습니다. 그때부터 몸에 이상을 느끼게 되었지요."

"증상은요?"

"제 경우, 우선 숨이 가빠지더군요. 계단 하나만 올라가도 숨이 턱턱 막힐 정도로, 뭐, 나이 탓이려니 했는데, 그 뒤로도 피로감……, 권태감이라고 하나요. 몸이 무거워서 마음먹은 대로 움직여지지 않는, 그런 나른한 증상이 밀려오기 시작했습니다."

"그거, 참 힘드셨겠습니다" 하고 얼빠진 맞장구를 친 것은 야쿠인이었다. 아마도 이야기의 흐름을 파악하지 못해서 그랬을 것이다. 자야마 씨가 정말 힘들었던 이유는 아마 그다음 증상 때문일 것이다. 그래서 내가, "무슨 병이었나요?" 하고 재촉했다.

"폐암이었습니다. 제 경우는 소세포암이었지요. 전문 병원에 가서야 알게 되었습니다. 수술할 정도는 아니라고 하더군요. 항암제와 대증요법으로 버텨가며, 입원과 퇴원을 반복해왔습니다. 좀 오래된 이야기처럼 들리실 수도 있겠지만 진단을 받은 건 작년 이맘때였고, 마지막 입원을 했던 것이 올 정월 무렵의 일입니다."

정월이라면 이미 6개월이 지났다.

"처음 입원했을 때부터 기분 전환 삼아 투병 일기 같은 걸 블로그에 쓰기 시작했어요. 아침에 일어났더니 두통이 시작되었다느니, 오늘 병원 식단이 뭐였다느니 하는 일상의 자잘한 것들을 적었습니다. 글 마지막에는 스스로 격려하며 사기를 북돋는 긍정적인 말도 덧붙였고요. 누가 보는 것도 아닌데 하는 마음에서 시작한 거라 자유롭게 썼는데 의외로 꽤 큰 호응을 얻었습니다. 차차 몇 통씩 메일도 받기 시작했고요."

"이야기가 좀 샜습니다만, 그렇게 누가 보는 것도 아닌데 하는 정도의 마음이었다면 굳이 블로그가 아니라 일기로 쓰는 편이 낫지 않았을까요?"

"예. 역시 마음속 어딘가에서는 누군가한테 읽히고 싶다는 일종의 과시욕 같은 것이 있었던 모양입니다. 그리고 손 글씨보다는 컴퓨터가 쓰기에 익숙해서 편했던 점도 있습니다. 내용은 정말 아무래도 좋았습니다. 다만 결과가 중요합니다. 블로그 덕분에 제 글을 읽은 사람들과 교류할 수 있었거든요."

"그렇군요. 확실히 그렇네요. 그래서요?"

"퇴원하고 나서도 블로그는 계속했습니다. 독신이다 보니 신변의 자잘한 일을 어느 정도는 스스로 해야 했는데, 요리는 완전히 젬병이라 주 1회는 도우미분과 근처에 사는 손주의 도움을 받으면서 지내왔습니다."

"훌륭하네요. 손주든 조수든 신변의 일은 뭐든 맡기는 게 좋지요."

"'든'이 뭡니까, '든'이?"

다시 한번 야쿠인이 끼어들었다. 참 고지식한 태클 담당이다.

"암은 때때로 국소적인 통증을 동반하긴 하지만, 기본적으로는 평온한 병입니다. 정말로 제 몸 안에서 암세포가 증식하고 있는 게 맞나 의심스러울 정도로요. 물론 암인 것은 사실입니다. 그리고 말이죠, 저도 이제 8년쯤 지나면 일본인의 평균 수명에 도달합니다. 중병을 앓고 있는 제가 그때까지 살아 있을 자신은 전혀 없습니다. 그래서 큰맘 먹고 물어본 겁니다, 의사한테. '전 앞으로 얼마나 더 살 수 있을까요?' 하고요."

야쿠인은 그 어느 때보다 진지한 눈빛을 하고 있었다. 마치 그가 자야마의 주치의라도 되는 듯이. 하지만 자야마는 이야기의 흐름을 무너뜨리지 않으며 살짝 침을 삼키곤 이렇게 말했다.

"'기껏해야 1년'이라고 했습니다."

사각, 어디선가 나뭇잎이 스치는 소리가 들려왔다. 바람이 불기 시작한 모양이다. 밖으로 나가면 분명히 기분이 좋을 것 같았지만, 그렇게 좋은 날씨와는 정반대로 방 안의 공기는 묵직하고 엷은 먹색으로 물들어가고 있었다. 그건 야쿠인 탓이었다.

"이봐, 네가 그런 눈빛을 하고 있으니까 분위기가 이렇게 심각해져버렸잖아."

"아니, 충분히 심각한 상황이잖아요. '기껏해야 1년'이라니. 그 말을 들으신 게 언제였습니까?"

"초봄이었습니다."

"그럼, 앞으로 여덟 달?" 하고 말하며 야쿠인은 날카로운 눈으로 나를 바라봤다.

"야쿠인, 그렇게 놀랄 일이 아니야. 시한부 선고를 받는 것은 흔히 있는 일이거든."

"그렇습니다. 아니, 여명餘命이 얼마 남아 있지 않다는 건 사실이지만, 의사가 말한 그대로 딱 8개월이라고 받아들이는 건 아닙니다."

"무슨 뜻이죠?"

"그건 나중에 설명해드리지요."

이렇게까지 말해도 야쿠인은 여전히 상황을 파악하지 못하고 있는 눈치였다.

"저녁 식사 시간에라도 물어보면 되잖아. 흔히 있는 일이라니까."

"그러니까 그게 무슨 말인지……."

"야쿠인 씨, '하루살이회'는 말하자면, 제 블로그를 계기로 모이게 된 사람들의 모임입니다. 오프라인 모임이라고 해야 할까요."

"네에."

"그러니까."

자야마는 마른기침을 한 번 하고는 말했다.

"회원은 시한부 선고를 받은 사람늘뿐입니다."

4

 시각은 오후 두 시에 가까워지고 있었다. 자야마는 다시금 "천천히 쉬세요"라는 말을 남기고 방을 나갔다. 나는 홍차를 한 모금 홀짝였다. 상표명은 모르지만 쓴맛이 강했다. 야쿠인은, 홍차는 목 넘기는 맛이라는 듯 단숨에 다 마시고는 자리에서 일어났다.
 "어디 가려고?"
 "의자요, 나나쿠마 씨 방에 다시 갖다놓겠습니다."
 "그거 고맙군."
 "그리고 저녁 먹기 전까지 저는 좀 쉴게요. 나나쿠마 씨도 방에 돌아가셔서…… 엉?"
 "왜 그래?"
 "복도에서 무슨 소리가 들려요."
 야쿠인이 문을 빼꼼 열었다. 나는 천천히 다가가 야쿠인 옆으로 몸을 밀어 넣어 복도를 내다보았다. 왼쪽 앞, 내 방 옆에 서 있는 약간 굽은 등. 저건 자야마다. 누군가와 서서 이야기를 나누고 있다. 그의 등 뒤에 선 사람을 본 나는 "지로마루 선생님!" 하고 외쳤다. 그러자 야쿠인도 "어우" 하고 얼빠진 듯한 소리를 내며 몸을 뒤로 젖혔다. 자야마가 뒤돌아보았고, 지로마루 선생의 눈동자가 검은 테 안경 너머로 나를 포착했다.
 "아아, 나나쿠마 선생님. 그리고 야쿠인 군도."
 지로마루 선생과 자야마는 나를 향해 함께 걸음을 옮겼다. 야쿠인이 문을 활짝 열며, "오랜만입니다" 하고 패기 없는 인사를 했다.

"얼마 만인가?"

"장례식 때였을까요."

둘은 서로 마주 보며 말없이 서 있었다. 아마 대화가 이어지기 힘들었을 것이다. 무리도 아니다. 대신 자야마가 말을 이어갔다.

"야쿠인 씨는 이번 모임의 특별 게스트입니다. 그렇죠, 나나쿠마 씨?"

"뭐, 사정상 그렇게 됐네요. 지로마루 선생님, 잘 부탁드리겠습니다."

나는 몇 달 만에 다시 만난 지인의 얼굴을 바라보았다.

자야마와 나란히 서 있으니 지로마루 선생과 외견상 몇 가지 공통점이 있다는 걸 알 수 있었다. 우선 키가 비슷했고, 백발이 섞여 있는 점도 닮았다. 가장 큰 차이는 안경일 것이다. 그리고 선생은 직업상 그런 건지는 모르겠지만 양복 안에 단정하게 넥타이를 매고 있었고, 그 위에 흰색 가운을 걸치고 있었다. 물론 지금은 목에 청진기를 걸치고 있지는 않았다.

자야마는 호스트라는 입장도 있겠지만, 약간 신경질적인 동시에 여러모로 세심하게 마음을 쓰고 있다는 인상을 주었다. 다시 보니 지로마루 선생은 온화하고 마음씨 좋은 할아버지 같은 느낌이었다.

"선생님, 오늘은 여기까지 어떻게 오셨어요? 직접 운전하신 건가요?"

"하하, 설마요. 이 늙은이한테는 그 험한 길을 직접 운전할 만한 체력도 순발력도 남아 있지 않답니다. 젊은 직원한테 데려다 달라고 부탁했습니다."

"음, 그게 좋지요. 운전 같은 건 조수한테 맡기는 게 최고입니다."

"그럼 저는 선생님께 음료를."

"예, 그럼, 니혼슈를 차갑게."

"술이요?"

"안 될까요? 그럼 멜론 소다. 없다면 콜라로 부탁합니다."

"……홍차로 하시지요. 달콤한 건 저녁 식사 때 준비해드릴 테니까요."

이렇게 말하며 자야마는 복도 끝으로 사라졌다.

"지로마루 선생님, 자, 이쪽으로 오시죠. 야쿠인, 그 의자는 어쩔 셈이야? 선생님께 계속 서 계시라고 할 건 아니지?"

손님이 자야마 씨에서 지로마루 선생으로 바뀌었다. 야쿠인은 "아, 예, 이쪽으로" 하며 울적한 한숨을 내쉬고는 선생을 방으로 모셨다.

지로마루 선생은 입에 대고 있던 잔을 떼고 야쿠인을 힐끗 쳐다봤다.

지로마루 선생은 Q라는 동네에서 3대를 이어 개업의로 일하고 있다. 후계자가 없는 지금은 일흔을 넘긴 나이에도 혼자서 지로마루 뇌혈관내과·뇌신경외과 의원을 꾸려나가고 있다. 본인은 보잘것없는 동네 의사라며 겸손하게 말하지만 실력만큼은 확실한 사람이다.

참고로 Q라는 동네는 간토 関東[1] 지방 북쪽에 자리한, 인구 감소가 진행 중인 작은 마을이다. 그리고 그곳은 내 탐정사무소가 있는 곳이자 나의 고향이기도 하다.

"생각해보니 꽤 오래된 인연이군요. 형사였을 때는 선생님께 정말 신세를 많이 졌습니다."

"그렇네요. 나나쿠마 선생님이 형사였던 시절에는 참 여러 가지 사건

---

[1] 도쿄도(東京都), 이바라키(茨城), 도치기(栃木), 군마(群馬), 사이타마(埼玉), 지바(千葉), 가나가와(神奈川), 이렇게 1도(都) 6현(県)으로 이루어진 지방.

에 관여했지요."

나는 원래 '탐정'이라는 직업에 흥미가 있어서 몇 년 전에 형사를 그만두고 나서 탐정사무소를 차렸다. 개업한 자영업자라는 점에서는 지로마루 선생과 같은 처지인 셈이다.

형사 시절에는 시골 마을에서 일어난 사건의 검시나 조언 등 지로마루 선생에게 정말 많은 도움을 받았다. 오랜 인연 덕분에 지금도 상당한 신세를 지고 있다.

"나나쿠마 선생님은 지금도 신세를 지고 있잖아요."

내 마음을 들여다본 듯이 야쿠인이 끼어들었다.

"그래, 그렇지. 오늘도 선생님이 초대해주신 덕분에 이렇게 멋진 저택까지 오게 되었으니 말입니다. 정말 감사드립니다."

"그런데 선생님은 자야마 씨와는 어떤 관계로?"

또다시 야쿠인이 끼어들었다.

야쿠인은 이 모임의 회원에 대해 아는 것이 거의 없었다. 나 역시도 이번 모임의 취지와 회원의 대략적인 구성, 그리고 내가 초대받은 이유 정도만 알고 있었지, 회원 사이의 자세한 관계까지는 파악하지 못한 부분이 있었다.

"자야마 씨로부터 이 모임이 구성된 과정에 대해서는 들으셨습니까?"

우리 둘은 고개를 끄덕였다.

"그렇다면 얘기하기가 편히겠군요. 저도 그냥 이 모임의 회원일 뿐입니다" 하고 말한 지로마루 선생은 왼손으로 가슴 언저리를 눌렀다.

"건강이 안 좋으신 겁니까?"

"저도 이제 일흔을 넘었습니다. 남의 건강을 떠맡은 직업이라 해도,

병 하나둘쯤 가지고 있다고 해서 비난받을 일은 아닐 겁니다. 제 경우는 폐입니다. 자야마 씨와 마찬가지로 암이지요. 그리고 당뇨도 있습니다. 아니, 정확히는 당뇨가 먼저였는데, 아마 그래서인지 암의 진행이 빨랐습니다."

"그러셨군요."

야쿠인은 목소리를 낮추며 탄식했다.

"그래도 이렇게 되었으니 죽을 때까지 현역으로 계속 일할 생각입니다. 약만 잘 챙겨 먹으면 아직은 일상생활이 가능하니까요. 게다가 해야 할 일이 남아 있기도 하고요."

'이렇게 되었으니'라는 말에서 남다른 결의가 느껴졌다.

"음, 선생님이 은퇴하시면 곤란해질 사람들이 엄청 많겠네요."

"이 모임에는 여러 번 참가하신 건가요?" 하는 야쿠인의 질문에 지로마루 선생은 "예, 예" 하고 고개를 끄덕이며 말을 이었다.

"두 번째입니다. 자야마 씨에게 얘기 들었겠지만, 이 모임 자체가 이번에 네 번째 모임인 모양입니다. 부정기적으로 모이는데 회원은 열다섯 명이고, 그때그때 몸 상태나 사정이 되는 사람들만 모인다고 합니다. 제가 전에 참석했을 때는 시에서 운영하는 시민회관의 세미나실에서 모였었습니다."

"그런데 이번엔 별장인 건가요. 우아, 힘 좀 썼나봐요." 하고 야쿠인이 진심으로 놀란 듯이 말하자 나도 덩달아 한마디 보탰다.

"여름 수련회 같은데요."

"흐음, 수련회라고 하기엔 평균 연령이 꽤 높지만 말입니다."

지로마루 선생은 하하하 웃었다. 마른 입술 안쪽에 앞니가 빠져 생긴

빈 공간이 보였다.

　선생은 짐을 풀어야 한다며 방을 나섰다. 시계를 보니 저녁 식사까지는 아직 네 시간이나 남아 있었다. 나는 저택을 둘러보러 갈 생각으로 야쿠인을 돌아봤지만, 한심하게도 내 조수는 침대 위에 엎드려 숨소리를 내며 자고 있었다. 여행의 피로 탓인지 나 또한 머리가 묵직하게 느껴져 방으로 돌아가 쉬기로 했다.

　노크 소리에 잠에서 깼다. 저녁 6시 40분이었다.
　세 번의 노크가 들리고 나서, "나나쿠마 씨" 하는 한마디가 들렸다. 문 너머의 조수는 그 말을 반복하고 있었다. 시골에서 자란 오래된 습관 때문에 문을 잠그지 않는다는 걸 야쿠인도 잘 알고 있을 텐데, 그는 여전히 고지식하게 매번 문을 두드린다.
　"나나쿠마 씨, 들리세요?"
　문은 여전히 닫힌 채였다.
　"문 열려 있어. 필요하면 그냥 들어와도 되는데 너는 사람을 깨울 때 꼭 그렇게 큰 소리를 내야겠어? 자기 집이라고 착각하는 건 아니지? 여기는 다른 손님들도 묵는 곳이야."
　"무려 서른 번이나 노크했어요. 손가락이 부을 지경이네요, 정말. 그 정도 목소리가 아니면 못 일어나시잖아요."
　"깨어날 때까지 지는 게 내 수면 방식이야."
　"누구나 그래요. 식사할 준비는 끝나셨어요?"
　"아직이야. 조금만 기다려."
　나는 펜 모양의 바늘을 손에 들어 반대편 검지 끝의 안쪽을 찔렀다.

작은 통증이 스치듯 지나갔다. 그러고는 복부에도 바늘을 찔렀다. 몇 가지 준비를 마치고는 잔소리 많은 조수에게 등을 떠밀리듯이 식당으로 향했다.

홀 쪽으로 걸어가니 복도 중앙의 문 앞에 자야마가 서 있었다. 우리를 알아본 듯 다정한 표정을 지었다.

"식당 안내를 깜빡했습니다. 길을 잃을 정도는 아니지만 무작정 걷게 하는 것도 죄송하고요. 자, 두 분이 마지막입니다. 이쪽으로."

자야마의 뒤를 따라 홀로 들어섰다.

홀로 들어가 왼쪽(현관에서 볼 때 오른쪽) 문을 열자 그 앞이 바로 식당이었다.

다른 방들과 마찬가지로 흰색을 기조로 한 청결한 공간이었고, 천장에 달린 두 개의 샹들리에가 방 안을 비추고 있었다. 방 중앙에는 식탁보가 깔린 테이블이 안쪽까지 쭉 이어져 있고, 좌우에는 등받이가 높은 의자들이 늘어서 있었다. 오른쪽 안쪽의 두 자리는 여성 두 명이 차지하고 있었는데 그 앞자리가 비어 있었다.

"자, 선생님. 이쪽으로 앉으시죠."

자야마의 권유에 따라 나는 비어 있는 자리에 미끄러지듯 앉았다. 역시 게스트는 여성 옆이 좋다.

내 왼쪽, 입구 쪽 끝자리에는 자야마가 앉았다. 테이블을 사이에 두고 맞은편에는 남성 세 명이 자리를 차지하고 앉아 있었다. 맨 앞자리 하나가 비어 있어 야쿠인은 그곳에 앉았다.

나는 가볍게 주변을 둘러보았다.

한 사람의 자리 앞에 놓인 것은 백자 접시 위의 냅킨, 나이프, 포크,

스푼, 샴페인 잔과 와인 잔으로 정식 디너 세팅이었다. 아무래도 식사에 대한 기대는 배신당하지 않을 것 같다. 나는 냅킨을 집어 들어 입가를 닦았다. 냅킨 끝에는 점 모양의 피가 묻어 있었다.

그러고 나서 살짝 주변을 살폈다. 야쿠인이 두리번두리번 고개를 좌우로 움직이고 있었다. 대체 이 모임에 모인 이들은 어떤 사람들일까. 나는 별로 궁금하지 않았지만 내 조수는 무척이나 궁금해하는 눈치였다.

가장 안쪽에 앉은 남자는 앉아 있어서 정확히는 모르겠지만 평균 정도 키로 보였다. 그리고 동글동글했다. 몸집이 뚱뚱한 느낌의 바다사자나 바다코끼리 같았고, 얼굴도 바다코끼리와 닮은 인상으로 어딘가 살짝 짜증이 난 기색이었다. 입고 있는 셔츠는 비싸 보였다. 나이는 오십 대에 접어든 정도.

그 옆에는 앉은키가 크고 피부가 하얀 남자가 앉아 있었다. 바다코끼리보다는 띠동갑쯤 젊어 보이고, 겉으로만 봐서는 목에 두른 스카프가 인상적이었다. 나와 눈이 마주치자 날카로운 시선을 보내와서 나도 똑같이 노려봐주었다. 틀림없이 친구가 별로 없는 타입일 것이다. 우리가 들어왔을 때부터 줄곧 스마트폰을 만지작거리고 있었다.

시계 반대 방향으로 시선을 옮기니 스카프 남자의 옆, 즉 내 맞은편은 지로마루 선생이고, 그 왼편은 야쿠인, 야쿠인의 맞은편이 자야마 씨였다. 그리고 내 옆에는 목과 턱이 하나로 붙어버린 듯 포동포동한 여성이 앉아 있었다.

그녀는 안쪽에 앉은 여성과 이야기를 주고받고 있어서 얼굴이 잘 보이지 않았지만, 흑발에 묘한 윤기가 도는 게 보였다. 나는 '아하' 하고 납득했다. 가발이었다. 아마 그녀도 암이나 뭔가에 걸려 화학 요법의 대가로 머리카락을 잃었을 것이다. 다만 확인할 수 없어 확증은 얻지 못했다. 종양은 에너지를 앗아간다고 하는데, 실제로 자야마나 지로마루 선생은 야위었지만 이 여성의 복부에 있는 지방세포는 지면과 수평 방향으로 퍼져 있었다.

맨 안쪽에 앉은 젊은 여성은 조금 전부터 포동포동한 여성과 이야기하는 줄 알았더니 아무래도 '가발 여사'가 일방적으로 말을 쏟아내고 있을 뿐 거의 일방통행의 대화인 것 같았다. 야위었다기보다 가냘픈 그녀는 "네"라든가 "그렇네요" 정도로 적당히 받아넘기고 있는 걸로 보였다.

대학생일까? 스무 살을 갓 넘겼거나, 어쩌면 아직 미성년자일지도 모른다. 소녀와 여성의 경계에 있는 듯한, 어딘가 수상쩍은 불균형이 희미하게 감돌았다. 벽에 녹아들 듯한 흰 피부는 건강하지 못한 탓이겠지만, 그녀의 경우에는 그것이 오히려 아름다움을 도드라지게 했다. 검은 머리는 가발이 아니라 아마 본래 머리카락일 것이다. 또렷한 쌍꺼풀을 가진 눈에서 강한 의지와 근심이 느껴졌다……고 하면 개인적인 감상이 지나친 것이겠지만, 아무튼 그녀에게서는 이 자리의 다른 사람들에게는 없는 이질감이 느껴졌다.

시계의 짧은 바늘이 7을 가리켰을 때 자야마가 자리에서 일어나 이야기를 시작했다.

"여러분, 오래 기다리셨습니다. 이번 '하루살이회' 모임을 시작하겠습니다. 잘 아시다시피 이 모임은 여러분의 많은 호응 덕분에 5개월이라는 긴 역사를 자랑하고 있습니다. 처음 오신 분도, 오랜만인 분도 포함해서 이번이 네 번째 모임입니다. 창설 5개월을 기념하는 의미로, 지금까지는 시민회관 등에서 개최했지만 이번에는 외람되지만 저의 별장으로 모시

게 되었습니다. 게다가 오늘은 특별한 행사도 예정되어 있습니다."

나는 창설 5개월이라는 어중간한 역사 어디에 기념할 만한 구석이 있을까 싶어 잠시 어리둥절했으나 곧 생각을 접었다. 식사만 할 수 있다면 뭐든 상관없었다.

"저기, 자야마 씨" 하고 조심스럽게 손을 들고 발언한 사람은 내 오른쪽에 앉아 있던 가발 여사였다.

"5개월이라니, 그런 어중간한 역사 어디에 기념해야 할 만한 점이 있는지 참 난감하네요. 그보다 아직 자기소개를 하지 않았는데?"

"아, 그렇군요. 하시모토 씨는 항상 나오셨으니까 익숙한 분도 계시겠지만 오늘 처음 뵙는 분들도 계시니까요. 자, 그럼."

"그보다 전채 요리만이라도 먼저 내주면 안 될까요? 배가 고파서 견딜 수가 없습니다."

낮고 길게 늘어지는 목소리로 그녀의 의견을 묵살한 사람은 오른쪽 끝에 앉은 바다코끼리 중년 남자였다. 바다코끼리의 말도 일리는 있었다. 아무래도 눈앞에 놓인 식기만으로 허기를 달랠 수는 없다.

"그렇지요, 롯폰마쓰 씨 말씀도 일리가 있네요. 하시모토 씨, 괜찮으시겠습니까?"

그녀는 "상관없어요" 하고 생긋 웃었다. 하지만 내 눈에는 그것이 어딘가 부자연스러운 억지 미소로 보였다.

"그럼 그렇게 하죠. 미리 말씀드리지만 여긴 어디까지나 저의 개인 별장입니다. 따로 상주하는 집사나 요리사가 있는 건 아니고요. 그래서 이번에는 요리사 겸 집사를 고용했습니다. 먼저 그분부터 소개하죠. 사쿠라코 씨입니다."

이름이 불리자 젊은 여성의 뒤편에 있던 미닫이문이 열렸다.

문을 열고 나타난 사람은 요리사 복장을 한 날씬한 여성이었다. 이십 대 초반에서 중반쯤 되어 보였고, 어딘가 천진난만함이 남아 있는 귀여운 인상의 여자아이 같은 느낌이었다. 갈색 머리를 고무줄로 묶어 뒤통수에서 하나로 틀어 올린 듯한데, 덕분에 하얀 요리 모자가 살짝 어색한 각도로 비스듬히 기울어져 있었다. 야쿠인이 좋아할 만한 타입이었다.

"센자키 사쿠라코입니다. 최선을 다해 솜씨를 발휘하겠습니다. 잘 부탁드립니다."

사쿠라코는 활짝 웃으며 깍듯이 인사한 뒤 마치 스텝을 밟듯 가볍게 뒤돌아 문 안쪽으로 사라졌다. 안쪽이 주방일 것이다. 자야마가 설명을 덧붙였다.

"제 손녀입니다. 이탈리안 레스토랑에서 요리사로 일하고 있는데, 이번에 마침 시간이 돼서 모레까지 임시로 부탁하게 되었습니다. 혼자서 요리와 서빙을 다 해야 해서 다소 진행이 늦어질지 모르니 양해 부탁드립니다. 다만 젊어도 실력만큼은 확실한 아이입니다."

"많이 기대하겠습니다. 제가 도울 수 있는 일이 있다면 뭐든 하겠습니다. 와인 코르크는 열지 못하지만, 시음 정도는."

"아니, 아니에요, 손님께 폐를 끼칠 순 없습니다. 게다가 나나쿠마 선생님께서는 따로 하셔야 할 일도 있으니까요."

"아하, 맞다. 오늘은 여러 가지 일이 있어서 까맣게 잊고 있었네요."

적당히 잡담이 정리되었을 즈음, 전채 요리가 나왔다. 사쿠라코가 정성스러운 손놀림으로 각 사람 앞에 한 접시씩 차례로 서빙했다. 전채는 여러 가지 치즈와 햄, 그리고 푸른 채소를 곁들인 샐러드였다.

나는 초록색과 노란색 채소를 포크로 찔러 입에 넣었다. 은은한 염분이 채소에 감돌아 접시 전체에 힘을 더해주는 맛이었다.

"이탈리아 요리로군요."

"예. 손녀가 자신 있는 요리를 할 수 있도록 어느 정도 자유를 줬습니다. 혹시 입에 맞지 않으신가요?"

"아뇨, 제가 좋아하는 스타일의 요리입니다. 프랑스 요리보다 어깨에 힘이 덜 들어가서 좋네요. 게다가 맥주랑도 잘 어울리고요. 그런데 혹시 피자는 나올까요?"

"나나쿠마 선생님, 피자는 안 됩니다. 제발 피자는."

야쿠인이 뭐라고 하든 피자와 맥주는 잘 어울린다.

5

"선생님의 말씀을 듣기 전에 먼저 이 모임에 대해 설명 좀 드릴까요?"

자야마가 나와 야쿠인에게 말했다. 좌석이 현관 쪽에서 볼 때 안쪽과 바깥쪽으로 나뉘어져 있고 바깥쪽 네 사람은 나, 야쿠인, 자야마, 지로마루 선생이라서 자연스럽게 대화는 작은 목소리로 이뤄졌다. 나는 치즈를 충분히 씹으며 귀를 기울였다.

"이 모임이 만들어진 경위는 아까 말씀드린 대로입니다. 인터넷상에서 서로 정보를 주고받다가, 실제로 한번 만나보자고 기획한 것이 시작입니다. 서로의 근황을 전하거나 정보를 나누는 게 활동의 대부분이고, 거기다가 제가 도와드릴 수 있는 일이 있다면 회원들의 의견을 듣고 있습니다. 그리고 주제넘지만 조언을 해드리는 경우도 있습니다. 평안함을 드린다거나 마음의 안녕을 꾀한다거나 하는 그럴듯한 명분을 내세우고 있습니다만, 사실은 아무 일 없이 모이는 것만으로도 좋습니다. 그저 한데 모여서 기분 전환이 된다면 그것만으로도……."

"기분 전환을 위해 2박 3일이나요?"

"여유로운 시간이야말로 최고의 치유지요. 뭐, 이번은 특별한 경우입니다만 이번에도 메인 이벤트는 내일 열릴 카운슬링이 되겠네요."

그런 것이었나.

"회원은 몇 명쯤인가요?"

"열다섯 명입니다. 몸 상태나 일정이 되는 사람만 참가하기 때문에 모이는 분들은 그때그때 유동적입니다."

그러자 야쿠인이 옆에서(정면에서지만) 끼어들었다.

"여기 계신 분들은 다 시한부 선고를 받으신 거죠? 그런데 모두들 상당히 건강해 보이시네요."

"좋은 일이잖아."

햄을 씹고 있던 지로마루 선생이 "그건 내가 설명하지" 하며 대화에 끼어들었다.

"애초에 시한부란 뭔가, 야쿠인 군."

지로마루 선생이 오른쪽으로 고개를 돌려 야쿠인에게 물었다.

"남은 생명이 정해져 있고 앞으로 얼마나 살 수 있나, 그런 거겠죠."

"흐음, 그렇다면 그걸 어떻게 알 수 있지?"

"그 사람의 병세…… 병의 정도나 진행 상황, 그것을 과거 데이터와 비교해서 종합적으로 판단하는 거겠죠."

"과연 대단하군. 대체로 맞는 말이라고 생각해도 좋네."

야쿠인은 의료 지식이 있으니 그 정도는 대답할 수 있는 게 당연했다.

지로마루 선생이 말을 이었다.

"시한부 선고를 할 때 먼저 고려하는 건 데이터, 다시 말해 상대적 생존율이나 생존율 조사 같은 것들이네. 내 경우에는 뇌졸중 데이터뱅크의 예후 조사 같은 거겠지. 다음으로는 환자의 체력 상태, 그리고 담당 의사의 임상 경험 등을 참고한다네. 이런 요소들을 종합적으로 고려하고 나서 예후를 신중하게 전달하는 거지. 하지만 통계 데이터는 어디까지나 통계일 뿐, 실제 병의 진행은 사람마다 천차만별이야. 같은 폐암이라도, 예를 들어 굵은 혈관 근처에 있다거나, 폐첨肺尖(허파 윗부분) 가까이에 있다거나, 체력이나 치료에 대한 반응 정도 등 환자에 따라 상태는 다 다르다네. 그러니 오해해선 안 되지. 시한부 선고를 받았다고 해서 그 기간밖에 살 수 없다는 건 결코 아니라는 거야."

"그렇다면 시한부 선고 같은 건 의미 없는 거 아닌가요?"

"그렇게 생각하는 의사가 많은 것도 사실이네. 사실 나도 예전엔 그런 입장이었지. 그런데 말이야, 환자 중에는 어떻게든 남은 시간을 알고 싶어 하는 사람도 있다네. 그들의 생각을 무턱대고 부정할 수도 없는 노릇이야. 이를테면 말기 암 환자에게 '괜찮다'고 계속 격려하는 게 과연 옳은 일일까? 나는 그렇게 생각하지 않네. 진단 결과를 그대로 전하는 것도 의사의 책무니까 말이야."

"그렇군요."

"그래서 시한부 선고가 틀리는 경우도 자주 있다네. 1년밖에 못 산다는 말을 듣고도 그 이상 살았던 사례가 드물지 않지."

"반대의 경우도 있겠지요."

"물론이지."

지로마루 선생은 그렇게 대답하고는 샴페인을 한 모금 머금었다. 그때 전채 요리 접시가 치워지고, 대신 맑은 콩소메 수프가 놓였다. 지로마루 선생이 수프를 한 모금 들이키는 순간, 자야마가 말을 이었다.

"그래서 어려운 겁니다. 무엇보다 먼저 생각해야 할 것은 환자와 가족이 남은 인생에 뭘 바라고 있는지, 뭘 기대하고 있는지, 그걸 아는 거니까요. 즉, 왜 목숨이 남은 기간을 알고 싶어 하는지를 알아야 하는 거지요. 예를 들어 손주의 결혼식에 참석하고 싶다든가, 가능한 한 오래 살고 싶다든가, 그런 것들을 고려한 다음에 너무 직접적인 전달이 되지 않도록 해야 합니다."

"그게 무슨 뜻인가요?"

"드라마에서처럼 '앞으로 1년 남으셨습니다'와 같은 충격적인 대사는 현실과 동떨어져 있다는 의미입니다. 예를 들어 '앞으로 1년'이라고 알려야 할 환자에게 '1년 후 손주의 결혼식에 참석하고 싶다'는 바람이 있다고 합시다. 그럴 때는 '앞으로 1년 남으셨습니다'라고 말하는 것과 '지금의 영양 상태로는 조금 힘들 수 있겠지만, 식사를 잘 챙기고 재활을 계속한다면 반드시 참석하실 수 있을 겁니다'라고 말하는 것은 환자가 받는 인상에서 전혀 다르겠지요."

"하지만 후자의 경우는 시한부 선고가 아니지 않습니까?"

"아뇨, 이런 겁니다. 그 이상의 구체적인 기간을 알고 싶어 하는 환자에게는 어디까지나 완곡하게 '몇 개월쯤입니다'라고 말씀드릴 수는 있습니다. 그리고 이게 가장 중요합니다만, 마지막으로 어디까지나 예측일 뿐이고 틀리는 경우도 많다는 말을 덧붙여야 합니다. '좋은 의미로 예측이 틀리길 기대하고 있습니다'라고 말이지요."

수프가 담긴 숟가락을 입에 대며, 야쿠인이 말했다.

"하지만 여기 계신 여러분은 모두 실제로 시한부 선고를 받으신 분들이잖아요. 그렇다는 건."

자야마와 지로마루 선생이 동시에 쓴웃음을 지었다.

"삶에 대한 집착이 강한, 살아 있는 망령 같은 사람들이지. 남아 있는 시간을 너무나 알고 싶어서 대충이라도 좋으니 알려달라고 끈질기게 물어본 게 바로 우리 두 사람이라네. 나도 자야마 씨도 폐암은 전공이 아니었으니까."

"예, 다만 한 가지 고백해둘 게 있습니다. 이 모임을 주최하고 거창하게 강연 비슷한 말도 늘어놓았습니다만, 사실 저는 지금까지 단 한 번도 제 환자에게 여명을 알려준 적이 없습니다."

"예? 그렇습니까?"

"정신과 의사였다는 이유가 가장 큽니다. 죽음과 직접 맞닿아 있는 질환과는 오랫동안 인연이 없었습니다. 그러니까 방금 드린 시한부 선고에 관한 것은 사실 책이나 동료 의사들에게서 들은 내용입니다. 지로마루 선생님은 어떻습니까? 환자에게 시한부 선고를 하신 적이 있나요?"

"딱 한 번 있습니다. 저도 직접 받아보고 나서 알았습니다만, 전하는 쪽도 그리 기분 좋은 일은 아니었습니다."

야쿠인이 가볍게 오른손을 들었다. 대화 주제가 무척 마음에 든 모양이었다.

"시한부 선고라는 게 공식적인 진단으로 내려지는 건 아닌 거죠?"

"그렇습니다."

"진단서에 명시되는 것도 아니고요?"

"예, 예."

"그럼 이 자리에 모인 사람들의 여명이 1년 이내라는 걸, 자야마 씨는 어떻게 아셨습니까?"

과연, 날카로운 질문이었다. 자야마는 톤을 바꾸지 않고 대답했다.

"글쎄요."

이건 짧지만 예상 밖의 대답이었다. 나는 손에 들고 있던 수프 스푼을 그만 떨어뜨리고 말았다. 주울 수도 없었고, 서빙을 담당하는 사쿠라코도 주방 안에 있었기 때문에 스푼 없이 수프를 홀짝홀짝 마셨다.

"자발적으로 신고하는 방식입니다. 자발적으로 신고하고 모인 거지요. 그뿐입니다. 물론 진단서를 확인하면 질병은 파악할 수 있지만, 여명까지는 알 수 없습니다. 다만 거짓말까지 하면서 이 자리에 참가할 만한 장점따위는 없을 거고, 저는 그저 이 모임의 회장으로서 여기 계신 분들을 신뢰하고 있습니다."

5개월 동안 쌓인 신뢰였다.

"굳이 말하자면, 안색이 병세를 말해주지요."

"안색이요?"

주위를 둘러보니 과연 혈색이 좋은 사람은 야쿠인 정도이고, 나머지는 얼굴이 흙빛인 사람들만 앉아 있었다. 연기로 흉내 내기에는 어려울 것 같은, 핏기 없는 얼굴들이었다.

수프를 다 먹고 나자 메인 요리가 서빙되었고, 그때 자야마가 입을 열었다.

"조금 늦었습니다만, 이제 간단히 자기소개를 해볼까요."

먼저 자야마가 자리에서 일어나 자신의 이름과 병세, 근황 등을 1분 남짓 간단히 소개했다. 그러고는 "그럼" 하고 말하며 맨 안쪽에 앉은 남자에게 얼굴을 돌려 발언을 재촉했다.

바다코끼리는 앉은 채로, "이름은 롯폰마쓰 가라토, 직업은 회사 이사, 제법 그럴듯한 직함으로 들릴지도 모르지만 아주 조그마한 회사지요. 병 얘기도 해야 하는 거요?" 하며 확인을 구하듯 자야마를 쳐다봤다.

"편하신 대로 하십시오. 프라이버시도 있고, 공개하고 싶지 않으신 분도 계실 테니까요."

롯폰마쓰는 턱에 손을 대고 잠깐 생각하더니 말했다.

"뭐, 대부분 알고 있는 일이니 상관없겠지요. ……나는 위암이오. 그리고 당뇨도 있고."

"뭐, 당뇨야 드물지도 않지요. 여기 절반 이상은 앓고 있을 겁니다" 하고 지로마루 선생이 말을 덧붙였다.

"그런가요……. 그리고 위는 3분의 1을 절제했지요. 덕분에 식도와 바로 이어져 있소."

내 머릿속엔 물음표가 떠올랐다. 식도와 위는 보통 연결되어 있는 게 아닌가. 내 표정에 묻어난 의문을 읽었는지 자야마가, "롯폰마쓰 씨가 말씀하시고 싶은 것은 위 재건 수술을 받으셨다는 겁니다." 하고 덧붙였다.

"위장약 광고 같은 데서 위의 모양을 보신 적 있으시지요. 그 위장이 위쪽으로 당겨져서 럭비공처럼 변형된 상태라고 상상하시면 됩니다. 위 절제 수술 후의 전형적인 형태 중 하나지요."

"덕분에 음식을 잘 씹게 되었답니다. 그랬더니 반년 동안 3킬로나 빠졌소."

"잘 씹게 되었다는 건 어떤 의미인가요?"

"먹은 음식이 소화가 덜 된 채로 장으로 넘어가면 문제가 생기지요. 음식을 급하게 먹으면 바로 배탈이 나고, 혈당도 훅 치솟게 되거든요. 뭐, 여긴 음식이 맛있으니까 천천히 음미하며 먹고 있습니다만."

롯폰마쓰는 그렇게 말하며 배를 가볍게 두드렸다. 위의 3분의 1을 잃었는데도 여전히 그 체형이라니.

"꽤 드문 성인데, 혹시 롯폰마쓰 식품과 관계 있으신가요?" 하고 누군가 물었다.

"증조부께서 세운 회사요. 지금은 가족 경영을 하고 있지요."

롯폰마쓰 식품은 이 지역에서는 모르는 사람이 없는 식품 제조업체다. 막 태어난 갓난아기야 모르겠지만, 어쨌든 그 위로는 치매를 앓는 노인까지 알고 있을 정도로 역사도 오래되었다.

"창업이 언제였죠?"

"1941년이오."

취급하는 상품이 여러 품목에 다양하게 걸쳐 있고, 한때 광고 문구도 유명했다.

"유명한 게 있었지요?"

"예?"

"광고 문구요."

"아아, '발효 없이는 성공도 없다'."

롯폰마쓰가 자랑스럽게 말했다.

이 회사는 발효식품, 특히 낫토가 대표 상품이다. 최근에는 저출생 고령화 사회를 고려해 노인들도 먹기 쉬운, 부드럽게 간 낫토 개발에 힘을 쏟고 있는 것 같다. 어쨌든 그 광고 문구가 제조사의 특징을 단적으로 보여주는 건 틀림없는 사실이다.

그냥 '바다코끼리'였던 롯폰마쓰의 인상은 '끈기 있는 바다코끼리'로 승화되어갔다. 태도와 말투에서 큰 회사의 이사다운 기색이 보였다 안 보였다 했지만 이야기는 통할 것 같았다. 롯폰마쓰는 포크로 랍스터를 찔러 입으로 가져갔다.

이어서 스카프를 두른 남자가 펜과 수첩을 테이블 위에 내려놓고, 그 대신 태블릿 피시를 집어 들었다.

한참을 기다려도 목소리가 들리지 않았다. 즉, 그는 말을 하고 있지 않았다. 그 남자를 쳐다봤지만 고개를 푹 숙인 채 손만 움직이고 있었다.

잠시 후 무기질적인 목소리가 들려왔다.

"가모 게이타입니다. 목소리는 내려면 낼 수 있소. 하지만 금방 목이 상하고 피로해진답니다. 게다가 가래도 자주 나오고. 그래서 대화는 이렇게 태블릿으로 글자를 쳐서 하고 있소."

"자동 음성 장치가 읽어주는 거군요?"

정면의 여성이 묻자 그는 말없이 고개를 끄덕였다.

"직업은 기자, 병은 후두암이오. 담배가 원인이라더군요. 그리고 당뇨도 있소."

"실례지만 암과 당뇨뿐만이 아닌 것 같은데요."

"나나쿠마 선생님, 조금 무례하신 거 아녜요?" 하고 야쿠인은 고개를 갸웃거리며 가모의 옆모습을 뚫어지게 바라봤다. 가모가 다시 태블릿에 입력했다.

"무슨 뜻이오?"

"가슴 주머니가 불룩합니다. 작은 흰색 캡슐이 살짝 보이네요. 그리고 목에 걸고 있는 것은 목걸이형 약통이고요. 가슴 주머니 안에 든 것은 아마 니트로글리세린 스프레이일 거고, 목걸이형 약통에는 설하정이 들어 있겠지요. 전형적인 협심증 환자 같은데, 아닌가요?"

가모는 가슴 안쪽을 내려다보고 다시 나를 보며 말했다.

"**훌륭하오.** 다만 이건 만약을 위한 부적 같은 거요. 시한부 선고는 암 쪽이오. 협심증은 아직 약물로 조절이 가능한 정도라서."

말로 이야기하지 않고 글자를 입력하기 때문일까, 문장을 짧게 끊는 버릇이 있는 듯했다. 다시 자야마가 그 말을 이어받았다.

"가모 씨는 '하루살이회'가 시작될 때부터 함께한 회원 중 한 명입니다. 컴퓨터에도 밝아서 웹사이트 갱신 같은 일에 몇 번이나 도움을 받았지요."

"가모 씨는 어떻게 이 모임에 참가하게 되신 건가요?"

잠시 후 다시 전자음의 목소리가 대답했다.

"병을 알게 된 건 너무도 갑작스러웠지요. 한창 일할 시기였으니까요. 독신이었고 기댈 사람도 없었소. 아는 것도 없었지요. 혼자서도 살아갈 수 있을 거라 믿었지만, 결국 머지않은 미래에 그냥 허무하게 죽겠구나, 하는 생각이 들어서 무서워졌지요. 사람은 누구나 쉽게 죽을 수 있어요. 예외란 없지요. 그래서 뭐든 좋았어요. 붙잡을 수 있는 게 필요했거든요. 아마 그런 심정이었을 거요. 정확하게는 기억나지 않지만."

이렇게 말하고는 살짝 어깨를 떨었다. 꽤 평범하지 않은 과거가 있을 것 같았다.

"가모 씨는 본인의 블로그에도 이 모임을 소개해주고 계십니다. 그러고 보니 며칠 전에도 이번 모임이 기대된다는 글을 올려주셨더군요. 항상 감사드립니다."

"자야마 씨. 빈말은 안 해도 되오. 이제 됐소? 오늘 아침부터 아무것도 못 먹어서 말이지요."

"예. 그럼 다음은 지로마루 선생님께 부탁드리겠습니다."

지로마루 선생은 테이블에 양손을 짚고 일어서서 간결하게 자기소개를 시작했다. 낮에 나와 야쿠인에게 말했던 그대로였다. 선생도 당뇨 기미가 있어서 내복약과 인슐린으로 혈당치를 조절하고 있는 모양이었다.

"다음은 야쿠인 씨, 부탁합니다."

자리에서 일어선 야쿠인이 몸을 약간 돌려 모두가 얼굴을 볼 수 있도록 하고는 말했다.

"처음 뵙겠습니다, 야쿠인 리쓰라고 합니다. 저기 계신 나나쿠마 선생님 밑에서 조수로 일하고 있습니다."

"나이가 어떻게 되죠?" 하고 가발 여사가 물었다.

"스물여덟입니다."

"어머, 젊으시네요. 게다가 참 잘생기셨네. 그런데 어쩌다 탐정 일을?"

"아, 그게."

야쿠인이 입을 다물자, 그 대신 내가 거들고 나섰다.

"원래는 다른 일을 했던 사람입니다."

"나나쿠마 씨." 나무라는 듯한 작은 목소리였다. 못 들은 척했다.

"어머, 어떤 일을 하셨는데요?"

가발 여사는 야쿠인을 신경 쓰는 기색도 없이 자꾸 친한 척 질문을 퍼부었다. 우습게도.

"의사였습니다."

"어머, 그러셨구나. 전공은요?"

여전히 입이 무거운 조수를 대신해 내가 입을 열었다.

"사실 이 친구는 아직 전공이 정해지지 않은 수련의였습니다. 게다가 지금은 휴직 중이고요."

"그러시구나. 실례했네요. 실례한 김에 한 가지만 더 물어볼게요. 어쩌다가 휴직을 하신 거죠? 게다가 탐정의 조수라니, 전 도통 이해가 안 되는데요."

아무래도 가발 여사는 자신이 실례를 저지르고 있다는 생각을 전혀 하고 있지 않는 듯했다. 어쩌면 말의 의미 자체를 잘못 알고 있거나. 어쨌든 설명하지 않으면 안 되는 상황이라 좀 더 이야기했다.

"이유는……, 실연 때문이라고 해야 할까요."

"야쿠인, 그 말은 네 감정에 걸맞지 않은 것 같은데."

"아니요, 맞습니다. 연인을 먼저 떠나보냈으니까요."

그 순간 지로마루 선생과 눈이 마주쳤다. 그러고 나서 선생은 야쿠인의 옆얼굴을 보고 고개를 떨구었다.

"무슨 사연인가요?"

"불의의 사고였습니다."

순간적으로 정적이 흘렀다.

야쿠인의 약혼자였던 여성은 이제 이 세상 사람이 아니다.

그 여성, 즉 사야카^{紗耶香}와 야쿠인의 관계는 3년쯤 전으로 거슬러 올라간다. 자전거에서 넘어져 머리를 다친 야쿠인은 근처 동네 의원을 찾앉다. 그때 응급 처치를 맡았던 사람이 그 의원을 물려받을 예정이었던 사야카였다.

처음엔 서로 주고받는 말이 손으로 꼽을 정도로 적었지만, 자주 찾게 되면서 서로 말하고 웃는 일이 점점 늘어났다. 머리 상처가 말끔히 나은 뒤에도 야쿠인은 성실하게 의원을 계속 다녔다. 머리가 좀 아픈 것 같다고 그럴듯한 핑계를 댔다는데, 실상은 뚜렷하게 어디가 아프다거나 병이 있지도 않으면서 병적 증상을 호소했다고 한다. 그렇게 야쿠인은 사야카와 가까워졌고 교제가 시작되었다. 유급을 당했던 야쿠인은 아직 학생이었고, 사야카는 서른을 앞두고 있었다.

2년이 지난 어느 장마철 비 오는 날, 그녀는 세상을 떠났다. 신사의 돌계단에서 발을 헛디뎌 굴러떨어졌는데 하필 머리를 강하게 부딪친 것이다.

야쿠인의 수련의 첫해 여름이었다. 망연자실한 그는 수련의를 중단하고 한동안 방황하다 연줄이 닿는 내 사무소로 찾아왔다. 모두 지난해에 벌어진 일이다.

나는 이런 내용을 간추려 가발 여사에게 들려주었다.

"어머, 제가 실례했네요."

"그래서 그녀에 대한 미련을 떨치려고."

"농담이지만 미련퉁이 아닌가요?"

"이니, 그린."

"야쿠인은 저를 동경해서 탐정에 뜻을 두었지요."

"아닙니다. 선생님 혼자 두면 폭주를 하시니까 감시자가 필요하다고 생각한 거죠. 그리고 약간의 동경도 있어서 탐정사무소에 들어간 겁니다."

"그런데 말이오" 하고 낮고 묵직한 목소리를 낸 사람은 지로마루 선생이었다.

"그 죽은 약혼자라는 사람이 바로 내 손녀요."

그 한마디에 야쿠인의 어깨가 움츠러드는 것이 느껴졌다. 의기소침해진 것일까. 당황한 기색의 자야마가 말을 받았다.

"지로마루 선생님, 그런 말씀까지 하셔도 괜찮으신가요?"

"굳이 말하지 않아도 상관은 없지만 숨기는 것도 공정하지는 않지요. 그래. 하나뿐인 후계자, 아니, 손녀는 이제 이 세상 사람이 아니오. 야쿠인 군의 슬픔이야 어떨지 모르지만 나는 정말 견딜 수 없을 만큼 괴롭다오. 손녀를 떠올릴 때마다 아직 가슴이 미어지지요. 그렇지 않나, 야쿠인 군?"

"저도 그렇습니다, 지로마루 선생님."

"정말이야?"

나의 탐색은 야쿠인의 침묵으로 보기 좋게 무시당했다.

갑자기 무겁게 가라앉은 분위기를 바꿔보려는 듯 자야마가 자리에서 일어나며 말했다.

"야쿠인 씨, 말씀 감사합니다. 그럼 제 소개는 앞서 드렸으니 생략하고, 나나쿠마 선생님께 부탁드리겠습니다" 하고는 나에게 시선을 돌렸다. 나는 앉은 채로 전체를 바라보며, "나나쿠마 스바루입니다. 이번에는 지로마루 선생님의 소개로 초대받게 되었습니다. 정말 영광입니다. 으음, 대학을 졸업하고 경찰로 일했지만 그만두었습니다. 그래서 '전직 형사'이고 지금은 사립 탐정으로 일하고 있습니다. 하지만 탐정 경력은 이제 막 5년을 넘긴 정도입니다. 야쿠인보다 몇 년 빠르긴 하지만 풋내기죠. 그렇다고 파릇파릇하지는 않지만요, 하하하."

나는 지로마루 선생을 한 번 바라보며 말을 이었다.

"아까 지로마루 선생님께서 당뇨는 드문 질환이 아니라고 하셨습니다만, 사실 저도 예외가 아니랍니다."

"어머, 그러세요?" 하고 가발 여사가 말했다.

"저는 1형 당뇨입니다."

당뇨병은 크게 1형과 2형으로 나뉜다. 우리가 흔히 생활 습관병으로 알고 있는 것은 2형 당뇨로, 전 세계 당뇨의 90퍼센트 이상을 차지한다. 인슐린 분비 저하나 인슐린 저항성 등이 원인이고, 대개 사십 대 이후에 발병하는 경우가 많다.

한편 1형 당뇨는 인슐린 결핍으로 일어난다. 애초에 인슐린 분비가 전혀 안 되거나 부족한 상태로, 생활 습관과는 거의 관계가 없다. 나이가 어린 사람의 당뇨는 대부분 1형이고, 나 역시 어린 시절부터 오랫동안 이 병과 인연을 맺어왔다. 어쩌면 하시모토에게는 당뇨가 곧 비만이라는 이미지가 강하게 박혀 있었는지도 모른다. 마른 체형인 내가 당뇨를 앓고 있다는 것은 의외였을 것이다.

나는 왼쪽 소매를 걷어 올리며 가느다란 팔을 들어 보였다. 위팔 안쪽에는 하얀 버튼처럼 생긴 패치가 붙어 있었다.

"어머, 그건 뭐죠?"

"연속 혈당 측정기입니다."

일반적으로 혈당을 측정하려면 우선 펜형 바늘을 손끝이나 귓불에 찔러야 한다. 그런 뒤 측정기에 장착된 테스트 칩에 번진 피를 흡착시키면 수치가 표시되는 구조다. 주로 식사 전에 혈당을 측정해서 인슐린 투여량을 결정하는 데 사용한다.

연속 혈당 측정기의 경우, 원형 센서 안쪽에 길이 6밀리미터 정도의 가느다란 바늘이 박혀 있고, 그 끝이 피부와 혈관 사이의 간질액에 도달한다. 혈액 속에서 간질액으로 스며든 포도당 농도를 측정해 수치로 표시하는 구조다. 한 번 부착하면 2주 동안 연속 측정이 가능하고 전용 단말기로 손쉽게 수치를 확인할 수 있다.

단말기는 개인 등록도 필요 없어 쓰기에 편리하고, 실제 혈당 수치와도 거의 차이가 나지 않는다. 무엇보다 연속 측정이 가능하다는 게 가장 큰 장점이었다. 엄밀히 말하자면 혈당치가 아니라 '글루코스 수치'를 측정하지만, 혈당의 일일 변동을 '점'이 아닌 '선'으로 추적할 수 있어서 요즘에는 당뇨병 환자뿐 아니라 질병 전 단계인 사람들에게도 인기를 모으고 있다.

"희귀한 게 아닙니다. 하물며 이런 모임 자리에서는요. 제 것은 널리 사용되는 거라서 여기 계신 분들 중에도 같은 걸 쓰시는 분이 있지 않을까요? 그리고 또……."

"나나쿠마 선생님, 피곤해 보이시는데 아직 자기소개를 못 하신 분도 계십니다. 선생님 이야기는 나중에 더 듣는 게 어떨까요?"

"아, 실례했습니다."

자야마의 말을 듣고 나는 일단 말을 멈췄다.

그리하여 다음은 가발 여사였다. 그녀가 자리에서 일어나 말했다.

"나나쿠마 선생님, 멋진 인사말 정말 감사합니다. 저는 하시모토 히나코라고 해요. 직업은 전업주부랍니다. 저의 경우는 유방암이에요. 후

훗. 웃을 일이 아니라고 생각하실지 모르겠지만, 그래도 웃지 않으면 손해 아닌가요, 뭐든지요. 물론 웃는다고 해결될 문제가 아니라는 건 잘 알고 있지만, 웃지 않는다고 해결되는 것도 아니니까요. 그렇다면 차라리 웃는 편이 더 낫겠지요, 안 그래요?"

그녀는 밝게 이야기하고는 다시 환한 미소를 지어 보였다.

"정말 그렇지요, 하시모토 씨의 웃음에는 매번 위로를 받습니다."

"그렇죠, 자야마 씨. 게다가 웃으면 면역력도 올라간다고 하잖아요."

"그럼요. '웃으면 복이 온다'는 말은 의학적으로도 근거가 있으니까요."

"하시모토 씨는 어떻게 이 모임에 참여하게 되셨나요?"

"암이라는 걸 알고 난 뒤로 인터넷이나 SNS를 뒤져가며 몇몇 비슷한 성격의 모임에 나가봤지요. 그러다 마지막으로 다다른 곳이 여기예요. 다른 모임들도 마음이 편했지만 그뿐이었어요. 아니, 마음이 편한 것 자체는 이런 모임에 굉장히 중요한 요소이겠지요. 하지만 이곳이 다른 곳과 차별되는 이유는 역시 자야마 씨의 존재예요. 자야마 씨의 이야기는 전문적이라서 어렵게 느껴질 때도 있지만, 그만큼 경험과 이론이 뒷받침되어 있어서 개운하게 납득되는 면이 있거든요."

거기서 하시모토는 물 한 모금을 들이켰다.

"이번에도 자야마 씨, 그리고 지로마루 선생님이 오신다고 해서 안심하고 왔어요."

"안심?"

"그럼요, 만약의 경우를 생각하면요."

역시 그렇다. 자야마도 말했지만 이곳에 초대된 사람들은 비록 외출이 가능할 정도로 상태가 안정되었다고는 하지만, 그래도 어디까지나

말기 환자다. 언제 뜻밖의 일이 벌어져도 이상할 게 없는 것이다. 그럴 가능성은 높지도, 그렇다고 낮지도 않을 것이다. 만약 그런 일이 닥쳤을 때 의사가 두 명이나 함께 있으면 안심할 수 있다는 얘기일까. 야쿠인도 의사이긴 하지만 그는 믿을 수 없다.

'마지막 시간은 가족과 함께 보내고 싶다'는 게 대부분의 사람들이 품고 있는 마음일 거라고 생각하지만, 꼭 그렇다고는 할 수 없다. 적어도 이번에 모인 회원들은 그렇게 생각하지 않는다. 달리 생각하는 사람도 있다. 그래서 이 자리에 있는 것이다.

하시모토가 자리에 앉고, "그럼" 하고 자야마가 얼굴을 앞으로 내밀었다. 젊은 여성이 조용히 일어나더니, "미나미…… 하루나입니다. 잘 부탁드립니다." 하고만 말하고 자리에 앉았다.

"어이, 이봐요, 그게 다요?" 하는 가모의 전자 음성이 들렸다. 야쿠인은 답답하다는 듯 고개를 갸웃했다. 그러자 자야마가 나섰다.

"하루나 씨, 아무 말이나 좋습니다. 하고 싶은 말 더 없습니까? 억지로 하라는 말은 아닙니다."

"딱히……, 저는 곧 죽습니다."

그건 누구나 같다.

"왜 여기에 왔다든가."

하루나는 입을 꾹 다물고 있다가 몇 초 뒤에 말을 이었다.

"사쿠라코 씨한테 들었어요. 이 모임에 대해서요. 사쿠라코 씨한테는 신세도 졌고, 그 사람 요리도 좋아하니까요. 계속 집이나 병원에 있을 거라면 사흘 정도는 나가봐도 좋지 않을까 싶어서 왔어요."

자야마가 덧붙였다.

"저기, 하루나 씨는 우연히 제 손녀와 같은 대학 동아리였다고 하더군요. 손녀가 저에게 소개해줬고, 이번에도 손녀를 통해 연락했더니 이렇게 참석해주셨습니다. 고마워요."

하루나는 "별말씀을요" 하고 중얼거리며 랍스터에 포크를 찔렀다.

나는 평소에도 식사 속도가 느린 편이지만, 자기소개가 이어지는 동안에는 대화에 방해되지 않도록 한층 더 먹는 속도를 늦추고 있었다.

천천히 음식을 즐기고 싶었지만 자야마가, "그럼, 나나쿠마 선생님 말씀을 들어볼까요?" 하고 말해서 어쩔 수 없었다. 그것이 나를 초대한 이유 중 하나였기 때문이다.

"우선 선생님께서는 왜 탐정이 되셨습니까?"

"호기심입니다. 흥미라고 해도 되겠지요. 옛날부터 탐정이라는 삶의 방식에 흥미가 있었습니다. 뻔한 이유지만 인생은 한 번뿐이니까요. 하고 싶은 것을 하지 않으면 죽을 때 후회할 것 같아서요."

"호호, 멋진 생각이시네요. 탐정으로서는 어떤 활동을 해오셨나요?"

"그동안 해결한 사건이라면 '기사라기가如月家 고양이 실종사건', '야요이가弥生家 강아지 실종사건', '우즈키가卯月家 카멜레온 실종사건', 그리고 '사쓰키가皐月家 미어캣 실종사건' 등입니다. 건수 자체는 많지 않지만, 시간을 들여 정성껏 조사하는 게 제 방식입니다. 시간을 들이는 만큼 요금은 합리적으로 책정하고 있습니다."

왠지 모두가 혼란스러워하는 게 느껴졌다. 야쿠인이 자기소개를 할 때보다 분위기가 더 가라앉은 것 같다. 기분 탓인가.

"그러니까 선생님은, 그런 쪽 전문이신가요?"

"여러분, 반려동물 찾는 요령 같은 걸 듣고 싶으신 거 아니었나요?"

"아, 예, 뭐…….."

나는 곁눈질로 자야마를 봤다. 어쩐 일인지 자야마는 지로마루 선생에게 구원의 눈빛을 보내고 있었다. 지로마루 선생은 곤혹스러운 표정으로 말했다.

"저는 어려운 사건들을 여러 건 해결하셨다고만 들었는데 말입니다."

나는 지금 상황을 이해했다. 아무래도 미스터리를 좋아하는 그들로서는 추리소설에 나올 법한 살인사건, 그것도 불가해한 수수께끼가 얽힌 사건에 더 흥미가 있는 듯했다. 지금 나의 대답은 정답이 아니었다. 그들의 기대를 배신한 꼴이었던 것이다.

"이거, 실례했습니다. 솔직히 말하면, 개업 초기에는 사생활이나 외도 뒷조사 같은 일도 했습니다만 너무 힘들어서 그만뒀습니다. 그래서 지금은 오로지 한가하게 반려동물 찾는 일만 맡고 있습니다."

"그러십니까?"

"아무쪼록 소설 속 탐정과 동일 선상에서 보지는 말아주시기 바랍니다. 탐정으로서 관여했던 살인사건 같은 건…… 아, 하나 있었네요. 혹시 원하신다면, 수사 1과 시절 이야기를 들려드릴까요? 게다가 미어캣 사건 때는 정말 복잡한 수수께끼가 얽혀 있었지요. 그 이야기라도 좋으시다면……."

"아니, 전직 형사님이라고 해서 좀 딱딱한 분일 줄 알았는데, 나나쿠마 선생님은 꽤나 소탈하고 익살스러우시네요."

"하시모토 씨, 잘 아시다시피 경찰은 엄청 많으니까요. 당연히 한 사람 한 사람의 개성은 다르기 마련이지요. 딱딱한 사람도 있고 유들유들한 사람도 있습니다. 취미로 댄스를 즐기는 사람, 배우 지망생, 혹은 배우 출신도 있지요. 정말 다양합니다. 경찰이라는 직업으로 한데 묶을 수 있는 특징 같은 건 없습니다."

"어머, 그렇네요. 실례했습니다, 호호."

"저기" 하고 야쿠인이 대화에 끼어들었다.

"선생님은 반려동물 찾기에는 정통하시지만, 이전에 지로마루 선생님께 하신 말씀 중 일부는 다소 과장된 것입니다. 아마 제 공을 가로챈……, 혼동하셨을 우려가……."

"아, 맞다. 여러분, 안심하세요. 끔찍한 사건 이야기를 원하신다면 거기에 딱 맞는 인물이 있습니다. 소개하겠습니다. 제 사무소에서 으뜸가는 부하이자 저의 오른팔, 아니, 한쪽 다리……라기보다는 발(운전기사), 야쿠인 리쓰입니다. 자, 야쿠인, 여러분께 자기소개를……."

"아까 했잖아요."

"……아, 그랬지, 아까 했지. 하지만 아주 중대한 사건과 관련된 이야기라면 이 친구가 저보다 뛰어나지요. 혹시 관심 있으시면 이 친구 이야기를 듣는 것도 꽤 흥미로울 겁니다."

"전직 형사인 나나쿠마 선생님보다 전직 수련의였던 조수분이 더 뛰어나다는 건가요?"

"그렇다고 할 수 있지요. 누구에게나 잘 맞는 일과 안 맞는 일이 있으니까요. 저는 앉아서 일하는 타입의 탐정이라 머리를 쓰는 것이 특기입니다. 반대로 발로 뛰는 일은 이 친구 담당입니다."

"그건 그렇지만…… 반려동물 찾는 게 특기라면서요?"

"현장에 가지 않고 반려동물을 찾는 것이 바로 제가 맡고 있는 영역입니다."

사무실 면적으로 따지면 불과 반 평 정도의 자그마한 공간일 뿐이지만 수요는 그런대로(6개월에 한 번쯤) 있다. 게다가 사건의 난이도는 관계없다. 중요한 것은 해결률이다. 나의 해결률은 100퍼센트를 자랑한다.

"그리고 뭘 말하려고 했더라, 뭐, 좋습니다. 이야기가 길어졌습니다. 나중에 더 이야기하기로 하지요."

그들의 흥미와 일치되기를 바라며 물었다.

"고양이, 개, 카멜레온, 미어캣 중에 어떤 이야기를 할까요?"

자야마가 다수결을 제안했고, 근소한 차이로 카멜레온으로 정해졌다(고양이 1, 개 1, 카멜레온 2, 미어캣 1, 무효표 2표였다). 무효표라는 것은, "아니, 동물 찾는 이야기인가?" 하는 롯폰마쓰와 "형사 시절 이야기를 듣고 싶은데. 아니면 조수분 얘기라도 좋고." 라는 가모의 의견이었다.

결국, "그럼 먼저 나나쿠마 선생님의 카멜레온 사건 이야기를 듣고, 그러고 나서 야쿠인 씨의 이야기도 듣고 싶습니다만, 어떤가요?" 하는 자야마의 제안이 나오자 모두가 그게 좋겠다는 듯이 고개를 크게 끄덕였다.

순식간에 다수의 찬성을 얻었다. 순간적으로 당황한 야쿠인은, "알겠습니다." 하고는 무척 맥이 빠진 표정을 지었다. 하루나의 모습은 잘 보이지 않았지만 말없이 고개를 숙이고 있는 것 같았다. 모두가 미스터리 애호가인 것은 아닐 테고, 그녀도 미어캣에 손을 들긴 했지만 흥미는 없는지도 모른다. 일단 한 가지 알게 된 것이 있다. 그것은. 최고 연기자와 초보 연기자가 역전되었다는 사실이다.

6

 스푼 위에 크림색과 갈색이 달콤한 단층을 이룬 디저트가 담겨 있다.
 티라미수라는 세련되고 손이 많이 갈 것 같은 디저트인데, 직접 만든 것이라고 하니 사쿠라코의 요리 실력은 과연 상당히 높은 수준인 듯하다. 촉촉한 질감에 입 안에 닿는 감촉마저 부드러운 데다, 뒤이어 적당한 쌉쌀함까지 여운처럼 남았다. 칼로리가 높아서인지 작은 조각이 1인분이었다.
 티라미수 조각을 절반쯤 먹고 난 뒤 나는 카멜레온 실종사건의 파란만장한 전말을 들려주었다.
 사람을 찾는 일이든, 반려동물을 찾는 일이든 기본은 같다. 많이 돌아다녀야 한다. 다만 내 경우는 방식이 다르다. 기본적인 수색은 조수에게 맡기고 나는 오로지 머리만 굴린다. 사라진 장소, 계절, 시간대, 주변 건물, 해당 동물의 기호나 행동반경 같은 환경적 요인들을 철저히 분석해 조수에게 정확한 조언을 내려주는 것이다.
 사람 찾기와 반려동물 찾기의 차이는 불러도 상대가 응답하지 않는다는 점에 있다. 살아 있는 사람이라면 가끔은 응답하는 일도 있지만 반려동물에게는 그것을 기대할 수 없다. 수색하는 데는 불리하지만 카멜레온의 경우는 웬만한 사람보다 눈에 띄는 이점도 있다.
 '우즈키가 카멜레온 실종사건'의 경우, 꼬박 한 달에 걸친 수색 끝에 저택 뒤편 숲에서 카멜레온을 포획하는 데 성공하며 주인과 감동적으로 재회하는 해피엔딩으로 마무리됐다. 의뢰를 받은 날로부터 3주쯤 지났을 무렵에는 의뢰인도 반쯤 포기하고 있었던 만큼 그 결말은 더욱 극적이었다. 그렇다. 셰익스피어나 랭보에게서까지 배울 것도 없이, 인생은 늘 장대한 연극 같은 거라는 걸 나는 그 사건을 통해 새삼 깨달았다. 그 보수 덕분에 우리는 그달치 사무소 월세를 밀리지 않고 낼 수 있었다.

"우아 멋집니다" 하고 롯폰마쓰가 감상을 말했다. 무엇보다 호평이라 다행이었다.

"그럼 이어서 개나 고양이 이야기도 해볼까요?"

"아니에요. 거기까진 안 하셔도 됩니다. 선생님도 피곤하실 테고요."

이렇게 싱겁게 거절당했다. '멋지다'는 그 감상도 진심인지 빈말인지 알 수 없었다.

그때 야쿠인이 일어서며, "그럼 제가" 하며 이전에 그도 관여했던 사건 이야기를 시작했다.

아무리 내가 전직 형사였다고는 하지만 일단 현재 진행 중인 사건의 내부 정보가 우리 사무소로 흘러들어오는 일은 없다. 경찰이라는 조직의 기밀 유지를 생각하면 당연한 일이다. 야쿠인이 관여했던 사건이란 바로 '미나즈키가水無月家 따님 실종사건'이다.

미나즈키가라는 유서 깊은 가문의 스무 살 된 딸이 실종되었고, 경찰에 수색 요청서가 제출되었다. 거의 같은 시점에 우리 사무소에도 의뢰가 들어왔다. 그때는 꽤 보수가 고액이라는 매력이 있어 우리는 각자 따로 행동에 나섰다. 그로부터 사흘 뒤 야쿠인은 경찰을 제치고 타깃이었던 미나즈키 아가씨를 먼저 찾아내는 데 성공했다. 다만 그녀는 이미 숨이 멎은 상태였다. 그녀는 어느 마을의 낮은 산 중턱에 있는 덤불 속에 숨은 듯이 엎드린 채 발견되었다. 발견자인 야쿠인은 즉시 경찰에 신고했고 의뢰인과 내게도 연락했다. 나는 (택시 운전사를 재촉하며) 급히 달려갔다. 시신에는 뚜렷한 외상이 없어 보였지만, 야쿠인은 팔꿈치에 난 작은 자상을 놓치지 않았다. 그리고 경찰의 참고인 조사 때 그는 "혹시나" 하는 전제를 단 후 한 가지 조언을 했다. 발견된 상황을 볼 때 살해되어 유기된 것이 분명하다. 그런데 외상이 없다면 맨 먼저 독살이 의심된다.

"혹시나 해서 말씀드립니다만 왼쪽 팔꿈치에 주사 자국 같은 상처가 있었습니다. Ai(사망 시 영상 진단)[2]촬영은 하셨습니까?"

당시 도쿄 23구나 가나가와, 오사카 등과 달리 우리 현에는 Ai가 보급되고 있는 중이기는 했지만 아직 주된 방법은 아니었다. 이때도 외상이 없는 시신이라는 이유로 부검에 넘겨질 예정이었지만 야쿠인은 한 가지 가설을 제시했다. 그 가설은 흥미롭고 실현 가능성도 있어 보였기에 나는 그를 지지했다.

우리의 제안이 얼마나 기여했는지는 확실하지 않지만 어쨌든 시신의 CT 촬영을 하게 되었고 그 결과 사인이 판명되었다.

공기 색전증이었다. 통상 두개강 내에 존재해서는 안 되는 공기가 시신에 듬뿍 들어 있었던 것이다. 그 양은 뇌혈관 용적의 약 4분의 1, 즉 370밀리리터에 달했다.

"결국 범인은 피해자를 잠들게 한 다음 주사를 찔러 공기를 계속 주입한 겁니다. 소량이었다면 괜찮았을지 모르지만 그 정도의 공기라면 더는 버틸 수 없었을 겁니다. 사인이 판명되었고, 특수한 살해 수법이라서 범인의 범위가 좁혀져 곧 체포로 이어졌습니다. 유족 입장에서 보면

---

[2] 부검 영상(Autopsy imaging)을 말한다. 시신을 해부하지 않고 영상 장비(CT, MRI 등)를 통해 사망 원인을 조사하는 방법이다.

죽은 피해자가 돌아오지는 않았지만요……."

이 마지막 말은 그 자신의 심정을 토로한 것이었을까.

"이야, 정말 대단하군요." 하고 롯폰마쓰가 감상을 말했다. 내가 이야기했을 때보다 훨씬 더 감정을 실은 목소리였던 것 같은데, 기분 탓이겠지.

식후 커피를 음미하고 있는데 가모가, "물 좀 주실 수 있을까요?" 하고 전자 음성으로 말했다. 하시모토가 "아, 저도요." 하고 말을 잇자 자야마가, "다른 분들 것도 함께 준비하겠습니다." 하고 대답했다.

티라미수 접시를 치우던 사쿠라코에게 눈짓을 하자 사쿠라코는 일단 주방으로 들어가 인원수만큼의 컵과 스테인리스 포트를 들고 나왔다. 테이블 옆에서 각 사람 앞에 컵을 내려놓고 차례로 물을 따라주었다.

"이런 숲속이니 방의 세면대 물이나 같은 물이겠지만 지금 마시는 게 편하겠어요."

가모는 이렇게 말하며 주머니에서 약통을 꺼냈다. 약을 복용할 시간인 모양이다. "나도" 하며 롯폰마쓰와 자야마도 말을 이었다. 다들 식당에 약을 가지고 온 걸 보니 준비가 철저하다.

"여러분은 보통 어떤 약을 드시나요?"

이는 야쿠인이 던진 질문이었다. 대표로 지로마루 선생이 대답했다.

"암 환자는 항암제를 여러 가지 복용하지. 게다가 당뇨가 있는 분도 많으니까 혈당 약도 함께 복용하겠지. 롯폰마쓰 씨는 어떤가요?"

"폐도 위도 별반 다르지는 않지요. 면역억제제에 위장 보호제와 진토제, 그리고 변비약 정도."

"감염증도 변비도 큰 적이니까요."

하시모토가 이야기를 이어갔다.

"저는 처음 입원했을 때 수술과 병행하면서 수액 치료를 받았어요. 네 번의 사이클이었지요. 먹는 약도 병행해서 시작했기 때문에 그때가 가장 힘들었어요. 세컨드 오피니언[3]도 받았고, 병용 요법[4]도 한번 시도해 볼까 생각했어요. 효과가 있을 것 같다면 지푸라기라도 붙잡는 심정이었지요. 결국, 지금은 먹는 약 세 가지로만 안정된 상태입니다. ……안정되었다고 해도 되는 건지는 잘 모르겠지만요."

"병용 요법이란 건 뭔가요?"

내 질문에 자야마가 설명을 덧붙였다.

"여러 약물을 조합해서 서로의 효과를 높이는 치료법입니다. 암이나 정신과 치료 분야에서는 비교적 잘 알려진 전략이지요."

그는 뒤를 이어 덧붙였다.

"어려운 시기는 사람마다 다르지만 병명을 진단받고 처음 받는 충격은 누구나 경험하는 일입니다. 그 이야기는 내일 나누는 것으로 하지요."

하시모토는 포크를 내려놓으며 지로마루 선생을 향해 물었다.

"혈당 약은 식전에 복용하는 거 아닌가요?"

"꼭 그렇다고만은 할 수 없지요. 식전에 먹는 것도 있고, 식후에 먹는 것도 있어요. 전분의 분해를 지연시키는 약은 식전에, 인슐린 분비를 촉신하는 약은 식후에, 경우에 따라서는 식전이든 식후든 큰 차이 없이 복용할 수 있는 약도 있고요. 참고로 저도 인슐린과 병용하고 있습니다

---

[3] Second Opinion. 다른 의사에게 진단을 받는 것.
[4] Combination Therapy. 두 가지 이상의 치료법이나 약물을 사용하는 방법.

만, 이것도 효과의 빠르기와 지속 시간에 따라 혼합형, 장시간형, 중간형, 속효형, 초속효형 등으로 나뉘지요."

"속효형 위에 초속효형이 있는 건가요?"

"최근에 나오는 신약은 초속효형보다 효과가 더 빨라서 속칭 초초속효형으로 불리는 일도 있지요."

"어떻게 구분해서 사용하나요?"

"기본은 식이요법, 운동, 그리고 먹는 약이지요. 그래도 조절이 잘 안 되는 경우에 인슐린 요법을 추가합니다. 나나쿠마 선생님처럼 1형 당뇨는 예외지만요. 주사제 중에서도 기초 분비를 촉진하는 것이 1차이자 기본이지요. 그리고 필요에 따라 식전의 속효형이나 초속효형을 함께 씁니다. 속효형은 30분쯤 지나면 효과가 나타나고, 초속효형은 더 빠르게 효과가 나타나기 때문에 생리적인 인슐린 분비 패턴에 더 가까운 방식이지요. 다만 오늘처럼 전채 요리나 수프 같은 것이 나오는 코스 요리일 때는 시간 조정이 까다롭다는 단점도 있습니다."

식전 인슐린은 보통 식사 시작 시각에 맞춰 투여하지만, 오늘 같은 날은 정확한 타이밍을 맞추기가 어렵다. 식전 혈당 수치 다음으로 어떤 요리가 어느 시점에 제공될지를 사전에 아는 것이 주사 시기와 투약량을 정하는 중요한 요소가 된다.

그때 야쿠인이 말을 이었다.

"건강 프로그램 같은 데서도 그러잖아요. 메인 요리보다 먼저 샐러드처럼 식이섬유가 풍부한 음식부터 먹는 게 좋다고요."

"오, 그건 꽤 잘 알고 있네."

"식습관, 아니, 사생활까지 엉망인 선생님을 돌보는 것도 제 업무의 일부니까요."

"흥, 그 점은 고맙게 생각하고 있어."

조금 숨을 돌리고 살 것 같은 기분이 들었을 때 자야마가 자리에서 일어나더니, "슬슬 적당한 시간이네요. 일단 오늘 모임은 여기서 마무리할까요. 내일 아침 식사는 8시이고, 메뉴는 빵과 햄에그, 그리고 음료입니다. 코스 요리는 아니니까 안심해주세요. 그리고 오락실과 도서실은 개방되어 있으니, 관심 있는 분이 계시면 간단히 안내를 해드리겠습니다" 하고 말해서 나와 야쿠인은 고개를 끄덕였다. 다만 방광이 서서히 압박을 보내기 시작했기 때문에 이렇게 제안했다.

"화장실도 다녀오고 싶고 하니 20분 후에 다시 모이는 건 어떻습니까?"

"좋지요. 그럼 20분 뒤에 다시 홀로 모여주세요."

7

허리에 차는 파우치에는 과자 외에도 여러 종류의 약이 항상 들어 있다. 인슐린을 비롯해 수면 유도제나 두통약 등 머리에 관련된 약도 여러 가지다. 만성 두통은 탐정 일을 하는 데 좋지 않다.

아직 잘 생각은 없어서 수면제는 필요 없고 혈당 관련 약도 지금은 괜찮다. 그 외에 몇 가지 약을 나누어 복용했다. 두통약은 크기가 큰 알약이 많은 편이라 한꺼번에 삼키는 것보다 나눠서 먹는 게 훨씬 수월했다.

옷매무시를 가다듬고 방을 나서 야쿠인을 데리고 홀로 들어갔다. 홀에는 이미 자야마, 롯폰마쓰, 지로마루 선생, 하시모토, 하루나가 와 있었다.

"가모 씨는요?"

"먼저 오락실로 가셨어요."

"사쿠라코 씨는요?"

"그 애는 설거지와 내일 아침 사전 준비까지 끝내면 그 후에는 자유 시간입니다. 나중에 합류하게 되겠지요."

빵과 햄에그와 음료 따위에 무슨 사전 준비가 필요한 것인지는 알 수 없었지만, 아마도 밀가루와 효모를 섞는다거나 하는 그런 일일 것이다.

안내는 우선 홀에서부터 시작되었다.

"원래 이 별장은 제 아버지가 펜션으로 지으신 겁니다. 이 주변은 교통은 불편하지만 은신처로서는 꽤 인기가 있는 것 같습니다."

"밖에 뭔가 쓰여 있었던 것 같은데요. 맞다, 야메이소였던가요?"

"가을 기운이 감도는 음력 10월 무렵에 준공했다고 들었습니다. 아버지가 처음으로 묵었던 날, 건물이 저녁 어스름에 잠기자 일대에 벌레와 새들의 울음소리가 퍼졌는데, 그 소리가 마치 축복처럼 느껴졌다고 합니다. 아버지는 그 소리에 감명을 받아 그렇게 이름을 붙였다고 전해 들었습니다."

"그랬군요."

인상 깊은 이야기이긴 했지만, 하필 지금은 7월이다. 새는 있을지 몰라도 벌레 소리를 기대하는 건 무리였다. 게다가 이번 모임은 여명이 얼마 남지 않은 사람들뿐이다. 이래서야 야명장夜鳴莊이 아니라, 여명장余命莊이다.

그러고 나서 나는 천장을 올려다보며 중얼거렸다.

"샹들리에가 멋지네요. 체코산인가요?"

"군마현의 체인점 제품입니다. 배송비가 무료라 도움이 되었지요."

확실히는 모르지만 진짜 샹들리에는 현재 수리 중이라고 한다. 낮에 봤던 그 세련된 이미지란 대체 뭐였나 싶다. 자신의 관찰력 부족을 저주하고 싶어졌다.

그리고 눈길은 자연스럽게 벽에 걸린 그림으로 향했다. 식당 반대편 벽에 걸려 있는 커다란 캔버스 작품이다.

천장 가까이에 두 여인이 그려진 100호 캔버스가 걸려 있다. 아니, 사람인지 아닌지 알 수 없었다. 인간의 얼굴을 하고 있는 것 같지만, 추상적으로 그려진 천사와 악마처럼 보이기도 했다. 그림의 윗부분, 노란색 배경 속에는 하얀 베일을 두른 여인이 미소를 머금고 손을 뻗고 있었다. 그 손은 아랫부분, 푸른 배경에 녹아든 어두운 여인의 손을 향해 뻗어 있다. 서로를 갈망하는 것처럼 보이기도, 잡았던 손이 떨어진 순간처럼 보이기도 했다. 배경의 색채 대비는 분명했다. 색이 섞이는 것을 싫어하는 것처럼 노란색과 파란색의 경계는 명확했다.

"이 그림은요?"

"제 그림이에요."

그렇게 속삭인 사람은 하루나였다. 야쿠인은 경탄하는 목소리를 흘렸다.

"제목은 〈산 자와 죽은 자〉입니다. 상투적일지도 모르지만, 위쪽에 그린 밝은 느낌의 인물이 산 자, 반대로 어두운 이미지가 죽은 자입니다. 그래도 아직 죽지는 않았고 죽어가는 인간이긴 하지만요. 보는 사람에 따라서는 천사와 사신死神처럼 보일지도 모릅니다."

사신처럼 보이지는 않았다. 뭐, 실제로 사신을 본 적은 없지만 말이다.

"혹시나 해서 말인데."

나는 한 번 호흡을 끊고 나서 말을 이었다.

"산 자는 사쿠라코 씨, 죽은 자는 하루나 씨, 그런 건가요?"

하루나는 놀라는 기색도 없이 조용히 고개를 끄덕였다.

"모티프는 그렇습니다. 죽어가는 저와 계속 살아가는 사쿠라코 씨, 그런 대조적인 이미지로 저 그림을 그렸습니다. 그림 속 사쿠라코 씨의 머리 모양은 지금이랑 다른 보브 컷이지만요."

"소중한 사람이군요."

"네, 무척이요."

그 말만을 남긴 채 하루나는 뒤돌아서 걸음을 옮겼다.

"어디 가시죠?"

"아무래도 피곤해서요. 방으로 돌아가려고요."

그녀를 억지로 붙잡는 사람은 없었고, 결국 두 사람을 제외한 채로 안내가 이어졌다.

홀을 나와 오른쪽으로 꺾었다. 식당 쪽이다. 정면은 벽이고, 바로 왼쪽으로 꺾어지는 좁은 복도가 있었다.

"왼쪽은 도서실과 객실입니다. 여성분들은 주로 이쪽을 사용합니다. 도서실로 가시지요."

그리하여 바로 눈앞에 있는 방으로 안내되었다.

객실과 크기는 같지만 욕실과 화장실이 없는 탓에 널찍하게 느껴졌다. 정면 벽에는 작은 창문이 나 있고, 중앙에는 작은 책상과 의자 두 개만 놓여 있다. 그리고 좌우의 키 큰 책장은 장서로 가득 메워져 있었다.

대강 둘러보니 오른쪽 책장에는『정신병리학 원론』,『인격의 성숙』같은 다소 어려운 전문서적이 주르륵 꽂혀 있었다. 반면 왼쪽 책장에는『시끌별 녀석들うる星やつら』에서『MAO』에 이르기까지 무려 40년 넘게 이어진 다카하시 루미코高橋留美子 선생의 작품들이 쭈욱 늘어서 있었다. 단편집과 컬러 화집까지 전부 갖춰져 있는 본격 콜렉션이었다.

"이, 이건."

책장 한구석에 낡은『주간 소년 선데이』도 한 자리를 차지하고 있었다. 혹시나 해서 집중하고 봤더니 있었다. 1978년 제28호다. 훗날『시끌별 녀석들』의 연재로 이어지는 단편이 실린 환상의 희귀본이! 보존 상태도 아주 양호했다. 나도 예전에 읽은 적이 있다.

"자야마 씨, 여기가 도서실이라는 건, 이 책은……."

"여기서 읽으셔도 되고, 객실로 가져가셔도 괜찮습니다."

꼭 빌려가기로 하자.

도서실을 나와 다시 홀로 향했다. 식당과 쌍을 이룬 반대편에는 오락실과 창고가 있는 듯했다. 이쪽도 복도와는 연결되어 있지 않아서 들어가려면 일단 홀을 거쳐야 한다고 했다.

오락실은 식당과 같거나 약간 더 넓어 보였다. 중앙 부근에는 낮은 마작 탁자, 정면 안쪽에는 트럼프 게임도 할 수 있을 법한 소형 테이블이 있다. 왼편 벽을 따라 소파가 놓여 있고, 그 소파와 마주 보도록 의자들이 줄지어 있으며, 오른편 벽 근처에는 당구대가 놓여 있다. 거기에 가모가 있었다. 게임을 하기 위해서일까, 반소매 폴로 셔츠로 갈아입은 모습이었다. 새우처럼 허리를 굽히고 얼굴을 당구대 가까이 가져간 자세로 큐를 겨누고 있었다. 힘이 들어가서인지 손끝이 혈색 좋게 물들어 있었다.

가모가 공을 쳤다. 어디로 향할지 알 수 없는 공이 데굴데굴 소리를 내며 어딘가의 구멍으로 떨어졌다. 소리가 멎자 그는 몸을 바로 하고 조용히 고개를 숙여 인사했다.

"아아, 여러분."

심하게 쉰 본래 목소리였다. 그는 전자 단말기를 꺼내 말을 이었다.

"탐험은 마쳤습니까?"

"여기, 그리고 창고가 남아 있습니다만, 창고 같은 건 보여줘도 재미는 없을 겁니다."

야쿠인은 고개를 가로저었다.

"구경해도 될까요? 혹시 모르니까요."

"뭐, 상관없습니다만."

이렇게 말하며 자야마가 창고 문을 열었다. 문이 잠겨 있지 않은 모양이다. 벽에 있는 스위치를 켜자 깜깜했던 공간이 불빛 아래 환하게 드러났다.

렌치나 드라이버 같은 공구, 잔디깎이, 가지치기 가위, 다듬가위, 높은 가지치기 가위 등 원예 도구들이 잡다한 공간의 절반가량을 차지하고 있었고, 나머지도 발 디딜 틈 없이 꽉 차 있었다(물론 실제로 발을 디딜 일도 없었지만).

혹시 추리소설이라면 2미터가 넘는 높은 가지치기 가위를 이용해 어떤 사건을 만들어볼 수 있지 않을까? 하지만 지금은 검토해야 할 다른 일도 있어서 이번 2박 3일 동안 활약할 기회는 없을 것 같다.

창고를 나와 오락실로 돌아갔다. 여기서 해산하거나 담소를 나눠도 좋다고 했다. 시각은 밤 10시다. 방으로 돌아가도 딱히 할 일이 없어 무료할 것 같아 나와 야쿠인은 남기로 했다. 하시모토도 혼자 있는 건 싫다고 했다. 롯폰마쓰가 "포커라도 하지 않겠소"라고 했더니 지로마루 선생이 "그럼 나도" 하며 응했다. 자야마가 "그럼 사쿠라코한테 부탁해서 카페인 없는 홍차라도 가져오게 하죠"라고 해서, 결국 방으로 돌아간 사람은 아무도 없었다. "피곤해서 잘래요"라고 말한 사람이 한 명도 없는 건가. 정말 모두 시한부 선고를 받은 걸까? 지금 이 순간만 본다면 도저히 그렇게 여겨지지 않을 만큼 모두 건강해 보였다.

야쿠인은 가장자리에 있는 소파에 앉았다. 나는 무릎 위에 놓인 만화 잡지를 훌훌 넘겼다. 홍차를 기다리는 게 지루해서 나와 야쿠인은 하루의 피로를 풀기라도 하듯 잡담을 나누었다.

"넌 하루나 씨와 사쿠라코 씨 중 어느 쪽이 더 좋아?"

"네엣?" 야쿠인은 기침을 했다. 음료를 마시고 있지 않아서 다행이다, 하고 생각했다.

"아니, 어느 쪽을 선택하라니요. 허허. 청초하고 가련한 느낌의 하루나 씨와 밝고 활발한 느낌의 사쿠라코 씨 중에서 선택이라니. 대체 무슨 말씀을 하시는 거예요. 기대하지 말라고 하신 건 나나쿠마 선생님이셨잖아요. 그러는 선생님은요? 어떻게 생각하시는데요?"

"사쿠라코 씨는 사야카랑 닮았어."

"네?"

화들짝 놀랐는지 야쿠인은 순간적으로 숨 쉬는 걸 잊어버린 듯했다.

"걔는 사야카를 빼닮았어."

"그런가요?"

"머리 모양만 바꾸면 본인과 헷갈릴 정도야. 그림을 봐도 명백하잖아."

"듣고 보니……, 그럴지도 모르겠네요."

"그나저나 좀 늦는군."

그때 자야마가 돌아왔다. 그 뒤에 사쿠라코가 따라오고 있었다.

"실례하겠습니다" 하며 사쿠라코는 스테인리스 포트와 밀크 포트, 그리고 인원수만큼의 잔을 마작 탁자 위에 내려놓았다. 포커를 하던 두 사람과 가모는 적당히 마시겠다고 해서 홍차를 따른 잔을 각자 손에 닿기 쉬운 곳에 두기로 했다.

인원이 많고 취향도 제각각이라 내가 서빙을 거들기로 했다. 당연히 야쿠인도 도와주었다. 사쿠라코가 홍차를 따르고, 나는 그 옆에서 우유를 부었다. 하시모토의 잔을 건네주고, 내 잔을 손에 들었다.

야쿠인의 옆자리에 사쿠라코가 앉았다. 야쿠인은 좋아서 입이 헤벌쭉해졌다. 그 옆에 하시모토, 자야마가 나란히 앉았고, 나는 그들과 마주 보는 자리를 확보했다.

폭이 넓은 팔걸이에 잔을 놓은 자야마가 입을 열었다.

"나나쿠마 선생님, 야쿠인 씨. 귀한 이야기를 들려주셔서 감사했습니다. 어떻습니까, 즐기고 계신가요?"

"그럼요. 맑은 공기, 세련된 건물, 군마산 샹들리에, 그리고 무엇보다 사쿠라코 씨의 맛있는 요리. 괜찮으시다면 내일은 미어캣 찾는 법에 대한 강의를 해드리겠습니다."

"굳이 그럴 필요까지는 없습니다."

달갑지 않은 듯한 찌푸린 표정이었다.

"무슨 이야기인가요?"

"그러고 보니 사쿠라코 씨는 그때 없었지? 미어캣에 한 표를 던진 건 하루나 씨였고, 확실히는 모르는데 그 사람이 당신한테 신세를 졌다고 하더군요. 게다가 홀에 걸린 그림도 그렇고. 괜찮다면 그 얘기 좀 들려줄 수 없을까요? 야쿠인이 알고 싶어 하더라고."

"미나미 하루나 얘기인가요?"

화제를 돌리는 방법이 너무 억지스러웠던 걸까. 하지만 다행히 별문제는 없었던 것 같다.

"하루나와는 대학 동아리에서 알게 되었어요. 제가 회장을 할 때 그 아이가 새로 들어왔거든요. 유화 동아리였고, 아, 저는 미대 출신이에요. 전공도 유화였고요. 뭐, 저는 재능도 없고 그냥 평범하게 취업해버렸지만, 일단 그때는 물감투성이인 채로 지냈어요. 그때가 그립네요."

"어머, 사쿠라코 씨. 요리에 재능 있잖아요."

"정말요? 그런가요, 헤헤. 하루나는 보시다시피 예쁘고, 어딘가 신비로운 분위기도 있고, 무엇보다 그림에 재능이 있어서 들어오자마자 모두의 시선을 한 몸에 받았어요."

"신비롭다는 건 무슨 뜻이죠?"

"일주일이었나? 아무튼 짧은 기간에 엄청난 대작을 완성하고는 했는데, 애초에 얼굴을 내미는 일 자체가 드물었어요. 동아리뿐 아니라 수업에도요. 그래서 걱정되어 연락을 주고받다 보니 이런저런 이야기를 나누게 되었지요."

"신세를 졌다고 하던데요."

사쿠라코는 기억을 더듬는 듯 고개를 갸웃하더니, "저는 그저 그림을 칭찬해주고 같이 밥 먹으며 얘기하고, 가끔 고민을 들어줬을 뿐이에요." 하고 이야기했다. 아마도 어렸을 때부터 병과 함께 살아왔을 하루나에게 '그뿐'이라는 것이 어느 정도의 가치가 있는지, 사쿠라코의 생각이 거기까지는 미치지 못했을지도 모른다. 물론 그것은 우리도 마찬가지일 것이다.

잠시 정적이 흐른 뒤 야쿠인이 입을 열었다.

"그녀도 암이었나요?"

"아니요, 그 아이는."

그 말이 채 끝나기도 전에 자야마가 끼어들었다.

"그걸 네가 말해도 되는 걸까? 야쿠인 씨도 괜찮겠어요?"

맞는 말이다. 야쿠인은 "죄송합니다" 하고 움츠러들었다.

"뭐, 그렇게 풀이 죽을 것까지는 없어, 야쿠인. 네 실수는 항상 있는 일이잖아. 아, 그러고 보니 나만 자꾸 말해서 지루할 테니까 이번에는 네가 뭔가 이야기해보는 건 어때. 탐정 일이든 예전 직장 일이든, 뭐든 좋으니까."

"뭐, 아까 야쿠인 씨가 했던 이야기도 아주 재미있었어요. 다른 사건 이야기도 꼭 듣고 싶네요."

"그런가요?"

찻잔을 든 야쿠인은 홍차는 목 넘김이 제일이라는 듯이 단번에 쭉 마셔 버렸다. 뜨거운 것을 단숨에 들이마시는 것이 그의 특기이자 습관인데, 탐정 일에는 아무짝에도 쓸모없는 능력이었다.

"그럼……, 그런데 나나쿠마 선생님?"

나는 페이지를 넘기던 손을 멈췄다.

"선생님은 듣고 싶은 생각이 없으신 건가요?"

"응. 어차피 지루할 테니까 그냥 만화나 보고 있을게. 사야카 이야기라면 기꺼이 듣겠지만. ……자, 이야기해."

야쿠인은 시무룩한 표정을 슬쩍 내비쳤다가 곧 재미없는 이야기를 시작했다.

나는 무릎 위에서 손가락을 만지작거리며 롯폰마쓰와 지로마루 선생의 조용한 기싸움을 바라보다가 고개를 돌려 가모의 플레이를 가만히 보았다. 계속 바라보고 있으니 기분이 상했는지 가모가 이쪽을 힐끔거리기 시작했다. 그래서 그에게 메롱 해주었다. 그는 표정 하나 바꾸지 않은 채 계속 나를 바라보고 있었다.

서로 눈싸움을 계속한들 아무런 소득도 없기에 나는 몸을 돌리며 말했다.

"손녀분, 예쁘시죠?"

자야마에게 한 말이었다. "손녀분, 예쁘네요"라고 바꿔 말해도 의미는 같았다. 그 손녀는 손녀대로 누군가와 이야기가 잘 통하고 있는 듯했다. 그래서 말을 거는 것이 망설여졌다. 하시모토, 자야마, 그리고 내가 중심이 되어 이야기를 시작하자 당연하게도 평균 연령이 훌쩍 올라갔다.

"예, 예. 제 자랑 같지만 정말 잘 자란 손녀라고 생각합니다."

"하시모토 씨는 자녀가 있으세요?"

"고등학교 2학년 딸이 하나 있어요……."

그 말꼬리가 오그라들었다. 남은 시간은 기껏해야 1년 이내, 설령 그 선고가 빗나간다 해도 성인식 때 화려하게 차려입은 딸아이의 모습을 볼 수 있을지 어떨지 알 수 없다. 오래 사는 것은 기대할 수 없을 것이다. 그렇기에 평소에 아무렇지 않게 꺼낼 수 있는 질문도 여기서는 세심하게 말하지 않으면 지뢰를 밟을 수 있다. 나는 그런 세심한 배려에 서투르다. 오히려 여성을 상대하는 일이라면 야쿠인이 더 능숙하다. 흘깃 조수를 보았더니 헤실헤실한 옆얼굴을 이쪽으로 돌리고 있었다.

"나나쿠마 선생님은 자녀가 있으세요?"

하시모토가 질문을 던졌다. 보복성 질문은 아닌 듯했다. 자야마, 자신으로 질문이 이어졌으니 이제 나에게 이야기를 돌리는 자연스러운 흐름인 것 같다. 나는 특별히 대답하기 곤란한 일도 아니어서, "없습니다" 하고 응수했다.

그 뒤에도 사람들은 번갈아 화장실에 다녀오고, 또 홍차를 더 마시기도 했다. 시곗바늘이 밤 11시를 지날 무렵 롯폰마쓰가 말했다.

"저는 이만 실례하겠습니다."

그러자 지로마루 선생도 "저도 이만" 하고 서서히 자리에서 일어났다.

가모도 내내 당구만 쳐서 피곤했는지, "잘 먹었습니다" 하고 사쿠라코를 힐끗 쳐다본 후 굼뜬 발걸음으로 오락실을 나섰다. 이렇게 되니 우리도 자연스럽게 해산하게 되었다.

반대편 방에 묵는 하시모토와 사쿠라코와 헤어지고, 자야마에게도 인사한 뒤 야쿠인에게 수고했다 말하고는 내 방으로 들어갔다.

둘째 날

1

　창문 너머로 아침 햇살이 필사적으로 머리맡을 비추려고 하지만, 서향 방이다 보니 그 힘은 맥없이 약했다. 편안한 잠을 방해할 정도는 아니었다. 그 평온한 잠을 방해하는 것이 있다면 그것은 빛이 아니라 소리였다.
　노크 소리가 들렸다. 세 번의 노크에 이어, "나나쿠마 씨" 하는 소리가 들렸다. 마치 어제저녁의 재현 같다. 다른 점이라면 시간이다. 지금은 오전 7시 50분이다.
　난폭한 소리가 심하게 머리를 울렸다. 나는 손으로 머리를 눌렀다.
　"일어나세요. 큰일났습니다."
　"큰일? 무슨?"
　"보시면 알 겁니다. 그리고 아침 식사는 8시부터입니다. 나나쿠마 씨, 평소에 준비하는 데 시간이 많이 걸리시잖아요. 이러다 늦습니다."
　그러고 보니 8시부터라고 했다. 과음하지는 않았지만 진한 홍차가 문제였던 걸까.

"확실히 이대로는 늦겠군. 미안하지만 먼저 가서 자야마 씨께 늦는다고 전해줘."

"알겠습니다. 먼저 가 있을 테니 얼른 오세요."

문 너머에서 조수가 떠난 뒤 나는 화장실에서 볼일을 보고 옷을 갈아입은 다음 손끝에서 혈당치를, 왼팔에서는 글루코스 수치를 측정했다. 전자는 따끔한 통증을, 후자는 '피로롱' 하는 얼빠진 효과음을 동반한다.

수치에 괴리는 없었다. 150과 158. 오늘 식전 약은 굳이 복용하지 않아도 될 것 같다.

복도로 나서 식당 쪽으로 향했다. 홀에 들어서자 내 조수가 서 있었다. 자야마도 있었다.

"나나쿠마 선생님, 안녕하세요. 지금이 몇 시라고 생각하세요?"

"생각이고 뭐고, 시계를 보면 한눈에 알 수 있지요. 어디 보자, 8시 7분이네요."

"곤란합니다. 식사 시간은 꼭 지켜주셔야 합니다."

"죄송합니다. 하지만 야쿠인을 통해 늦는다고 미리 전했을 텐데요."

"뭐, 좋습니다. 그보다 이것 좀 봐주세요."

그 말을 듣고 올려다본 것은 바로 그 그림이었다. 하지만 어제와는 크게 달라져 있었다.

그림이 엉망진창으로 난도질당해 있었다. 여러 군데가 칼 같은 것으로 그어져 있었다. 그림 속 두 사람의 팔, 목, 얼굴까지 예리하게 그어져 있어 처음 보는 사람이 보면 원래 무슨 그림이었는지 전혀 알 수 없을 정도였다.

"이거 심각하군요."

"그렇죠? 선생님, 혹시 뭔가 아시는 건 없습니까?"

"공교롭게도 푹 자고 있었습니다."

야쿠인이 끼어들었다.

"설마 탐정인 우리를 시험해보려고 꾸민 몰카 같은 건 아니겠죠?"

"설마요. 그런 짓은 안 합니다."

"자야마 씨, 범인 수색은 나중에 하기로 하고, 우선 아침 식사부터 하시지요. 너무 늦어지는 것도 좋지 않을 테니까요."

자야마는 잠깐 생각하는 듯했다.

"말씀대로입니다. 식사는 준비되어 있습니다."

자야마를 선두로 우리는 식당으로 이동했다.

안으로 들어서자 공기 속에 은은히 감도는 빵 냄새가 콧속을 스쳤다. 보아하니 나와 자야마의 자리가 어젯밤과 바뀌어 있었다. 어제는 자야마가 호스트로서 진행을 원활히 할 수 있도록, 그리고 내 이야기가 전체에 잘 전달될 수 있도록 배려한 모양이었다.

테이블에는 이미 햄에그와 샐러드가 놓여 있었다. 그렇다면 은색 뚜껑 아래에는 아마도 빵이 있겠지 싶어 손을 뻗으려던 순간 위화감을 느꼈다. 아직 아무도 손을 대지 않고 있었던 것이다.

곧바로 이해했다.

"이런, 실례했습니다. 아직 '잘 먹겠습니다'를 안 했군요. 자, 모두 손을 모아주세요. 잘 먹겠……."

"선생님, 그게 아니잖아요."

야쿠인이 나무랐다.

"그런 학교 급식 먹을 때 하는 행동은 안 해도 되잖아요."

"나나쿠마 선생님, 실은……."

그때 나는 어젯밤과 달라진 점이 하나 더 있다는 걸 알아챘다.

"가모 씨가 안 보이네요."

"그렇습니다. 아직 일어나지 않으셨습니다."

"가모 씨도 준비에 시간이 걸리는 타입일까요?"

"글쎄요. 나나쿠마 선생님만큼은 아니겠지만 혈당 측정과 약 복용, 주사 놓기 정도는 해야 할 겁니다."

"그래도 5분이면 끝낼 수 있는 일 아닌가요?"

"가모 씨는 어제 꽤 피곤해 보였잖아요." 하고 하시모토가 말했다.

"나중에 상황을 보러 갈까요?" 하고 자야마가 말했다.

'나중에'라는 말은 더 이상 식사 시간을 늦출 수 없다는 의미일 것이다. 그 뜻을 알아차린 듯 입을 연 사람은 가장 안쪽에 앉은 여성이었다.

"제가 보고 올까요?"

"하루나 양, 하지만……."

"전 당뇨도 없고. 게다가 그분은 제대로 식사를 안 하시면 죽을 수 있잖아요?"

"고맙긴 한데 여자 혼자 보내는 건 좀, 그리고 게스트한테 게스트를 깨우러 보내는 것도 그렇고요. 으음."

"자야마 씨, 제가 같이 가겠습니다. 저도 당뇨가 없어요." 하고 야쿠인이 손을 들었다. 속이 훤히 들여다보인다.

"야쿠인, 너도 손님이야. 자야마 씨도 그런 점에서 신경 쓰고 계시는 거고. 게다가 게스[5]하고 같이 간다면 하루나 양도 유쾌하진 않을걸."

"누가 게스예요! 게스트라고요!"

"아, 맞다. 사쿠라코가 있었지. 사쿠라코."

이름이 불리자 사쿠라코가 주방에서 모습을 드러냈다. 아침부터 제대로 조리복을 갖춰 입고 있었다.

자야마가 사정을 설명하자 하루나와 사쿠라코가 함께 가모를 깨우러 가게 되었다. 하루나도 사쿠라코와 함께라면 안심하는 듯했다. 안녕하지 못한 사람은 나의 조수로, 분한 심정이 배어 나오는지 턱에 힘이 들어가 추한 잇몸을 드러내고 있었다.

어쨌든 예정보다 15분 늦게 정원이 다 모이지 않은 채 아침 식사가 시작되었다. 그리고 곧바로 두 젊은 목소리에 의해 아침 식사가 중단되었다.

약간 그을린 크루아상을 찢으려던 순간, 그 소리가 들려와 손을 멈추고 말았다.

두 사람이 안색이 바뀐 채로 돌아왔다. 자야마가 말했다.

"어떻게 된 거야? 손님들께서 한창 식사 중이신데."

……사실 나는 아직 한 입도 먹지 않았다. 하지만 곧 빵을 씹으며 귀를 기울였다.

"가모 씨가 안 일어나요."

"그래서 깨우러 갔던 거잖아."

"그러니까 안 일어나신다고요."

"일어날 때까지 끈덕지게 버티라고 할 수는 없지만……."

"역시 제가 가볼까요?"

---

[5] げす(下種). 상놈이라는 뜻이다.

"자야마 씨, 야쿠인의 노크 실력은 정평이 나 있거든요."

"나나쿠마 선생님, 하지만……."

"자야마 씨, 제가 가겠습니다."

"그렇게까지 말씀하신다면 부탁드리겠습니다."

"자, 그렇답니다. 갑시다, 하루나 씨, 사쿠라코 씨."

"야쿠인, 무슨 말을 하는 거야. 두 사람이 안 되니까 자네가 가는 거잖아. 당연히 혼자 가야지."

"아니, 그런……."

나의 조수는 힘없이 자리에서 일어났다.

나는 천천히 아침 식사를 만끽하려고 빵을 찢었다.

빵을 입 안에 잔뜩 밀어넣고 있을 때 야쿠인이 돌아와 말했다.

"안 됩니다. 안 일어나세요."

"알겠습니다. 어쩔 수 없지요. 열쇠로 엽시다."

이렇게 말하며 자야마가 자리에서 일어났다.

야쿠인과 교대하듯이 자야마가 식당을 나갔고, 나는 남은 빵과 햄을 먹었다. 햄은 짠맛이 딱 좋았다.

그 순간이었다.

"우, 우와아악!"

짐승의 포효와도 같은 외침이 홀 저편에서 들려왔다. 홀에 호랑이를 기르는 것도 아니라면 그 소리는 분명 인간의 것이었다. 게다가 이 자리에 없는 사람은 자야마와 가모뿐이다.

"가모 씨, 가모 씨!"

이렇게 부르는 걸 보면 아마도 자야마의 목소리일 것이다. 깜짝 놀랐다. 저 마른 몸뚱이 어디에서 큰 목소리가 나오는 걸까.

"······놀라고 있을 때가 아니다.

"나나쿠마 선생님, 지금 놀라고 계실 때가 아니에요. 가시죠."

"예, 예."

그 자리에 말없이 남아 있는 사람은 없었고, 결국 모두가 식당을 떠나 목소리가 들려온 방향으로 향했다.

가모의 방 앞, 안을 들여다보는 롯폰마쓰와 하루나의 등을 비집고 방 안으로 들어섰다.

좌우 대칭이었으나 방 구조는 대체로 비슷했다. 왼쪽에 욕실, 조금 안으로 들어가면 테이블과 의자가 있었다. 그리고 오른쪽 벽에 침대가 붙어 있었다.

침대 옆에는 자야마와 지로마루 선생이 서 있었다. 무릎을 꿇고 있는 자야마는 상체를 이불로 덮은 듯한 자세였다. 지로마루 선생은 선 채로 구부린 등이 우리 쪽을 향하고 있었다.

그 두 사람 앞에는 물론 침대가 있었고, 잠든 얼굴을 보이고 있는 것은 이 방의 주인이었다.

가모는 자고 있었다.

"무슨 일인가요? 두 분 다. 두드려도 꼬집어도 안 되는 겁니까?"

자야마가 살짝 돌아보며 원망스럽다는 듯이 나를 쏘아보았다.

"나나쿠마 선생님, 두드리고 꼬집어도 맥이 멈춘 사람은 깨어나지 않아요."

"뭐라고요?"

자야마의 목소리는 아주 축축하게 젖어 있었다.
"임종하셨습니다."

고개만 이불 밖으로 나와 있고 베개를 베고 있는 가모의 핏기 없는 얼굴은 평온한 표정을 띠고 있었다. 입고 있는 옷은 보이지 않지만, 이부자리도 흐트러지지 않았다. 계절에 맞지 않는 두툼한 이불이 그의 몸을 푹 감싸고 있었다.
"죽은 겁니까?"
누구랄 것도 없이 중얼거렸다. 자야마가 대답했다.
"예. 설마 이런 일이 벌어질 줄은……. 이미 완전히 싸늘해졌습니다. 조금 전 오전 8시 29분에 사망을 확인했습니다."
불온한 공기가 방 안에 소용돌이치며 그 자리에 있던 사람들을 감싸 안고 복도로 퍼져 나갔다.
"문은 잠겨 있었던 거지요?"
"예. 제가 마스터키로 열었습니다."
방을 둘러봤더니 바닥이 특별히 어질러져 있지는 않았다. 침대 끝에 슬리퍼가 놓여 있고, 그 외에는 아무것도 없었다. 테이블 위는 말끔했고, 발밑에는 검은색 슈트케이스가 있었다. 입구 쪽 벽에는 폴로 셔츠 한 장이 옷걸이에 걸려 있다. 창문은…….
창문도 닫혀 있다. 크레센트 걸림쇠가 내려져 단단히 잠겨 있었다. 창문 오른쪽 위, 침대 머리 쪽에 있는 에어컨은 가동되고 있지 않았다. 밤에 켰는지 어떤지, 혹은 취침 타이머를 설정해뒀는지는 알 수 없었다.
"이런, 경찰, 경찰을 불러!"

롯폰마쓰가 소리쳤다.

"경찰?"

자야마와 지로마루 선생의 말에 내 목소리가 겹쳐졌다.

"사망 확인까지 했으면 구급차보다는 순찰차를 불러야 하겠지요. 그리고 현장 보존도 해야 할 거고. 어서요……."

하지만 아무도 반응하지 않았다. 그 모습이 수상쩍어 보였는지 당황한 기색이 역력한 야쿠인이 내 귓가에, "연락 안 하시는 건가요?" 하고 물었다.

나는 미간을 찌푸리고 눈을 가늘게 뜨며 그에게 응수했다. 만약 그의 눈에 자애와 체념이 섞인 표정이 보였다면 그건 내가 의도한 바였다.

"야쿠인, 그리고 롯폰마쓰 씨."

"무슨 일이시죠?"

"경찰에 연락할지 어떨지는 아직 모르겠습니다."

"예?"

"그리고 현장 보존은 어렵습니다."

"어렵다니요?"

"아마도요."

나는 야쿠인의 눈을 뚫어져라 바라보며 말했다.

"앞으로는 네가 생각하는 방향으로 흘러가지 않을 거야."

2

 흘러가는 시간이 냉정함을 주었던 것인지, 침착을 되찾은 자야마가 여기서도 상황을 정리했다.
 "우선 저와 지로마루 선생님은 검안檢案을 진행하겠습니다. 다른 분들은 일단 식당으로 돌아가주시겠습니까?"
 "자야마 씨, 저는 있어도 괜찮겠지요?"
 자야마는 나를 확인하듯이 보며 말했다.
 "지금은……, 그렇군요. 괜찮습니다. 사쿠라코, 다음 식사 준비를 부탁한다."
 "본다고 닳는 것도 아닌데 저도 여기서 봐두고 싶단 말이에요. 아침 식사는 이미 세팅도 다 해놨고요. 그치, 하루나?"
 "난 어느 쪽이든 상관없어요."
 "그럼 방해되지 않는 곳에 있어."
 말해봤자 반응도 없어 시간 낭비라고 판단한 것인지, 자야마는 그 이상 말하지 않았다.
 나는 방 입구 부근에 자리를 잡고 검안을 시작하는 두 사람에게 시선을 보냈다. 그러다 고개를 돌려 말했다.
 "아가씨들, 검안에 관심이 있으면 맨 앞줄로 와도 돼요."
 "잠깐만요, 괜찮은 겁니까, 나나쿠마 선생님?"
 "야쿠인, 네가 보는 것보다 백 배는 낫겠지. 가모도 그걸 더 기뻐할 거고. 자, 시체라고 해도 피도 없는 것 같고, 앞에서 보지 않겠소?"
 사쿠라코가 하루나의 손을 끌고 앞으로 나오려 했지만, "앞줄은 좀……" 하고 하루나가 머뭇거렸다. 대신에 하시모토가 나섰다.

"아가씨라면 나도 포함되려나?"

"사양하지 마세요, 하시모토 씨. 호기심은 생명을 연장하는 최고의 약이랍니다."

"보는 건 상관없는데 함부로 망치지는 말아줘요."

"알고 있어요, 지로마루 선생님."

"그렇다면 나도 앞에서 보겠소" 하고 롯폰마쓰도 앞으로 나섰다. 하시모토와 롯폰마쓰가 입구를 거의 막아버린 형국이 되었다.

"아, 이제 거의 안 보이잖아요" 하는 야쿠인의 푸념이 뒤에서 들려왔다. 보지 못해도 상관없다.

자야마와 지로마루 선생은 먼저 가모의 얼굴을 이불로 덮었다. 그리고 배 부분의 이불을 살짝 들추었을 때 야쿠인이 질문을 던졌다.

"나나쿠마 선생님, 아까 그 말은 무슨 뜻이었죠? 앞으로는 제가 생각하는 방향으로 흘러가지 않을 거라는 말이요."

뭐라고 대답할까. 말을 고르고 나서 입을 열었다.

"그래…… 너는 아마 오해하고 있을 거야."

"오해요? 뭘요?"

"인가에서 멀리 떨어진 저택. 어딘가 사연 있는 손님들에게 초대받은 탐정. 그리고 사체로 발견된 남성. 현장은 문도 창문도 잠겨 있는 밀실. 흔히 있는 패턴이지. 이건 첫 번째 사건이다! 이렇게 연쇄살인 사건이 시작된다는 불경스러운 망상을 하고 있는 거 아니야?"

"그거야…… 뭐."

"밖이 눈보라에 휩싸인 설원이거나 절해고도라면 무대장치로는 완벽

했을 텐데. 정말이지 사랑할 만한 고전적인 클로즈드 서클[6]이 완성되었구나 하고 생각하지 않았어?"

"거기까지는……, 사실 조금은 생각했어요."

"절반은 맞았어."

"절반이요?"

"클로즈드 서클의 정의를 '외부와 교통이나 통신이 단절된 상황'이라고 본다면 이번 일은 해당하지 않아. 누가 뭐래도 밖은 쾌청하거든, 현수교가 끊어진 것도 아니고 거대한 나무가 길을 막은 것도 아니지. 두 시간쯤 걸린다는 걸 제외하면 경찰이 오는 데 방해되는 것은 없으니까. 그게 아니라 좀 더 좁은 의미에서 '경찰이나 과학 수사의 개입이 없는 상황'으로 클로즈드 서클을 정의한다면, 그건 아마 절반 정도는 맞는 셈이겠지."

"아니, 그러니까……." 하고 야쿠인은 말끝을 흐렸다.

"이야기 속 살인사건과의 차이는 뭐지? 그렇지, 피해자야."

"가모 씨, 그 사람은……."

"후두암 진단을 받았지. 시한부 선고도 받았고."

"그럼."

"우연히 이 모임 도중에 사망했다고 해도 그건 수명이 다한 자연사일 가능성이 높다는 거야. 그래서 지금 이렇게 의사 선생님 두 분이 검안하고 있는 거지."

"자연사였다면 어떻게 되는 건가요?"

---

[6] Closed Circle. 주로 추리소설에서 자주 쓰이는 배경 설정의 하나로, 소수의 내부인들로 구성된 공간에서 내부인에 의해 일어난 살인사건을 가리킨다.

"가정법이 필요 없을 만큼 그럴 가능성이 높다고 보고 싶기는 한데 말이지. 그럴 경우, 경찰의 개입은 없을 거야."

"보고 싶다는 건 좀 모호한데요. 하지만 무슨 말을 하고 싶으신지는 알 것 같습니다."

"외부와 오가는 건 가능하지만 경찰이나 과학 수사의 손은 미치지 않는 곳, 굳이 말하자면 이건 '어정쩡한 클로즈드 서클'이라고 해야겠지."

정의하기 어려운 점은 있지만 어감이 마음에 들었다. 나는 이어서 말했다.

"예를 들어 병을 진단받은 사람이 그 병으로 죽는다면 그건 일반적인 일이야. 그런 병사에까지 매번 경찰이 개입한다면 병원은 틀림없이 구급차와 순찰차 사이렌 소리로 엄청 시끄러워지겠지."

"사이렌은 울리지 않을 것 같은데요."

"이야기 속 사건에서 경찰이나 사법 기관이 얽히는 건 말이지, 그 죽음이 의문사이기 때문이야."

"의문사란 말인가요?"

"야쿠인, 너도 의사잖아. 의사법 제21조, 기억하고 있어?"

"아니요."

이 대답에는 나도 놀랐다. 무심코 한숨이 새어 나왔다.

"히어, 니 같은 사람이 제21조를 기억하지 못하다니. 이 자리에서 가장 잘 알고 있어야 할 사람일 텐데 말이야. 농담이지? 아, 그래. 너는 사람을 놀리는 걸 좋아하지."

"놀리는 게 아니에요."

"좋아. 제21조는 말이야, [의문사 사체 등의 신고 의무] 조항이야. 의사는 사체 또는 임신 4개월 이상의 사산아를 검안하여 이상異常이 있다고 인정한 경우에는 24시간 이내에 관할 경찰서에 신고해야 한다."

"그 말은 반대로 이상이 없다면 신고하지 않아도 된다……?"

"뭐, 그런 셈이겠지. 틀린 말은 아니야. 그런데 일본법의학회에서 발표한 〈의문사 가이드라인〉이라는 게 있는데, 거기서 의문사는 크게 다섯 가지 유형으로 나뉘어 있어. ① 외인外因에 의한 사망, ② 외인에 의한 손상의 속발 질환, 또는 속발 질환에 의한 사망, ③ 위의 ① 또는 ②에서 의심이 있는 경우, ④ 진료 행위와 관련된 예기치 못한 사망, 또는 그것이 의심되는 경우, ⑤ 사인이 명확하지 않은 사망."

"그런 걸 잘도 기억하고 계시네요. 평소엔 온갖 걸 자주 까먹으시면서."

"시끄러워. 하나씩 짚어보자고. 우선 ①은 교통사고 같은 뜻밖의 사고, 질식, 중독, 그리고 자살이나 타살 같은 거야."

"그러고 보니 교통사고가 나면 경찰이 출동하네요."

"그건 또 다른 이유도 있겠지만 어쨌든 자연사가 아니라는 건 누구나 알 수 있지. 자야마 선생님, 어떻습니까? 시신에 외상이 있습니까?"

가모는 어젯밤과 같은 폴로 셔츠를 입고 있었다. 지금 두 노의사가 이불을 살짝 걷고 육안으로 시신 외부를 검안하고 있는 중인 듯했다. 대부분 보이지 않았지만 자야마가 돌아보지 않은 채 대답했다.

"목 스카프 아래에 봉합 자국이 있습니다. 쉰 목소리…… 가모 씨는 목소리가 잠겨 있었지요. 암의 영향일지도 모르지만, 수술 중에 회귀 후두 신경을 건드렸을 가능성도 있습니다. 다만 상흔은 깨끗하고, 목을 조른 흔적 같은 건 없습니다."

"몸 전체는 어떻습니까?"

"깨끗합니다. 적어도 제가 본 범위에서는요. 손끝에는 혈당 측정을 위한 바늘 자국이 단단히 굳어 있고, 복부 피부에 보이는 이건 인슐린 주사 자국입니다만 병과 그 치료로 인한 것들이겠지요."

"자야마 선생님, 이건."

지로마루 선생이 가모의 오른팔을 들어 올렸다. 팔의 안쪽, 잘 보이지 않는 부위에 조그만 흰색 버튼 같은 것이 붙어 있었다.

"연속 혈당 측정기입니다. 아마, 나나쿠마 선생님도."

"같은 기종인 것 같네요. 하지만 이 모임의 성격상 그렇게 드문 것도 아니겠지요."

그 팔을 바라보는 사이에 나도 모르게 낮은 신음이 새어 나왔다.

3

"아, 아아……."

탄식과 함께 짤막한 소리가 새어 나왔다. 나는 이마에 손을 세게 댔다.

"나나쿠마 선생님, 왜 그러세요?"

"그거야."

"뭐가요?"

"자연사가 아닐지도 몰라."

"뭐라고요?"

"인슐린입니다. 인슐린을 사용하면 눈에 띄는 외상을 남기지 않고도 자연사처럼 보이게 죽일 수 있습니다. 게다가 가모 씨는 평소에도 피하 주사를 놓고 있었으니까요. 흉터는 흉터에 가려지는 겁니다. 두 분 선생님, 실례하겠습니다."

나는 맹렬히 침대로 다가갔고, 두 의사에게 잠시 물러나달라고 했다. 호주머니에서 일회용 주사기와 간이 혈당 측정기를 꺼냈다. 몸을 앞으로 기울이고 이불 밑에 있는 시신의 손을 확인했다. 하얀 손가락이 드러나 있어 알코올 솜으로 닦고 손가락의 지문 쪽에 바늘을 찔렀다. 혈액을 측정기의 센서 칩에 흡수시키자 '삐익' 하는 소리가 났다.

나는 작은 모니터 화면을 두 선생님 쪽으로 돌렸다.

표시된 수치는, "203입니다……."

지로마루 선생이 팔짱을 끼고는, "하나의 기준치로 받아들입시다" 하고 말했다. 그때 방 바깥에서 소리가 들려왔다.

"기준치라는 게 뭐예요?"

롯폰마쓰와 하시모토에 가려 잘 보이지 않았지만 사쿠라코였다.

"203이면 그거 높은 거예요, 낮은 거예요?"

이에 대해 지로마루 선생이 대답했다.

"혈당치 — 글루코스 수치라고 바꿔 말해도 무방하지만 — 의 기준은 60에서 110mg/dl(밀리그램 퍼 데시리터)야. 교과서나 학회에 따라 차이는 있지만 대략 그 정도 범위로 보면 돼. 건강한 사람의 혈당치는 그 사이에서 오가지. 달콤한 것을 먹은 후에도 140을 넘지 않는 것이 정상이고, 반대로 아래로는 60을 밑돌지 않는 게 정상인 증거라 할 수 있지."

"그럼, 높은 거네요."

"음. 혈당이 높은 건 괜찮아. 적어도 그걸로 사람이 죽는 일은 없으니까. 하지만 무서운 건 그 반대지."

"저혈당."

"예를 들어 자네가 아침을 거르고 밤까지 일했다고 해보자고. 배가 고파 쓰러질 것 같다는 기분이 들 때가 있지?"

"네, 그럴 때 있어요."

"그럴 때라도 건강하다면 혈당치가 60을 밑도는 일은 없어. 이틀, 사흘을 굶은 게 아니라면 말이야. 인간의 몸에는 항상 상태를 일정하게 유지하려는 기능이 있어서 열이 나면 땀을 흘려서 열을 식히고, 혈당이 오르면 인슐린이 분비되고, 내려가면 또 다른 물질이 나와서 혈당을 끌어올려 주거든."

"흐음."

사쿠라코의 대답은 이해한 것인지 못한 것인지 모호한 반응이었다.

"나나쿠마 선생님은 저혈당을 의심하고 계신 거야. 지금은 고혈당 상태지만 혈당치가 20이나 30인 시간대가 계속되면, 저혈당에 의한 사망이라는 결론도 나올 수 있으니까."

"그런가요."

사쿠라코의 반응은 별 관심 없는 듯한 인상이었지만 야쿠인에게는 어떻게 들렸을까. 두 사람의 짧은 대화가 오간 뒤 내가 물었다.

"혹시 몰라 여쭙는 겁니다만, 선생님, 넘어졌거나 떨어졌거나 혹은 익사나 감전의 가능성은 없을까요?"

"넘어져 죽을 정도의 충격이라면 머리에 외상이 생기게 마련이지요.

확실히 그런 건 없어요. 감전도 화상 흔적도 없고요."

"좀 비켜주실래요?"

야쿠인도 조금 늦게 롯폰마쓰와 하시모토 사이를 억지로 손으로 벌려 가며 방 안으로 들어왔다. 지로마루 선생 등은 일단 검안을 멈추고, 다시 가모의 얼굴을 이불로 조심스럽게 덮어주었다.

나는 몸을 돌려 야쿠인에게 말했다.

"그렇다네, 야쿠인."

"뭐가요?"

"외인에 의한 사망은 부정되었어."

"중독일 수도 있잖아요."

"그래. 아니면 자살일 수도 있지. 그렇다면 정식으로 경찰이 나설 차례야. 그리고 또 하나."

"이번엔 뭔데요?"

나는 야쿠인의 물음에는 대답하지 않고 가모의 가방을 뒤적이기 시작했다.

"지로마루 선생님의 설명 못 들었어? 저혈당 가능성은 아직 완전히 배제할 수 없어. '점'이 아니라, '선'이거든. 지금은 일시적으로 혈당치가 높게 나오더라도 죽은 순간에는 저혈당 상태였을지도 몰라."

"그렇군요. 연속 혈당 측정기를 착용하고 있다는 건 어딘가에 전용 모니터가 있다는 뜻이겠네요."

"그렇지. 그리고 글루코스 수치의 추이는 24시간 계속해서 기록되고 있지……."

가방 안에 집어넣은 손끝으로 단단한 감촉이 느껴졌다.

"이건 아니야……. 그런데……."

내 손에는 숫자 4가 새겨진 열쇠가 쥐어져 있었다. 그 위로 야쿠인이 몸을 숙여 들여다보며 말했다.

"4번. 이 방 열쇠네요. 가방에 넣어두었던 건가……."

"야쿠인, 열쇠도 중요하지만 지금은……."

조금 더 손으로 더듬자 또 하나의 단단하고 매끄러운 감촉이 손끝에 닿았다.

"찾았다. 이거야."

검고 얇은 소형 모니터였다. 전원을 켰다. 검은 남방제비나비 같은 마크가 표시되더니 곧바로 제어 화면으로 전환되었다.

"그래프는……."

그래프를 띄웠다. 그래프는 24시간 단위로 나뉘어 있는데 가로축에는 시간, 세로축에는 글루코스 수치가 표시되었다.

먼저 오늘 아침 9시, 즉 현재 시점의 글루코스 수치는 202. 조금 전의 측정 결과와 큰 차이가 없었다. 시간을 거슬러 올라가보면, 오전 8시 30분에는 210, 8시에는 200이었다. 그 이전도 100대 후반에서 200대를 오르내렸고 오전 0시에도 170이었다.

"만약 극단적인 저혈당 상태였다면 그래프가 아래로 움푹 꺼진 형태였을 텐데……. 계속 높게 유지되고 있어. 만약을 위해 전날 기록도 한번 봐볼까. 가모 씨의 평균적인 글루코스 수치 추이를 알 수 있을지도 몰라."

날짜 버튼을 눌러 전날의 기록을 띄웠다.

"어제 자정에는 120부터 시작했네요."

어제의 글루코스 수치는 대략 다음과 같이 변화하고 있었다.

자정	120
오전 6시	102
오전 9시	165
정오(12시)	150
오후 3시	179
오후 6시	145
저녁 9시	181
자정	170

세세한 부분을 보면 오전 8시는 170, 오후 1시는 180으로 나타나 있다.

"전체적으로 고혈당 상태를 유지하고 있네요."

"그래. 게다가 지금 측정한 203을 넘은 경우는 없어. 지로마루 선생님이 말한 '기준치'에 비춰보면 이게 어떤 의미를 가지는 걸까……."

등을 돌리고 있기는 해도 같은 공간에서 불과 2미터 남짓 떨어져 있을 뿐이다. 그래서 우리의 대화가 들렸던 모양이다.

"의미는 뻔하지요. 어제부터 지금까지 한 번도 저혈당 시간대가 없었다는 것이겠죠. 그렇다면 그 원인은 배제해야 한다는 거요. 곧 검안이 끝날 테니까, 그쪽은 그쪽대로 강의나 계속하세요. 자, 밖으로 나가시고."

나는 어깨를 으쓱하며 말했다.

"그러시다는군. 뭔가 중대한 발견을 했다는 예감이 들긴 했지만 말이야. 뭐, 예감이란 늘 파란波瀾을 품고 있기 마련이지. 죽음의 원인 하나가 배제되었다는 것은 앞으로 나아간 거라고 봐야겠지."

"그러네요."

"자, 이야기를 돌려볼까. 으음, 어디까지 얘기했더라."

"〈의문사 가이드라인〉 중에 ①이 방금 끝난 참입니다. 중독이나 자살 가능성이 남아 있긴 합니다만."

"그건 일단 제쳐두고 ②로 가보자고. 이건 방금 말한 외인성 손상에 따른 속발 질환, 그러니까 교통사고를 당하거나 화상을 입어서 잠시 살아 있었지만 얼마 지나지 않아 숨진 경우를 말해. 이어지는 ③은 그 의심이라는 정도니까 내용은 같다고 봐야지. 그러니 그건 생략하고."

"④는 어떻습니까? 음, 그러니까……."

"진료 행위와 관련된 예기치 못한 사망, 그리고 그런 의심이 드는 경우. 지금은 해당되지 않겠지. 수술 중 의료사고 같은 걸 떠올리면 돼."

"'수술 중'이라니, 잘 씹지도 않으시면서 잘도 말씀하시네요."

묘한 데서 감탄했다.

"잘 씹으며 먹고 있어. ……그건 아무래도 좋고. 마지막으로 ⑤야."

"사인이 명확하지 않은 사망."

"그래. 이 항목도 더 세부적으로 나뉘는데 시신으로 발견된 경우라든가."

그때 롯폰마쓰가 말을 가로챘다. 바로 옆이어서 우리의 대화가 들렸던 모양이다.

"그거 아니오? 가모 씨는 시신 상태로 발견됐잖소. 누구도 죽는 순간을 본 사람이 없으니까. 그렇다면 이건 '의문사에 해당하니까 경찰에 신고할 의무가 있는 거 아니오?"

"글쎄요, 어떨까요."

"뭔가 아까부터 좀 애매하네요."

그러자 자야마가 돌아보며 말했다.

"야쿠인 씨, 곧 끝납니다. 잠시만 기다려주세요."

"그렇다네. 그러니 조용히 기다려보는 게 어때."

야쿠인은 입을 꾹 다문 채 불만스러운 얼굴로 우뚝 서 있었다.

"기다릴 수 없다는 분위기군. 그렇다면 하나 말해두겠는데 나는 물론이고 자야마 씨도, 지로마루 선생님도 신고 의무 정도는 당연히 알고 있어. 그런데도 아직 신고하지 않고 있다는 건 분명 무슨 이유가 있다는 거야, 그 정도는 알고 있겠지?"

"그거야 뭐. 하지만 〈의문사 가이드라인〉에 있는 의문사인 거죠? 그리고 의문사 사체를 발견하면 신고할 의무가 있고, 그렇다면 이 상황은 서로 모순되는 거 아닌가요?"

"그런 걱정은 지금 네가 하지 않아도 괜찮아."

딱히 할 말이 없어진 건지 야쿠인은 입을 다물었다.

그때 지로마루 선생이 자리에서 일어섰다.

"검안은 끝났습니다."

"어떻습니까?"

"서서 얘기하는 것도 피곤합니다. 그러니 식당에 가서 이야기합시다."

4

식당으로 돌아와 각자 자리에 앉았다. 사쿠라코는 주방으로 돌아갔고, 나머지 사람들은 모두 의기소침한 얼굴로 어깨도 처져 있는 것처럼 보였다. 그건 틀림없이 슬픔에 빠져 있다는 걸 나타내는 것이리라. 잠시 후 사쿠라코가 음료를 가져와 사람들 앞에 따라주었다.

"그래서 어땠어요?"

자야마가 일어나 대답했다.

"가모 씨는 돌아가셨습니다. 우선 이건 명백한 사실입니다."

"설마 이 안에 살인귀가?" 하고 롯폰마쓰가 말했다.

성급하게 외치는 역할은 야쿠인 하나로도 충분하다. 미스터리를 좋아하는 사람들이 모였다고는 하지만 의욕이 지나치면 실수할 수 있다.

"지로마루 선생님과 제가 검안을 실시했습니다. 지로마루 선생님은 여러 번 경험이 있으시다고 하더군요. 저는 현장에서의 경험은 없지만, 그래도 의사 나부랭이로 오랫동안 일했습니다. 혼자보다는 둘이서 하는 편이 더 정확하겠지요."

"그래서요? 뭘 알게 됐소?"

"그럼 확인된 사실을 말씀드리겠습니다. 사망 선고가 있고 나서 시간이 좀 흘렀지만 9시 무렵에 직장 온도를 측정했습니다. 세 번 측정한 평균은 31도였습니다. 에어컨 사용 여부는 불명확하지만, 설사 틀었다 하더라도 외부 온도와 큰 차이는 없었을 겁니다. 어젯밤 역시 바깥은 25도 정도였습니다. 이불도 지나치게 뜨겁거나 차갑다든가 하는 이변은 없었습니다. 즉, 체온 변화에 외부 온도가 영향을 줬다고 보기 어렵고, 가모 씨는 사망 후 자연스럽게 체온이 떨어진 것으로 보입니다."

이번에는 지로마루 선생이 말을 이어받았다.

"가모 씨의 생전 체온이 정확히 어땠는지는 알 수 없지만, 제가 본 바로는 극도의 발열은 없었던 것 같더군요. 암으로 인한 열을 감안해서 높게 잡아도 37.5도쯤이었겠지요. 사후에 체온이 떨어지는 건 대사 물질이 없어져 열 생성이 멈추기 때문이오. 보통은 사후 약 2시간 뒤부터 시작되는데, 대체로 1시간에 0.5도에서 1도 페이스로 떨어지지요. 자야마 선생님이 말한 조건이라면 저도 1시간에 1도 정도로 계산하는 게 적절하다고 생각해요."

"사후 경직은 어땠습니까?" 이건 내 질문이었다.

"턱에서부터 목, 그리고 어깨가 경직되기 시작되고 있었지요. 가모 씨는 원래 마른 체질이지만 이것도 다른 소견들과 모순 없는 결과더군요."

"그리고 시반도요."

"시반이 뭐예요?"

사쿠라코의 질문에 야쿠인이 재빨리 대답했다.

"사람이 죽으면 심장이 멈춰 피가 돌지 않게 되죠. 그렇게 되면 혈액침강이라고 해서 중력에 따라 피가 몸 아래쪽으로 모입니다. 그게 멍처럼 보이는 게 바로 시반입니다. 생기는 부위는 자세에 따라 정해져 있어요. 예를 들어, 등을 대고 누워 있었다면 등이나 허벅지 뒤쪽에 생기게 되는 거지요."

내가 덧붙였다.

"그래서 미스터리에서는 그 자세와 대응하는 부위를 역으로 이용해 트릭으로 이용되는 일도 있지요. 지로마루 선생님, 가모 씨의 시반은 어띴습니까?"

"복부에서 손끝 피부는 창백하더군요. 그 대신 등에서 허벅지 뒷부분에 걸쳐서는 암자색暗紫色의 얼룩점들이 있었어요. 크기나 유동성에서도 사망 추정 시각과도 모순되지 않았어요. 그리고 나나쿠마 선생님이 말한 것처럼 등을 대고 누운 상태에서 신체의 아래 이외 부위에 시반이 있었다면 시신을 움직인 것으로 의심되겠지만 그런 건 없었어요. 순수하게 천장을 보고 누워서 사망했고, 발견될 때까지 그 상태로 있었겠지요."

"암자색이라는 건 뭐죠?"

"시반의 색에 따라서도 어느 정도 사인을 알 수 있어요. 대략적이지만, 암자색 — 어두운 자주색 — 은 가장 일반적인 시반 색입니다. 그 밖에도 일산화탄소 중독 같은 경우에는 헤모글로빈과 결합해서 선홍색鮮紅色이 되기도 하고, 청산가리나 극심한 추위의 영향을 받으면 선적색鮮赤色이 되기도 하지요."

"야쿠인 씨, 설명 감사합니다. 다만 선홍색과 선적색을 구분하는 건 꽤 어려운 일이고, 그런 경우 자체도 흔치 않은 일이에요. 적어도 가모 씨의 시반은 일산화탄소나 청산가리에 의한 것일 수는 없겠지요."

"물론 '극심한 추위'도 직장 온도와 모순되고요."

"그리고 나나쿠마 선생님이 한 가지 지적해준 것이 있었습니다. 아시다시피 가모 씨는 생전에 당뇨를 앓고 계셨습니다. 그래서 혹시 저혈당이 사망의 원인이 된 것은 아닌가 하는 내용이었습니다."

"그래서 확인해봤지요. 위를 향하고 있던 손가락 지문 쪽에 바늘을 찔러봤어요. 그 결과와 자야마 씨 등과 나눈 이야기의 내용은 여러분도 들었을 겁니다."

지로마루 선생이 이야기를 이어받았다.

"건강한 사람이라도 사후에는 생체 침습이 더해져 혈당치가 200에서 300 정도까지 상승하지요. 자정의 170에서 아침 9시의 202라는 수치는 다소 낮게 보일 수도 있지만, 평소 인슐린을 맞고 있었다면 이 정도일 겁니다. 그보다 중요한 건 단 한 번도 저혈당 상태가 없었다는 점이겠군요. 만약 저혈당으로 죽은 거라면 그 시점부터 지금까지 30이나 20 같은 수치가 계속되어야 하니까요."

하시모토가 손을 들어 물었다.

"저기요, 잘은 모르지만 한 번 일부러 저혈당 상태로 만든 뒤에 다시 고혈당으로 올렸을 가능성은 없나요?"

"가모 씨가 살아 있는 동안 그런 조작을 했다면 그는 지금도 살아 있었을 겁니다. 저혈당이 일시적이었다면 의식이 돌아왔을 테니까요. 그리고 사체의 혈당치 상승은 방금 말한 것처럼 생체 침습에 의한 겁니다. 달콤한 걸 입에 넣는다고 해도 씹을 수 없는 것과 마찬가지로, 약으로 올리려 해도 분해 효소가 이미 죽었기 때문에 소용이 없지요."

그러자 롯폰마쓰가 말했다.

"살인이었다면 다른 수단도 있을 수 있는 거 아니오?"

"예를 들면요?"

"니트로 말이오. 가모는 니트로 스프레이를 주머니에 몰래 넣어두고 있었잖소. 거기에 협심증 약도 있었지요. 둘 다 혈관을 확장시키는 약이잖소. 그걸 쓰면 혈압이 떨어지니까 결국 죽음에 이르게 할 수도 있지 않겠소?"

야쿠인이 커피를 단숨에 들이켜고 대답했다.

"가능성은 있어 보이지만 현실적으로는 좀 어렵지 않을까 싶습니다. 가모 씨의 평소 혈압이 상당히 낮았다면 가능했을지도 모르죠. 하지만 그 니트로 스프레이는 반감기가 짧아서, 즉 효과가 지속되는 시간이 30분 정도에 불과하거든요. 분명히 혈관은 확장되지만 경구 약을 병용한다고 해도 죽음에 이를 정도로 급격하게 혈압이 떨어지지는 않을 겁니다. 기절했다는 이야기는 들은 적이 있긴 합니다만."

"그런가."

"애초에 잠들게 만들었다고 해도 입을 벌리고 혀를 들어올려야 하잖아요. 그사이에 깨어나서 저항할 수도 있고요. 물론 개인차는 있지만요. 게다가 혈압이 떨어졌다고 해도 조금 지나면 다시 회복될 거고요."

마지막엔 거의 혼잣말처럼 중얼거리던 야쿠인의 말에 하시모토가 끼어들었다.

"그러고 보니 어딘가에서 들은 적이 있어요. 의도적으로 심근경색을 유발할 수 있는 약이 있다던데요. 그걸 쓰면 완전범죄잖아요. 뭐였더라."

"실제로 그런 약이 존재하기는 합니다. 하지만 특수한 약이라 일단 일반적으로는 입수할 수 없습니다. 게다가 투여 방식도 문제입니다. 설령 구한다고 해도 주사할 필요가 있습니다. 그것도 심장 혈관에 직접 말입니다. 보통은 카테터로 심장까지 유도해서 주입합니다. 팔 혈관에 주사해서 주입하더라도 효과는 없습니다. 그러니까 그런 설비가 갖춰져 있어야 쓸 수 있는 약인 거지요."

"그렇다면, 뭐, 여기서는 어렵겠네요. 그럼, 으음, 칼륨은 어때요?"

"주사 같은 방법으로 혈중 농도를 급격히 높이면 치명적인 부정맥을 일으킬 수 있습니다. 소설 같은 데서 가끔 나오는 수법이지요. 하지만 실현 가능성은 낮지 않을까요."

"왜죠?"

지로마루 선생이 말을 받았다.

"첫째, 혈관에 바늘을 찌르면 그 자국이 남습니다. 제법 굵은 바늘이 필요하기 때문에 출혈은 피할 수 없겠지요. 그런데 가모 씨의 몸에는 그런 흔적이 없었습니다. 다음으로, 그걸 어떻게 가지고 나왔느냐는 겁니다. 보통 주사용 칼륨 같은 극약은 금고에 관리됩니다. 수량 관리도 철저하고요. 조금이라도 줄어 있으면 곧바로 덜미가 잡힙니다. 예컨대 무대가 병원이라면 어느 정도는 얼버무릴 수 있겠지만 병원 밖으로 들고 나간다면 그렇게는 안 될 겁니다. 미리 말해두겠는데 우리 의원에는 없습니다. 뇌 클리닉에서 쓰는 약도 아니고 말이지요."

"그래서 결론은 뭐요?"

롯폰마쓰가 강한 어조로 물었다.

"가모 씨의 질환 중 하나인 당뇨병은 사인으로서 배제되었습니다."

자야마가 이어서 말했다.

"체온, 경직, 시반. 이 세 가지의 조기 사체 현상을 종합해서 사망 추정 시각은 자정을 넘긴 0시에서 3시 사이로 판단했습니다."

"사인은 뭐요?"

자야마는 잠시 입을 다물었다. 그러고 나서 롯폰마쓰를 똑바로 바라보며 말했다.

"암입니다. 가모 씨는 암으로 돌아가신 겁니다."

5

식당 안은 잠시 정적이 감돌았다. 롯폰마쓰가 입을 열었다.

"암이라면, 그건 그 사람의 지병이지요. 그렇다면 사건일 가능성은 없는 건가요?"

자야마는 고개를 저었다.

"혹시 몰라 가모 씨의 소지품도 확인했지만, 독극물로 의심될 만한 약이나 포장은 발견되지 않았습니다."

"어제 탐정이 말했던 수법은요? 있잖아요, 주사기로 공기를 넣어서 공기 색전증을 일으킨다는 거요."

일단 끝난 듯 보이던 대화가 여전히 이어지는 듯했다.

"그건 생각하지 않아도 될 겁니다. 인슐린은 피하 주사인데 공기를 주입하려면 혈관에 바늘을 찔러야 하거든요. 그것도 꽤 굵은 바늘을요. 혈당 측정이나 인슐린 주사에 쓰이는 바늘과는 구조부터 다릅니다. 만약 찌른 자국이 있었다면 분명 눈에 띄었을 겁니다."

"바늘이라, 바늘이라면 또 하나 있잖소."

"또 하나?"

"혈당 측정이나 인슐린 바늘 자국에는 이상이 없었다고 했소. 하지만 또 하나, 연속 혈당 측정기의 바늘도 있는 거 아뇨? 흰색 패치 속에 숨겨진 제3의 바늘 말이오. 만약 그 바늘에 독을 묻혀두었다면, 외부에 드러나는 이상 없이도 살해는 가능하지 않겠소?"

제3의 바늘인가. 나는 롯폰마쓰 쪽을 보며 고개를 끄덕였다. 그리고 말했다.

"과연 꽤 흥미로운 지적입니다. 확실히 연속 혈당 측정기의 바늘은 길이 6밀리미터 정도여서 혈관에 닿지는 않지만, 독극물을 집어넣는 건 가능하겠지요. 하지만 가모 씨의 경우 그 방법은 어려워 보입니다."

"왜죠?"

"그런 타입의 측정기는 2주일 연속 사용하는 것입니다. 가모 씨의 것은 적어도 어제부터 계속 착용한 상태였습니다. 억지로 떼어냈다면 도중에 기록이 끊겼을 거고, 피부에도 자국이 남습니다. 접착력이 아주 강하거든요. 물론 기록에도 피부에도 그런 흔적은 없었습니다. 그렇죠, 지로마루 선생님?"

"예. 피부에 대해서는 앞서 말한 대로입니다. 그리고 나나쿠마 선생님이 덧붙인 것처럼, 가모 씨가 붙이기 전에 바늘 끝에 미리 독을 묻혀 뒀을 가능성도 아마 없을 겁니다. 아무리 바늘 끝이 피부밑이라고 해도 하루 이상 지나서 효과가 나타나는 독 같은 건 없을 테니까요."

"그렇군요. 그럼 음독은 어떻소?"

하시모토에게 뒤지지 않을 정도로 롯폰마쓰도 끈질기게 물고 늘어졌다. 기특한 일이다. 자야마는 고개를 저으며 말했다.

"확실히 그건 완전히 부정할 수는 없습니다. 그리고 그것이야말로 부검이나 사망 원인 검사를 하지 않으면 알 수 없는 일이지요."

"그렇다면……."

롯폰마쓰는 여전히 표현의 자유를 내세우며 버텼다. 이제 더 이상 의미는 없다. 현실을 받아들이지 못하고 있는 모습이지만, 어쩌면 자기 자신의 죽음을 떠올리며 약간 동요하고 있는지도 모른다. 내가 살짝 손을 들고 말했다.

"롯폰마쓰 씨, 아무래도 가모 씨의 죽음에서 사건 가능성을 발견하고 싶으신 듯하군요."

"무슨 소리요. 애초에······."

"어쩌면 이야기와 현실이 구별되지 않으시는 거 아닌가요. 이 저택에서 사람이 죽었다고 해서, 곧바로 살인사건이라고 단정해서는 곤란합니다. 피해자의 상황으로 보아 자연사일 가능성이 높습니다. 제 처지도 생각해주시지요."

"그게 탐정이 할 말이오?"

"자, 롯폰마쓰 씨. 나나쿠마 씨의 생각도 이해가 돼요."

하시모토가 나를 감싸며 말했다. 그리고 그때 야쿠인이 말을 가로챘다. 그는 식당 전체를 둘러보며 말했다.

"가령, 정말 정교한 트릭이 동원된 살인사건이었다고 가정해봅시다. 만약 그렇다면 한 가지 의문이 생깁니다."

"어떤 의문이오?"

"피해자는 이미 시한부 선고를 받은 상태였습니다. 다시 말하면, 가만히 두어도 어차피 곧 죽을 사람입니다. 그런 사람을 굳이 죽일 필요가 있었을까요?"

"그건······."

"뭐, 진지하게 고민할 필요는 없습니다. 그럴 가능성은 한없이 제로에 가깝거든요."

나는 야쿠인에게 시선을 주었다. 얌전한 표정이다. 일류 탐정의 조수로서 그 얼굴만은 충분히 어울렸다. 기세가 꺾인 롯폰마쓰가 스모판 가장자리에서 끝까지 버티듯이 다시 한번 버티려고 했다.

"한없이 제로에 가깝다는 건, 타살 가능성이 완전히 부정된 건 아니라는 뜻이잖소. 그렇다면 역시 생각해볼 수 있는 가능성을 확실히 배제해서는 안 되는 거요?"

"글쎄요. 그 판단은 자야마 씨와 지로마루 선생님께 맡겨야겠지요. 이게 과연 의문사인지 어떤지."

"의문사라는 게 뭐예요?" 하고 사쿠라코가 물었다.

나는 의문사에 대해 조금 전 야쿠인에게 설명했던 내용을 반복했다.

"여기서 말하는 의문사는 어디까지나 법의학회가 제시한 가이드라인상의 개념일 뿐이고 법적인 정의는 아닙니다."

그러므로 물론 의사법 제21조의 신고 의무를 결정하는 것도 아니다. 조금 전 야쿠인이 "서로 모순되는 것 아닌가요?"라고 말했을 때 내가 애매하게 넘긴 것은 그 때문이었다. 이해력이 좋지 않은 그가 과연 제대로 알아들었을까.

"그리고 이번 가모 씨는 ⑤-1. '시신으로 발견된 경우'에 해당합니다. 하지만 그렇다고 해서 다 의문사라고 말할 수는 없을 겁니다."

"좀 더 쉽게 설명해주시죠."

"……그럼, 이해하기 쉬운 예를 하나 들지. 가령 아침에 네가 일어나서 할머니를 깨우러 간다고 해보자고. 그런데 아무리 불러도, 아무리 흔들어도 할머니가 일어나지 않는 거야. 맥박도 잡히지 않고 손발도 차가워졌어. 할머니는 병을 앓고 계셔서 언제 세상을 떠나도 이상하지 않은 상태였지. 자, 너는 어떻게 생각할까?"

"그건……."

"과연 이게 '의문사'일까? 다시 말해 너는 이 상황에서 '누가 몰래 들어와 독을 탄 건 아닐까' 하는 가능성을 떨쳐내지 못하고 경찰에 신고할까?"

야쿠인은 생각에 잠긴 표정이었다. 나는 한 번 더 밀어붙였다.

"참고로 ⑤-2. '겉보기에는 건강하게 생활하고 있던 사람의 예기치 못한 죽음'이라는 항목이 있는데, 이것도 해당하지 않아. 이 경우 할머니가 건강하지 않다는 것은 함께 사는 가족 모두가 알고 있었으니까."

"아, 네. 이제 잘 알겠습니다."

지로마루 선생이 등을 떠밀 듯이 거들고 나왔다.

"나나쿠마 선생님의 설명은, 바로 나와 자야마 씨가 생각하고 있는 상황이라네. 우리는 가족은 아니지만 사전에 가모 씨의 병세와 죽음이 임박한 상황을 알고 있었던 게 사실이니까. 타살 가능성을 완전히 부정하지는 못하겠지만, 사실상 그렇게 생각하지 않아도 될 정도지."

"왠지 모르게 알 것 같아요."

여기서 얼굴에 당혹감을 떠올린 자야마가 문득 중얼거렸다.

"아니, 그런데 롯폰마쓰 씨의 말도 일리는 있습니다."

"자야마 씨, 고민하고 있는 거요?"

질책하는 듯한 지로마루 선생의 말에 자야마는 힘없는 목소리로 대답했다.

"저 역시 한없이 한없이 병사에 가깝다고는 생각합니다. 그래서 아까는 단호하게 말씀드린 겁니다. 하지만 처음 겪는 일이라서 지금은 검안에 아무런 실수가 없었다고 단정할 수는 없다는 생각이 듭니다."

검안을 맡은 의사가 사건 가능성을 찾아내는가 그렇지 않은가, 그것이야말로 의사의 재량에 달려 있다는 게 이 때문인가 싶을 만큼, 이 장면에서 두 사람의 결정은 큰 분수령이라고 할 수 있었다. 긴장된 공기가 식당을 뒤덮었다.

"조금만 더. 그래요, 내일까지만 보류해주실 수 없을까요? 가모 씨의 시신은 제가 책임지고 관리할 테니까요."

그렇게 말한 이상 주최자인 자야마에게 반박할 수 있는 사람은 없었다. 야쿠인을 제외하고.

"저기, 자야마 씨."

"뭔가요?"

"타살 가능성이 완전히 부정되면 자연사라는 결론으로 봐도 되는 건가요?"

참으로 당연한 말을 아주 자신 있게 했다. 자야마는 조용히 고개를 끄덕였다.

"외상도 없고 인슐린도 아니고. 협심증도 가볍다고 하셨으니 그것도 아니겠지요. 하지만 독이 든 물질 때문일 가능성은 남아 있습니다. 결정적인 단서가 부족한 상태지요. 지금은 그런 상황이 맞는 거죠?"

"예에."

"그렇게 음독 가능성이 배제되면 거꾸로 자연사라는 판단이 성립합니다. 그런 거죠?"

"야쿠인 군, 대체 무슨 말을 하고 싶은 거죠?"

"롯폰마쓰 씨를 감싸고 싶은 생각도, 자야마 씨와 지로마루 선생님을 깎아내리려는 것도 아닙니다. 다만……"

그리고 나서 야쿠인은 숨을 깊이 들이쉬었다가 내뱉었다.

"탐정을 초대한 의미가 드러나게 된 것 같습니다."

6

즉, 야쿠인은 탐정 흉내를 낼 생각인 듯했다. 그것으로 자연사가 입증된다면 사건 가능성이 완전히 사라지고, 경찰의 개입도 필요 없어질 거라는 논리는 그럴싸하긴 했다.

가모의 향후 처리에 대해서는, 자연사를 최종 확인한 다음 자야마가 내일 장례업체를 불러 옮기도록 할 예정이라고 한다.

일단 모임을 해산하게 되었다. 자야마가 점심은 12시 30분, 빵과 생선 요리라고 알렸다. 조금은 안정을 되찾은 듯 말투에 평소의 온기가 묻어 있었다.

배에 손을 대봤다. 이런 때라도 먹지 않으면 안 된다. 이런 때라도 배는 고프다.

두 시간이 약간 안 되는 자유시간이 주어졌다. 평소와 달리 피로감을 느낀 나는 도서실에서 만화라도 빌릴까 했지만, 뒤에서 따라오던 야쿠인이 그걸 허락하지 않았다.

"나나쿠마 선생님, 좀 더 검토해보시지요?"

"검토? 뭘?"

"타살설이요. 인슐린 이외의 타살설. 사건 가능성이 없다는 게 밝혀지면 자연사가 되는 거잖아요. 자야마 씨도 그 지점에서 고민하고 계신 것 같고요."

이걸 탐정으로서의 갸륵한 마음가짐이라고 칭찬해줘야 하는 걸까.

"사건 가능성을 부정함으로써 도리어 자연사를 입증한다는 거야?"

"예. 병사가 가장 유력하고 그럴 가능성이 가장 높겠지만, 독이었다면 타살이나 자살일 가능성도 있으니까요."

"밀실에서 사람이 죽어 있었다면 보통은 자살이나 자연사라고 보지."

"그럼, 와이더닛Whydunnit[7]은 어떻게 생각하시나요?"

방 앞에 도착했다. 허리에 찬 파우치에서 열쇠를 꺼내며 물었다.

"와이더닛이라니?"

"아까 말씀드린 거예요. '가만히 두어도 어차피 곧 죽을 사람입니다. 그런 사람을 굳이 죽일 필요가 있었을까요?'라고 했던 말이요."

"아, 동기 문제인가. 그건 너도 이미 눈치챘을 텐데."

"뭐라고요? 선생님은 이미 아신 건가요? 그 말은 결국, 타살이라는 말씀이신 거죠?"

"아니, 뭐, 그렇지. 타살이었다고 가정한다면 말이야, 우선 전제 자체가 틀렸다고 생각하고 싶어."

"뭐죠, 생각하고 싶다는 건? 평소답지 않게 말끝을 흐리시네요. 그럼 하우더닛Howdunnit[8]은요?"

"그건 범인을 지목하고 나서 천천히 물으면 되지."

야쿠인은 그 순간 입을 다물고 진지한 눈빛을 드러냈다. 대체 어떤 생각을 하면 저런 눈빛을 보이는 걸까.

"좋아. 우선 창문과 문에 뭔가 장치된 게 없는지 조사해보자고. 자야마 씨한테 설명하고 열쇠를 받아야겠어. 다만 가모의 시신에는 손대지

---

[7] 미스터리 장르에서 사용되는 용어로, 말 그대로 "왜 그랬는가(Why done it?)", 즉 범행의 동기를 중심으로 한 이야기 구조를 말한다. 죽어가는 사람을 왜 굳이 살해했는가, 바로 이것이 와이더닛의 핵심 질문이다. 범인을 찾는 게 아니라 행동의 필연성을 추적해 가는 것을 말한다.

[8] 미스터리 장르에서 "어떻게 범행이 이루어졌는가"에 초점을 맞춘 이야기 구조를 말한다. 말 그대로 "How [was it] done?", 즉 범행의 수단과 과정이 중심이다. 다시 말해 범인이 누군가보다 어떻게 그랬는가가 궁금한 이야기를 말한다.

않도록. 조심하지 않고 접촉하면 체액에 노출될 위험이 있어. 냄새가 심한 건 질색이니까."

잠깐의 휴식이 끝나니, 11시 반이다.
야쿠인의 오른손에는 가모의 방 열쇠가 쥐어져 있었다. 그는 열쇠 구멍에 꽂기 전에 허리를 굽혀 안을 들여다봤다.
"어때?"
"깨끗합니다. 억지로 비틀어 연 흔적은 없네요."
열쇠 구멍뿐 아니라 문 전체를 관찰했는데 바닥으로부터는 약간의 공간이 있는 것 같았다. 열쇠를 열고 안으로 들어갔다. 문 안쪽도 살펴봤지만 열쇠 구멍, 손잡이, 문짝 어디에도 이상한 점은 없는 것 같다.
"바늘이나 실로 어떻게 될 정도는 아니겠어."
"그렇네요."
바늘과 실, 철사와 자석을 쓴다고 해도 1밀리도 움직이지 않을 것이다. 높은 가지치기 가위도, 만화 잡지도 이 열쇠와 문 앞에서는 무력하다. 이 문을 열 수 있는 것은 정식 열쇠밖에 없을 것이다.
"분명히 마스터키는."
"자야마 씨가 갖고 있다고 하셨죠. 혹시……."
"자야마 씨가 범인이라면 한 건 해결된 건가? 마스터키로 밀실을 만들고, 검안도 진행도 모두 자신이 관장했어. 검안을 지로마루 선생님한테 맡긴 것은 그러는 게 신빙성과 신뢰도를 높이기 때문이지. 게다가 외관 검안만으로는 알아차릴 수 없는 사인으로 살해했다면, 이런 논리인가?"

"가능성은 있습니다."

야쿠인은 조그맣지만 확실하게 고개를 끄덕였다.

과연 그럴듯하게 꾸며진 이야기다. 그리고 약간은 흥미를 끌 수 있는 가설이었다.

"회장 입장에서는 당연할지도 모르지만, 솔직히 자야마 씨가 다소 지나치게 눈에 띄기는 했지. 그것도 연기일지 모른다면? 흥미롭군. 하지만 그렇다면 아까 롯폰마쓰의 주장에 이의를 제기하지 않은 것은 모순이지."

"어쩌면 공범이 있는지도 모릅니다."

"대담한 가설이군. 일단 접어두고, 방을 보고 나서 이야기하지."

몸을 돌리는 순간, 그때 처음으로 깨달았다. 문이 안으로 열렸기 때문에 알아채지 못한 것이다. 시신이 사라졌다는 사실을.

"이봐, 야쿠인. 가모가 없어."

"아, 정말이네요."

방 안을 둘러봤지만 어디에도 없었다.

"산책이라도 나간 건 아니겠지?"

그러자 복도에서 자야마의 목소리가 들렸다.

"우리가 옮겨놨습니다. 선생님들이 방에 들어간다고 해서요. 지금은 다른 방에 안치하고 열쇠로 잠가두었습니다."

"아, 그렇습니까. 세심한 배려에 감사드립니다. 해결됐어. 자, 야쿠인, 어디부터 조사할까?"

"예, 그럼 입구 쪽부터."

석연치 않은 모습으로 야쿠인이 대답했다.

현장 검증의 철칙이 몇 가지 있는데, 그중 하나는 '밖에서 안으로'다. 즉, 시신을 중심으로 되도록 먼 데서부터 원을 그리듯이 관찰하며 조금씩 중심으로 접근해가는 방식이다. 놓치는 부분을 줄이기 위해서다. 그렇다고 하더라도 방 넓이야 뻔하다. 밖도 안도 신경질적으로 의식할 정도는 아니었다.

입구 근처의 벽이나 바닥에는 이상이 없었다. 별로 사용되지 않았던 곳인지 흠집 하나 나 있지 않은 듯했다. 침대의 이불은 그대로인데 가모만 사라진 상태였다. 그밖에 바닥과 벽에도 특이한 점은 보이지 않았다. 창문에는 자물쇠가 단단히 잠겨 있었다.

야쿠인이 침대를 보며 말했다.

"자야마 씨, 가모 씨의 이불이 꽤 두툼하네요. 여름인데 이건 겨울용이에요."

"사실 그 사람이 추위를 많이 타는 편이라서요. 이번 숙박 이야기가 나왔을 때 부탁받았습니다. 이불은 겨울용으로 해달라고요."

"그러고 보니 자야마 씨, 가모 씨와는 전부터 아는 사이셨죠?"

"전부터 아는 사이라고 할 만큼은 아닙니다. 몇 번 뵌 적이 있는 정도입니다. 그분이 블로그에 이 모임을 소개하기도 하고, 일종의 홍보 같은 것도 해주셔서 여러모로 신세는 졌습니다만."

"그 블로그라면 저도 봤습니다."

그러고 나서 가방 안을 들여다봤다. 이번에는 뒤적일 필요도 없어서 하나씩 테이블 위에 꺼내놓았다.

연속 혈당 측정기, 통상의 일반 혈당 측정기, 주사기, 소독용 솜, 경구 약, 손수건, 필기구, 수첩. 딱히 특이한 물건은 없는 깔끔한 상태였다. 항상 손에서 놓지 않았을 듯한 전자 기기는 침대 머리맡에 놓여 있었다.

"아, 이거."

야쿠인이 골라낸 것은 수첩이었다. 아주 평범한 검은색 수첩 같았다. 야쿠인이 수첩을 팔랑팔랑 넘겼다.

"지로마루, 나나쿠마, 야쿠인, 자야마, 롯폰마쓰, 하시모토, 하루나, 사쿠라코……."

"왜 그래?"

"여기 모인 회원들의 이름이 적혀 있네요. 그러고 보니 이분은 자기소개를 할 때 메모를 하고 있었지요."

"그래. 그런데 뭔가 단서가 될 만한 게 있어?"

야쿠인은 다시 페이지를 넘기다 생각에 잠긴 듯 잠시 멈추고 말했다.

"아니요……. 나머지는 업무 스케줄이라든가, 아주 흔한 수첩 내용뿐인 것 같습니다. 굳이 말하자면 아무것도 없다는 사실을 확인할 수 있었습니다."

"그렇군. 자연사였다면 그게 자연스럽지. 이상한 것은 아무것도 없어. 자, 방으로 돌아가 점심을 기다리자고."

야쿠인과 함께 식당으로 들어갔다. 12시 20분. 가장 먼저 도착했다. 지각을 한다는 건 어이가 없는 일이다. 시간을 지키는 건 사회인의 기본이다. 이름표로 좌석이 지정되어 있는 건 아니지만 나는 정해진 자리를 확보했다. 다른 회원도 대체로 자기 자리가 정해져 있을 것이다.

얼마 지나지 않아 회원들이 모였다. 아침에는 흥분도 한몫해서인지 얼굴이 모두 홍조를 띤 것처럼 보였다. 그런데 지금은 시간이 안정감을 주었는지 자야마도, 롯폰마쓰도, 하시모토도 창백에 가까운 안색을 띠고 있다. 하루나는 여전히 하얗기만 하다.

"어라, 지로마루 선생님이 안 계시네요."

"지로마루 선생님은 다시 한번 살펴보시겠다며 별실에 계십니다. 그 사이에 간단한 식사를 하실 거라 괜찮다고 하셨습니다."

"그러셨군요."

먼저 샐러드가 나왔다. 그리고 햄과 치즈도.

"아침에 어수선한 바람에 정성을 들인 요리는 만들지 못했어요. 죄송해요."

햄 위에 치즈를 겹쳐 포크로 한 번에 찔러 입으로 가져갔다.

"음. 소금기가 잘 배어 있어서 맛있군."

"선생님, 그건 일부러 간을 한 게 아니라 보존을 위해섭니다."

야쿠인이 조그맣게 말했다. 그게 뭐든 상관없다.

나이프와 포크 소리 사이사이에 가끔 기침 소리가 섞였다. 모두 묵묵히, 혹은 숙연하게 식사를 이어갔다. 원래부터 인연이 없던 사람들끼리 모인 자리라서 그게 당연한 분위기인지도 모르지만, 어젯밤보다 공기가 무겁게 느껴지는 것은 기분 탓만은 아닐 것이다.

정체불명의 흰 소스를 끼얹은 생선 요리를 반쯤 먹었을 무렵, 자야마가 입을 열었다.

"가모 씨 건은 안타깝지만, 그렇다고 해서 그냥 이대로 내일까지 지낼 수는 없습니다. 좀 늦었지만 오후부터는 카운슬링을 진행하려고 합니다. 집단 카운슬링은 지금 상황에서는 어려울 것 같아서 개별적으로 하겠습니다."

 카운슬링은 이 모임의 활동 중 하나이자 중요한 목적이기도 하다. 메인 이벤트는 별도로 하더라도, 이 모임에서 중요한 역할을 차지하고 있는 게 틀림없다.

 "자야마 씨, 가모 씨 일은 조사하지 않는 건가요?"

 "틈을 봐서 생각해보겠습니다. 하지만 카운슬링도 중요하니까요."

 자야마가 희망하는 순번을 물었다. 가장 먼저 손을 든 하시모토가 첫 번째로 하게 되었고, 다른 사람은 손을 들지 않아서 자리 순으로 하루나, 롯폰마쓰가 차례로 하게 되었다. 지로마루 선생은 어려울 것 같다고 했다. 우리에게는 나중에 따로 이야기해주겠다고 했다. 자야마의 이야기가 끝났을 때 바통을 넘겨받듯이 야쿠인이 말을 이었다.

 "여러분, 카운슬링 도중 짬이 나실 때 저희도 여러분의 이야기를 듣고 싶습니다만, 어떻습니까?"

 "이야기라면 뭘 말하는 거죠?"

 "단적으로 말해서 어젯밤의 알리바이, 그리고 여러분과 가모 씨의 관계에 대해섭니다."

 "야쿠인 씨, 그건······."

 하시모토가 억누른 목소리로 말했다.

 "안 될까요?"

 "아뇨, 동의하기만 한다면 이야기를 들어보는 것도 좋을 거라고 봅니다. 제 생각에 문제는 그게 의미가 있을까 하는 점입니다."

 "의미요?"

 "시험 삼아 지금 이렇게 물어보는 건 어떨까요? '어젯밤 0시부터 3시까지 주무셨던 분은?'"

모두가 힘차게 손을 들었다. 하시모토를 포함해 초등학생이라면 선생님에게 칭찬받았을 법한 모범적인 손 들기였다.

"가모 씨와 이 모임 이전부터 관련이 있었던 분은요?"

모든 손이 내려갔다. 하시모토까지 포함해서.

"이상입니다. 이것으로 된 거겠죠?

"그, 그……."

야쿠인의 입가가 바르르 떨렸다.

"이런 식으로 조사해도 되는 겁니까!"

커피를 다 마시자 약 먹을 시간이 되었다. 나는 허리에 찬 파우치 안의 알약 보관함에서 약을 꺼내 물과 함께 삼켰다.

롯폰마쓰가 컵을 내려놓으며 말했다.

"안타깝게도 모두 자신의 알리바이를 입증하진 못한 것 같지만, 나는 아까 그 탐정 조수가 말했던 이야기가 신경 쓰이는데. 그러니까 와이더닛에 대해서 말이지."

내버려두면 조만간 죽을 사람을 굳이 왜 죽이겠는가.

내가, "롯폰마쓰 씨, 가모 씨는 암으로 돌아가셨습니다." 하고 말하자 그가 말했다.

"그러니까 '살인사건이었다고 가정하고'라는 그 이야기요. 꼭 가모 씨 이야기일 필요는 없어요. 좀 더 추상화해서 일반론으로 생각해도 된다는 거지요."

하시모토가 되받았다.

"그렇게까지 대단한 의미는 없는 거 아닐까요? 어떻게든 자기 손으로 죽이고 싶었다거나."

"사람을 죽이고 싶었다면 대단한 원한이었겠군."

"그 사람을 죽임으로써 범인에게 이득이 생긴다든가?"

"그런데 피해자와 관련된 사람이 없다면 그건 헛다리 짚은 거지요. 숨겨진 관계라도 있었다면 이야기가 달라지겠지만."

"전대미문의 살해 방법이 떠올라서 한번 시험해보고 싶었다든가?"

"그런 방법이 있긴 할까요? 공기 색전증을 일으킨 것도 아니라면서요. 음독이 아니면 뭐겠소?"

"그렇다면, 역시 해부를."

"그러니까 그게 부정되고 있는 거요. 해부 자체가 선생님들의 검안으로 인해 불필요해진 거지요. 선생님들에게 타살설을 부정하게 만드는 것 자체가 어쩌면 범인의 진짜 노림수인지도."

롯폰마쓰와 하시모토의 대화는 계속되었다. 하지만 아무래도 현실감을 잃은, 정말이지 공중에 붕 뜬 이야기였다. '그럴지도 몰라.' '그럴 가능성도 있지.' 그런 기대와 바람이 뒤섞인 근거 없는 잡담일 뿐이었다.

"저기요."

두 사람의 대화를 가로막은 사람은 하루나였다. 갑자기 자리가 조용해졌다.

"내버려둬도 어차피 곧 죽는 건 범인도 마찬가지니까, 범인은 '어차피 나도 죽는다면' 하고 생각한 게 아닐까요?"

곧 죽을 운명을 지닌 사람의 배수진이라는 범행설. 가설이라곤 해도 꽤 흥미롭다고 생각했다.

"죽을 각오로 하면 뭐든 할 수 있다는 말이네요. 물론 살인조차도."

자야마가 끼어들었다.

"이제 그만합시다. 아무리 그렇다 해도 가모 씨를 죽일 이유는 되지 않습니다."

그 이상 대화가 진전되지 않은 채로 점심 식사 자리는 끝났다.

7

입가를 닦고 식당을 나섰다. 홀에 들어서자마자 좋든 싫든 눈에 들어오는 그것을 지나칠 수는 없었다.

"그런데 말이야, 야쿠인. 오늘 아침에는 온통 가모 씨 이야기뿐이었지만, 자넨 저것에 대해 어떻게 생각하나?"

저것이란 당연히 찢어진 그림을 말한다.

"가모 씨의 죽음과 관련 있는 걸까요?"

"죽은 사람과 훼손된 그림이라 관련이 있을지도 없을지도 모르겠어. 단순한 장난일 수도 있고, 뭔가 목적이 있었던 걸 수도 있고. 그런데 말이야."

목적은 알 수 없다. 그것도 범인에게 물어보면 알 수 있는 일인가.

"와이^{Why}의 관점에서 좁혀가는 건 쉽지 않아. 범인에게 직접 묻는 게 좋지."

"어떻게요?"

"외부 범인일 가능성은 낮아. 굳이 이용 중인 별장에 침입해서 그림을 찢다니, 보통 이런 미친 짓은 하지 않을 테니까 말이야. 이견 있어?"

야쿠인은 고개를 저었다.

"그렇다면 이건 내부인의 소행이야. 그리고 이 안에 있는 사람은 모두 말이 통하지. 그렇다면 범인한테 왜 그랬는지 물어보면 되는 거잖아."

"어떻게요, 라고 묻고 싶었던 건 그런 뜻이 아니에요. 문제는 범인에게 어떻게 다가가느냐 하는 거예요."

나는 야쿠인을 뚫어지게 바라보며 말했다.

"그건 그렇지, '당신이 범인이오'라고 지적하면 간단히 끝나겠지만, 아마 그런 걸로는 범인이 납득하지 못할 거야. 증거를 들이밀어야지. 그러니까 찾아야겠지, 증거를."

"왠지 지극히 당연한 말을 엄청 거창하게 하신 것처럼 들리네요."

"그건 자네 귀가 나빠서 그래. 머리에 이어 귀까지 나빠졌군. 자, 어떻게 하지? 시간이나 때우는 알리바이 조사와 그림 훼손 증거 찾기, 어느 쪽부터 할 거야? 자네 마음대로 해도 돼. 관대한 마음으로 얼마든지 동행해주지."

"글쎄요······."

야쿠인이 머뭇거리고 있을 때 등 뒤에서 밝은 목소리가 쏟아졌다.

"어라, 탐정님들. 뭐 하시고 있는 거예요?"

사쿠라코였다. 조리모와 조리복을 벗고 하늘색 원피스로 갈아입은 상태였다.

나는 간단히 사정을 설명했다.

"그나저나 너무해요. 그렇게 엉망진창으로 찢어놓다니."

"뭔가 짐작 가는 일이라도 없을까요?"

야쿠인의 질문에 사쿠라코는 고개를 저었다.

"그래도 역시 그건 칼로 그런 거겠죠? 주방에 있는 식칼에는 아무 이상 없었어요."

"정말이요? 일단 한번 볼 수 있을까요?"

"소용없어, 야쿠인. 대체 그런 걸 뭐하러."

"혹시나 해서요."

발길을 돌려 걸어가는 사쿠라코를 따라갔다. 야쿠인을 데리고 식당으로 돌아가 더 안쪽 문을 지나 주방으로 들어갔다.

문 정면에 은빛 대형 냉장고가 있고, 왼쪽으로 뻗어 있는 형태로 싱크대와 조리대 등이 배치되어 있다. 맨 안쪽은 가스레인지로 보였다. 반대편 벽 쪽은 수납장과 작업대로 꾸며져 있다. 벽에 단 고리에는 국자와 뒤집개가 걸려 있었다.

"이거예요."

사쿠라코는 싱크대 아래 수납장을 열었다. 안쪽을 들여다보자 식칼 다섯 자루가 손잡이 안쪽에 걸려 있었다. 그중 하나를 집어 들고 말했다.

"그 그림을 훼손했다면 칼끝에 물감이 묻어 있을 텐데요. 하지만 보세요, 이쪽 식칼들 다 깨끗하죠? 어젯밤에도 그렇고, 오늘 아침에도 이 상태였어요. 아, 물론 나이프도요."

그러고는 반대쪽 수납장도 열어 나이프도 보여주었다. 나이프는 조명을 받아 날카롭게 은빛으로 반짝이고 있었다.

물론 칼끝에 묻은 물감을 씻어내는 일쯤은 얼마든지 가능하다. 이곳은 그녀의 성역이기 때문에 증거 인멸을 시도하더라도 눈치챌 사람은 한 사람도 없다. 하지만 사쿠라코가 범인이라고 단정할 수도, 그렇다고 부정할 수도 없다. 그리고 그것은 그녀만의 문제가 아니기도 하다. ……이런 생각을 읽어낸 것인지 야쿠인이 물었다.

"주방은 열쇠로 안 잠가요?"

"안 잠가요."

"그럼 누군가가."

"야쿠인, 여기에 증거는 없어."

"어떻게 그렇게 단정하세요?"

"알고 있으니까 그렇지. 그래, 굳이 떠올릴 필요도 없어. 그 그림의 상태를 다시 한번 보는 게 빠를지도 모르지. 그림 앞으로 가자."

야쿠인을 이끌고 다시 홀로 이동했다.

나는 캔버스를 올려다보며 말했다.

"보다시피 이 그림은 높은 위치에 있어. 그리고 100호 사이즈야. 같은 호수라면 캔버스 규격이 다르더라도 세로 길이는 같아. 그렇지?"

"예, 그래서요?"

"그림은 윗부분까지 찢겨 있어. 너는 과연 저 위쪽까지 손이 닿을 수 있겠어?"

야쿠인이 손을 뻗어봤지만 도저히 닿을 만한 높이가 아니다. 그림 위쪽에 수직으로 새겨진 상처는 그의 손보다 훨씬 위에 있다.

"음. 야쿠인 씨도 안 닿으면 아무도 닿지 않겠네요. 사다리가 있거나 의자 위에 올라간다면 모르겠지만요."

"의자라면 저기에 소파도 있고, 아니면 식당이나 도서실, 오락실, 객실에도 있지 않을까요?"

"야쿠인, 언제까지 그렇게 시치미 뗄 셈이야? 자, 이쪽이야."

"나나쿠마 선생님, 잠깐만요."

나는 야쿠인을 무시한 채 오락실을 향해 걸음을 옮겼다.

오락실 문을 열고 그 안쪽에 있는 창고 문 앞에 이르자 따라온 야쿠인에게 열라고 지시했다.

"자, 거기 안에 뭐가 있지?"

야쿠인과 사쿠라코가 어둑한 창고 안을 들여다봤다.

"으음, 렌치, 드라이버, 잔디깎이, 전지가위, 가지치기 가위, 높은 가지치기 가위……."

"높은 가지치기 가위."

뭔가 보물이라도 발견한 것처럼 사쿠라코가 들뜬 목소리로 말했다.

"잠깐, 그것 좀 봐봐."

내가 말하자 야쿠인이 손을 뻗어 높은 가지치기 가위를 끌어당겼다.

"이건."

보아하니 곧게 뻗은 손잡이는 족히 2미터는 되어 보였고, 날의 끝부분에는 색이 묻어 있었다. 원래의 은색이 아닌 밝은색이.

"노란색과 흰색으로 보이는데요."

야쿠인이 중얼거렸다.

"저거, 물감이죠? 그것도 위쪽에 칠해진 색깔 아니에요?"

그림은 위쪽이 노랑과 흰색 계열, 아래쪽은 파란빛이 감도는 어두운 색조였다.

"맞네요. 그렇다면."

"범인은 안이한 사고의 소유자라고 할 수 있겠군. 높은 곳을 훼손하려면 높은 가지치기 가위를 쓰면 되겠지 정도로 생각하다니."

"하지만 이런 거라면 결국 누구든 할 수 있었다는 얘기네요. 이 창고도 잠겨 있지 않았고요."

야쿠인이 한숨을 내쉬었다.

야쿠인은 그대로 오락실에 머무른 채 소파에 걸터앉았다. 얼굴에 피로한 기색이 역력했다.

"피곤한 모양이군. 자, 이제 그림을 훼손한 도구는 알아냈어. 누가 그랬는지는 아직 모르지만. 진척은 있었어. 이쯤이면 만족했어? 잠깐 쉬자고."

"아, 그럼 제가 홍차를 타올게요."

"사쿠라코 씨, 혹시 도넛은 없을까요?"

"도넛이요?"

"예. 간식으로 도넛만 한 게 없다는 건 아니지만, 어제도 정오쯤이었나, 여기로 오는 길에 도넛을 먹었어요. 그게 참 맛있었거든요."

"죄송해요, 도넛은 준비되어 있지 않아서."

"그래요. 괜찮아요."

"잠시만 기다려주세요."

사쿠라코는 가볍게 달려 나가듯 자리를 떴고, 15분쯤 지나 다시 돌아왔다. 각자의 앞에 잔을 놓고 홍차를 따랐다.

홍차를 단숨에 들이켜고, 잔을 접시에 내려놓은 야쿠인은 배에 찬 파우치에서 메모장과 펜을 꺼냈다. 메모라도 할 모양이다. 모습만 보면 영락없는 탐정 행세다.

"다시 한번 물을게요, 사쿠라코 씨, 가모 씨랑은 서로 아는 사이가 아니었죠?"

"네, 어제 처음 뵀었어요."

"그래요." 하고 야쿠인은 조그맣게 한숨을 내쉬었다.

"그렇게 확인하는 걸 보니, 역시 살해당했을지 모른다고 생각하시는 건가요?"

"아직은 모르지요. 그래도 자야마 씨가 내일까지라고 했으니, 그때까지 증거가 안 나오면 자연사로 처리되겠지요. 그럴 가능성이 높지만 말이에요."

"사쿠라코 씨, 타살이라는 건 전적으로 롯폰마쓰 씨의 망상이에요. 헛소리입니다. 서툰 연극이지요. 그냥 놀이라고 생각하시면 됩니다. 그러니까 야쿠인이 하고 있는 일 역시 하나의 놀이인 거지요. 타살이라는 결정적인 증거가 발견되면, 아니, 발견되지 않으면이라고 해야 하나. 그러면 한 방에 해결되겠지만 아직 그 단계는 아니니까, 그냥 일단 이야기라도 들어두자는 겁니다."

"뭐랄까, 좀 소극적인 태도네요."

"흐음, 사건이라면 나도 뛰어들고 싶은 마음입니다만, 자연사로 진단이 내려지고 있는 지금 상황에서는 조사해봤자 소용없는 짓일 것 같거든요."

"네, 나나쿠마 씨는 의외로 다정하시네요."

그 말에 야쿠인이 충실하게 태클을 걸었다.

"방금 한 말 어디에 다정함이 있다는 거죠? ……그런데 사쿠라코 씨, 어젯밤에는 어디서 뭘 하고 있었죠?"

사쿠라코는 망설이는 기색 없이 대답했다.

"모두의 식사가 끝나고 설거지를 끝낸 게 밤 9시 반쯤이었고, 그다음에는 여기로 와서 홍차를 끓였어요. 그 이후는 아시잖아요? 탐정님들이랑 같은 시간에 방으로 돌아가서 그대로 잤어요."

"설거지하거나 음료를 준비하는 동안 누가 주방을 찾거나 하진 않았나요?"

"네, 아무도요. 그렇게 넓은 공간도 아니잖아요? 누가 왔으면 금방 알았을 거예요."

"그렇군요. 그럼 그 시간 동안은 줄곧 혼자였다는 말이군요. 그런데 오늘 아침에는 몇 시에 일어나셨나요?"

"6시 되기 전에요. 뭔가 조사를 받는 기분이네요."

"조사 맞아요. 형식적인 거지만. 한밤중이든 아침에 일어나서든 뭔가 이상한 점은 없었나요?"

"전혀요. 옷을 갈아입고 주방에 들어가서 아침 준비를 했을 뿐이에요. ……아, 물론 아침까지의 일을 증명해줄 사람은 아무도 없지만요."

이른 기상 시간 외에는 아주 평범한 하루처럼 들렸다.

"사쿠라코 씨는 자야마 씨의 손녀시죠? 이번에 본업 일정이 우연히 비었다고요?"

"네. 우리 가게 주인은 기분 내키면 이탈리아로 훌쩍 떠나버리거든요. 그래서 부정기적으로 문을 닫아요. 아주 오래 비우는 건 아니지만 밀라노나 로마 같은 데를 돌며 여러 가지 식재료를 찾기도 하고, 이야기를 듣기도 하고, 친구도 만나고 그런다네요."

"이야, 멋지네요."

야쿠인이 아주 맥이 빠진 맞장구를 치고 나서 물었다.

"사쿠라코 씨는 이번에 처음으로 참가했고, 참가자 중에 안면이 있는 사람은 없었던 거죠?"

"네. 아는 사람은 할아버지랑 하루나뿐이에요."
"여명이 1년이라든가 그런 건 아니죠?"
"보시면 아시잖아요. 병원은 문병을 가는 정도예요. 이곳에 초대받은 사람은 시한부 선고를 받은 분들뿐이라고 하더라고요."
사쿠라코는 야쿠인의 눈을 보며 말했다. 야쿠인은 다시 "아, 예." 같은 대답인지 뭔지 모를 대꾸를 했다.

야쿠인을 데리고 내 방 앞까지 돌아왔다.
카운슬링은 오후 2시부터 자야마 씨 방에서 이루어진다고 한다. 한 사람당 대체로 30분 정도 걸린다고 하니 다소 차이는 있겠지만 4시 조금 지나면 모두 끝날 것이다. 끝나고 나면 자야마도 짬이 날 테지.
생각건대 나는 탐정 이야기를 들려주기 위해 이곳에 초대받은 것일까. 그런데 아직 카멜레온 실종 사건 이야기밖에 하지 못했다. 이런 분위기에서는 아마 오늘 밤에도 이야기할 수 있을 것 같지 않다. 결국, 지금 이 저택에 내가 있는 의미는 털끝만큼도 없는 셈이다. 아니, 그렇지도 않은 건가. 부족한 조수를 지켜보는 일은 마지막까지 해야 한다. 그렇지만…… 심심하다.
"나나쿠마 선생님."
"뭐야?"
"심심하시죠?"
"그렇지도 않아."
"이제 자야마 씨랑 이야기하실 거죠? 그다음은 저녁 식사예요. 자고 일어나면 아침 식사고요. 그럼 이곳을 떠나야 합니다. 선생님은 그것만으로도 보수를 받을 수 있다면 된다고 하셨지만요."

"그런 말은…… 아니, 저건?"

롯폰마쓰가 이쪽으로 걸어오는 게 보였다.

"나나쿠마 선생님, 아까 그 알리바이 확인, 납득이 되시던가요?"

나는 고개를 저었다.

"뭐, 확인치고는 좀 허술했지."

"한 가지 제안을 드리고 싶은데요."

"말해봐."

"심심풀이로 모두의 이야기를 좀 더 들어보지 않으시겠어요?"

심심풀이로 야쿠인의 제안을 받아들이기로 했다. 다들 지루해하고 있을 테니까.

8

우리는 롯폰마쓰를 야쿠인의 방으로 초대했다. 뜻밖에도 그는 별 저항을 보이지 않고 받아들였다.

"나도 카운슬링까지는 시간이 좀 있으니 탐정분들의 얘기를 들을 수 있다면 협력하겠소. 그런데 도대체 그렇게 허술한 알리바이 확인이라는 게 있다니 참."

그러고 보니 그는 타살설을 제기했었다.

"롯폰마쓰 씨는 어떻게 생각하세요? 가모 씨는 자연사였을까요, 아니면 타살이었을까요?"

바다코끼리는 오른손으로 턱을 쓰다듬으며 대답했다.

"일단은 자연사로 판단하려고 한다면, 암으로 죽었다고 보는 게 타당, 그래요, 타당하겠지요. 다만 그렇더라도 걸리는 구석이 있소."

"호오. 어떤 거죠?"

"몇 시간 전까지만 해도 먹고 마시고 하던 사람이 그날 밤 갑자기 숨을 거두다니, 우연이 너무 지나친 게 아닐까요?"

"하지만 언제 죽어도 이상하지 않을 사람들이 모인 자리 아닌가요?"

"무척 직설적인 말투군요. ……아, 맞다. 초대받은 사람은 물론이고, 회장 자신도 살날이 얼마 남아 있지 않다고 들었소. 뭐, 확증은 없지만요."

"롯폰마쓰 씨는 이번 모임에 왜 참가하신 건가요?"

"암 수술을 마치고 나서 조금씩 사회에 복귀해보려고 할 때 시한부 선고를 받았소. 언제 죽는지 알고 싶다는 내 소망에는 부합한 셈이지. 적잖은 충격을 받았고, 지금도 그 충격이 치유되었는지는 나 자신도 잘 모르겠소. 그런 시기에 이 모임 이야기를 들었지요. 퇴직한 정신과 의사의 카운슬링에도 관심이 있었고, 탐정의 이야기에도 흥미가 있었거든. 그런 이유지요."

"병을 안고 계신 몸으로도 이렇게 와주신 거군요."

롯폰마쓰는 눈살을 찌푸렸다.

"두 가지 오해가 있소. 첫째, 집에서도 회사에서도 상주하는 의사가 있는 건 아니오. 그런 점에서 이번에는 은퇴한 의사와 현직 의사가 온다고 들었거든. 그렇다면 응급 상황이 닥쳤을 때 자택보다는 이곳이 훨씬 더 안심된다고 판단했지요."

나는 손으로 턱을 쓸어보았다. 정신과 의사인 자야마가 임종을 앞둔 환자에 대해 얼마나 임상적으로 대응할 수 있을지는 불분명하지만, 검안이나 전체의 지휘, 통솔 방식에서는 연륜이 묻어난다는 인상을 주었다. 그리고 지로마루 선생은 비록 고령이긴 해도 현직 의사다. 과연 그 심리적 안도감은 결코 작지 않았을 것이다.

"또 하나의 오해라는 건 뭔가요?"

롯폰마쓰는 야쿠인을 바라보며 말했다.

"탐정 조수 군, 여명 1년 이내인 사람의 모임인데도 모두 꽤 건강해 보이지 않았나?"

"정말 그렇게 느꼈어요."

"자야마 씨도 말했듯이 시한부 선고라는 건 모호하고, 대체로 믿을 만한 게 못 되지. 물론 진짜 임종이 가까운 사람이라면 병상에 누워 있을 것이고, 링거 호스도 몇 개씩 연결돼 있겠지. 하지만 우리는 조금 다르오. 수술이나 화학 요법을 마치고, 지금은 기본적으로 자택 요양과 통원 치료를 병행하는 몸이지. 건강상 어떤 지표가 있는지는 나도 잘 모르지만, 일단 현재 상태는 안정되어 있다고 여겨진 사람들이란 말이오. 그런데 그런 사람이 그렇게 갑자기 숨을 거둘 수 있을까? 그것도 암으로 말이지."

"좀 부자연스러운 건가요?"

그에 대해 내가 말했다.

"급변할 위험성은 당연히 염두에 둬야겠지요. 급변을 포함한 상태에서의 '안정'일지도 모릅니다. 가모 씨의 건강 상태가 어느 정도였는지는 자야마 씨한테 물어보도록 합시다."

"그런데 롯폰마쓰 씨, 어젯밤엔 어디서 무엇을 하고 계셨습니까?"

야쿠인이 물었다.

"아시다시피 저녁 식사 후에는 저택 견학에 참가했소. 그대로 오락실에서 지로마루 씨와 포커도 하고 잡담도 나눴지. 그 후로는 밤 11시 전에 방에 돌아가 샤워하고 잤소."

오락실까지의 동선은 우리와 일치했다.

"그렇다면 만약 가모 씨가 타살을 당했다면 살해 방법이 뭐라고 보시나요? 역시 독살일까요?"

"그럴 거요. 바늘에 묻힌 게 아니라면 음독이겠지요. 그럴 가능성이 부정된 건 아니니까요."

"당연합니다. 그럼 독의 종류와 투약 방법에 대해서는요?"

"지연성 있는 무언가겠지요. 자세한 것은 알 수 없지만 방법은 글쎄, 투약 타이밍은 몇 번 있었겠지요. 가장 의심받지 않고 독을 투여할 수 있는 사람이라면 요리사 아가씨일 거요. 서빙도 그녀 몫이었으니 그녀만큼 적역인 인물도 없겠지요."

"그렇군요. 적역이라."

적당히 맞장구를 쳤을 때 그가 덧붙였다.

"그리고 당신들이지요."

"우리 말인가요?"

"오락실에서 홍차를 잔에 따랐던 사람은 사쿠라코, 그걸 도왔던 사람이 당신들이었소. 홍차에 독을 넣었다면 그 타이밍일 수 있는 거지요."

어젯밤의 장면을 떠올렸다. 사쿠라코가 홍차를 따랐고 나는 우유 담당이었다. 야쿠인이 소파에 앉은 자야마와 하시모토에게 잔을 건넸고,

가모, 롯폰마쓰, 지로마루 선생의 잔을 마작 테이블 위에 놓았다. 잔은 각자 가져가는 방식이었을 것이다. 롯폰마쓰가 말했다.

"가모 씨는 구석에서 묵묵히 당구를 치고 있었지요. 몰두해 있어서, 어쩌면 공의 위치에 따라서는 마작 테이블을 등지는 타이밍도 있었을 거고. 나도 지로마루 씨와 포커에 열중해 있었고, 홍차를 내내 주시하고 있었던 건 아니니까요."

"그렇지만 홍차와 우유를 따르거나 잔을 들고 옮기던 일 모두 마작 테이블을 향해 이뤄졌습니다. 나, 야쿠인, 사쿠라코 중 누군가가 범인이라면 다른 두 사람의 눈을 피해 독을 넣는 것은 다소 어려운 일이 아닐까요?"

"두 사람이 공범일 수도 있겠네요. 아니면 요리사를 포함한 세 명이 공범일 수도 있고."

"그렇다면 완벽하네요."

나는 마음속으로 그에게 큰 박수를 보냈다. 대담한 상상은 싫어하지 않는다. 다만 사실이 아니기에 부정할 수밖에 없지만.

"그때 우리는 서로 시선을 피할 타이밍이 있었지요. 100퍼센트 서로 감시하고 있었던 건 아니니까요. 역시 그것도 가능하기는 하겠네요. 다만, 어제 처음 만난 사쿠라코 씨와 범죄를 함께 모의한다는 건 너무 엉뚱하고 현실적이지 않네요."

"그럼 역으로 묻겠는데, 두 분은 어떻게 생각하시오? 만약 이게 살인 사건이라면 그 방법과 범인은 누구라고 보시는지?"

야쿠인은 내 쪽을 보고 나서 입을 열었다.

"최초 발견자를 의심하라는 철칙에 따르면 자야마 씨이겠지요. 이 저택을 누구보다 잘 아는 데다 마스터키도 가지고 있었고, 거기다 주최자이기도 하니까요. 하지만 그 후의 언행과 대조하면 모순이 생깁니다. 범인이라고 한다면 자연사로 마무리하고 싶었을 테니까요."

롯폰마쓰는 흐음 하며 고개를 끄덕이고 나서 말했다.

"검안은 두 사람이 같이했소. 그 후의 언행은 둘째치고 지로마루 씨의 눈을 속일 수 있었을까요?"

"그래서 공범인 거지요."

롯폰마쓰는 앞니를 보이며 웃었다.

"별로 거론되지 않았지만 다른 두 사람, 그러니까 하시모토와 하루나는 어떻소?"

"지금까지 두 사람의 인상은 흐릿하지만 앞으로 이야기를 들어볼 생각입니다."

"그런가요."

롯폰마쓰는 조그맣게 숨을 내쉬었다.

"참, 롯폰마쓰 씨. 그림에 대해서는 어떻게 생각하십니까? 실은 그림을 훼손한 도구는 이미 찾았습니다."

"그야 그랬겠지요."

"그게 무슨 말이죠? 이미 알고 계셨나요?"

"……아, 아니 아무것도 아니오. 하지만 흉기가 발견되었다 해도 누가 어떤 목적으로 했는지는 여전히 알 수 없는 거 아니오?"

"롯폰마쓰 씨, 그건 야쿠인이 이미 다 꿰뚫어보고 있습니다."

"정말인가?"

"나나쿠마 선생님, 무슨 말씀이세요. 모르니까 이렇게 이야기를 듣고 있는 거잖아요."

롯폰마쓰는 작게 헛기침을 하며 말했다.

"농담인가. 아니, 난 모르겠소. 하지만 심야에 벌어진 일이잖소. 그 그림은 누구든 접근할 수 있는 위치에 있었지요. 누구나 할 수 있는 일이오. 결정적일 수가 없잖아. 그렇지 않소?"

"말씀대로입니다. 예를 들면 하루나 씨가 자신에 대한 의심을 흐리게 하기 위해 저질렀는지도 모르지요."

"야쿠인, 자작극……, 아니, 자기파괴극이라고 해야 하나, 하루나 씨를 의심하는 거야?"

"그럴 가능성이 있다는 이야기입니다."

"우스꽝스럽게 꾸며낸 이야기입니다. 롯폰마쓰 씨, 진지하게 받아들이실 필요는 없습니다."

"흐음, 아무튼 나는 무관하오. 뭔가 알아내면 알려주겠소."

어조가 시들해졌다. 슬슬 이야기하는 것도 지친 분위기였다. 나는 야쿠인에게 눈짓을 보내, 그를 방으로 돌려보내기로 했다.

위에서 내려다보면 '凹'자형 구조인 저택의 반대편 복도로 가서 하시모토의 방 앞에 도착했다. 예정대로라면 카운슬링은 이미 끝났을 시간이다. 작게 노크하자, "네에" 하고 명랑한 목소리가 돌아왔다.

"네, 네. 어머, 어머."

하시모토는 고개를 위아래로 움직이며 나와 야쿠인을 번갈아 바라봤다. 야쿠인이 말했다.

"카운슬링은 마치셨나요? 괜찮으시다면 잠깐 이야기 좀 나눌 수 있을까요?"

"그럼요. 자, 들어오세요."

내가 먼저, 다음은 야쿠인이 방으로 들어갔다. 방 구조는 어디나 같았다. 하룻밤 묵는 정도로 큰 차이가 있을 리도 없고, 첫인상으로는 나나 가모의 방과도 다르지 않았다.

야쿠인은 방 주인이 권한 의자에 앉자마자 물었다.

"하시모토 씨는 이 모임에 매번 참석하고 계신 거죠?"

"네, 그래도 아직 네 번째이지만요. 자야마 씨의 말씀이 매번 기대되고, 게다가 이번에는 이런 멋진 저택에서 숙박할 수 있다고 해서 참가했어요. 평소에는 당일치기로 어딘가 방 하나를 빌려서 진행되곤 했거든요."

"카운슬링은 어떠셨어요?"

"오늘도 참 좋은 시간이었어요. 다정하고 따뜻한 솜털에 싸인 것처럼요……. 끝날 무렵에는 마음이 정말 가벼워져요. 탐정님은 아직 안 받으셨죠?"

"이제 곧 받을 예정입니다."

"그렇군요. 그럼 무슨 일이죠? 잡담이라면 그것대로 환영입니다만."

"아뇨, 지금은 아이스 브레이킹[9]입니다."

야쿠인은 기침을 한 번 하고 말을 이었다.

"이제 본론으로 들어가겠습니다. 어젯밤 행적을 다시 떠올려보시겠어요? 별장 견학을 마치고 오락실에서 이야기를 나눴지요. 그 후에 아침까지 어디서 무엇을 하셨습니까?"

---

[9] Ice Breaking. 첫 만남의 어색함을 깨는 사교적인 언행.

"어머, 그런 식으로 묻는 걸 보니, 혹시 가모 씨 살해당한 건가요?"

눈을 반짝이며 묻는다. 정말이지 미스터리를 좋아하는 사람들의 모임이다 싶었다.

"아직은 알 수 없습니다만, 시신이 옮겨지고 검안서가 작성되면 의학적으로도 법적으로도 병사로 처리됩니다. 하지만 혹시 모를 가능성을 놓치고 있는 걸 수도 있으니까요."

"요컨대 이 사람은 심심해서 이러는 거예요. 그냥 심심풀이라고 생각하시고 조금만 도와주세요."

"그렇다면 기꺼이 협조해야죠. 네, 어젯밤엔 오락실에서 돌아와 샤워하고 잤어요."

"그게 전부인가요?"

"그게 전부예요. 한 발자국도 방에서 안 나갔어요."

"이 방 창문 너머가 가모 씨 방입니다. 어젯밤에 뭔가 수상한 걸 보시진 않았나요?"

"보시다시피 맞은편 동과의 사이에는 나무가 있잖아요. 설사 커튼이 열려 있다고 해도 방 안을 들여다보는 건 불가능해요."

"그렇군요. 그럼 화제를 바꾸죠. 만약 살인사건이었다고 한다면 범인은 누구고, 범행은 어떤 식으로 했을 거라고 생각하시나요?"

하시모토는 조그맣게 끙끙거리는 소리를 내고는 허공을 바라보았다.

"가능성이 낮은 것부터 하나씩 제외한다면……, 밀실에서 빠져나오는 건 불가능하고, 외상이 없었다는 거잖아요? 그렇다면 '범행 당시 범인은 방 안에 없었다'는 얘기가 되지 않을까요?"

"물론 열쇠를 가진 자야마 씨는 예외겠죠?"

"네. 자야마 씨라면 모든 수단을 쓸 수 있을 테니까요."

말솜씨가 능란했고 그 말투는 담담했다. 카운슬링의 은혜를 잊은 듯이 가설은 어디까지나 가설일 뿐이라며 단호히 선을 긋는 것처럼도 들렸다.

"외상이 없다면 음독이 제일 편하고 확실한 방법이라고 생각하는데요……."

말이 끊겼다. 막혔던 말이 다시 흐르듯이 입이 열렸다.

"하지만 가모 씨는 경계심이 많아 보였잖아요. 억지로 먹이기엔 무리죠. 홍차에 넣는 것도 식당이나 오락실과는 달리 방에서는 부자연스러웠을 테고요."

"게다가 체격 차도 있어요. 가모 씨는 이번 회원 중에 제일 키가 크잖아요. 누구든 위로 올려다보는 형태가 될 거고, 그런 체격 차로는 우격다짐으로 덮치는 것도 어렵겠지요."

"잠들게 한 뒤에 하면 어떨까요? 예를 들면 클로로포름을 맡게 한다든가."

"맡게 하려고 시도하는 것 자체가 체격 차가 있으니 피할 수 있었을 거고, 애초에 흡입 마취제로는 그렇게 빠른 효과를 기대할 수 없습니다."

"그래요?"

"그런데 하시모토 씨, 홀의 그림 말인데요."

야쿠인이 말을 꺼냈다.

"아아, 그 그림. 조금 조잡하고 투박한 터치였지만 전 좋았어요. 하지만 안타깝네요, 그런 끔찍한 짓을 당하다니."

"혹시 무슨 사정을 알고 계신 건 없습니까?"

"글쎄요, 가령 제가 범인이라 해도 자수하진 않겠지만, 만약 목격자라면 그때는 맨 먼저 나서서 말했을 거예요."

그런 성격이 온몸에서 배어나는 사람이었다.

"그렇습니까? 뭐, 그렇겠지요. 실은 범행 도구는 이미 알아냈거든요."

"어머, 뭐였는데요?"

야쿠인은 높은 가지치기 가위 이야기를 꺼냈다. 그러자 하시모토가 폭소를 터뜨렸다.

"우훗, 후후후후……, 우훗, 어머, 제가 이러면 안 되는데 실례했네요."

"왜 그러세요?"

"높은 데를 망가뜨리려고 높은 가지치기 가위를 썼다니, 안이하다고 할까, 정말 간단한 발상을 하는 범인이네요. 아니, 비웃으면 안 되겠죠. 그 범인을."

"아하하하, 그렇네요. 하지만 단순한 발상만큼 난해한 것도 없습니다. 의외로 심오한 것일지도 모르지요."

"아무튼 저는 그림에 대해서는 아는 게 전혀 없어요. 뭔가 알게 되면 꼭 알려주세요."

"네, 약속드리겠습니다."

하시모토에게 인사를 하고 방을 나왔다.

시계를 보니 이제 슬슬 하루나의 카운슬링이 끝날 무렵이었다. 그러나 야쿠인은 곧장 그녀의 방으로 가지 않고 주방으로 발걸음을 옮겼다. 우리끼리만 가면 통명스럽게 거절당할 것 같다는 판단에서였다. 사쿠라코를 중재자로 삼으려는 것이다.

하지만 주방에는 그녀의 모습이 보이지 않았다. 발길을 돌려 복도를 따라 걷다가 야쿠인이 사쿠라코의 방문을 노크했다. 안에서 작은 목소리가 들려와서 야쿠인이 사정을 설명했다.

"하루나요? 음, 뭐, 말을 걸어주는 정도라면, 잠깐만 기다리세요."

이렇게 말한 사쿠라코가 방에서 나왔다.

그녀가 앞장서서 하루나의 방으로 향했다. 노크를 하자, 안에서 돌아온 대답에 사쿠라코가 응수했다.

무시당하거나 거절당하지 않을까 싶었지만 긴 침묵 끝에 나온 하루나의 대답은, "잠깐만 기다려주세요."였다. 얼마나 기다려야 하는 걸까. 한나절? 며칠? 여기서는 이야기하기 어렵다고 판단한 것일까? 사쿠라코가 말했다.

"그럼 오락실에서 기다릴게."

그렇게 말을 남긴 채 사쿠라코는 걸음을 옮겼고, 우리는 다시 그녀를 따라가기로 했다.

오락실에 들어서서 실내를 둘러봤다. 당구대, 마작 테이블, 벽을 따라 놓인 소파, 그리고 작은 테이블. 배치는 모두 어젯밤 그대로였다.

"저, 차라도 좀 내올게요."

"독 같은 건 아니겠죠?"

"농담이 심하시네요. 뭐, 익숙하기는 하지만요."

"저기, 초대받은 분께 수고를 시켜드릴 순 없죠. 홍차로 괜찮으시다면 제가……." 하고는 사쿠라코가 자리에서 일어났다.

얼마 지나지 않아 사쿠라코가 홍차가 담긴 쟁반을 들고 돌아왔다. 그리고 그녀의 등 뒤에 가려져 있던 하루나가 얼굴을 내밀었다.

"……뭐예요, 하실 말씀이라는 게?"

"자, 앉으세요."

야쿠인이 두 사람을 소파 쪽으로 이끌며 말했다.

"그런데 하루나 씨는 어제 그 후에 뭘 했나요?"

"방으로 돌아가서 일기를 쓰고 동영상도 보다가 잤어요."

"일기요?"

"그날 몸 상태가 어땠는지, 무슨 일이 있었는지, 간단히 정리하거든요."

"아하, 그렇군요. 그런데 하루나 씨는 아직 젊은데 암이라니?"

야쿠인의 다소 무례한 질문에 하루나는 쏘아보는 듯한 시선을 보냈다.

"……좋아요. 알려줄게요. 어제는 아저씨들이 많아서 호기심 어린 시선을 받는 게 싫어서 그냥 입을 다물고 있었어요. 저는 암은 아니에요. '완전 대혈관 전위'라는 증상인데 아주 간단히 말하면 심장의 방이 좌우 바뀌어 있는 거예요."

"아아."

하루나의 이야기를 요약하자면, 심장에 있는 네 개 방 중에 좌심실과 우심실이 뒤바뀌어 있다고 한다. 보통 폐에서 산소를 받은 혈액은 좌심실, 대동맥을 거쳐 전신으로 보내진다. 그리고 전신에서 돌아온 혈액은 우심실에서 폐동맥을 거쳐 폐로 보내져 다시 산소를 공급받아 다시 좌심계로 돌아온다. 그런데 하루나의 경우, 폐에서 산소를 받은 혈액이 그대로 폐동맥으로 보내지고, 반대로 전신에서 돌아온 혈액은 다시 전신으로 보내진다는 것이다.

나는 그녀의 몸 안을 그려보았다. 빙글빙글, 빙글빙글, 피가 돈다…….

"피가 돌고 있지 않다."

"왜, 왜 그러시죠, 선생님?"

"지금 말한 대로라면 혈액은 같은 데만 돌고 있을 뿐이잖아. 산소 없이는 살아갈 수 없을 텐데?"

"맞아요. 그래서 폐동맥과 대동맥을 이어주는 동맥관이라는 혈관이 있는데, 보통 출생 직후에 자연스럽게 닫히거든요. 그런데 제 경우는 이것이 닫히지 않아서 지금까지 살아올 수 있었던 거예요."

"보통은 닫히는 거죠?"

"그래서 닫히지 않도록 링거로 열린 상태를 유지하는 거예요. 그리고 성장하면 적당한 시기에 수술을 하죠."

그렇게 말한 하루나는 두 손을 무릎 위에 올리고 시선을 떨어뜨렸다.

그것에 이끌리듯 나도 시선을 아래로 향했다. 그러자 그녀의 손가락이 눈에 들어왔다. 그것은 한마디로 말하면 '기묘한 손가락'이었다. 손가락 밑동은 보통인데 손끝이 둥글게 부풀어 올라 있었다. 라틴 아메리카 음악에 쓰이는 리듬 악기인 마라카스 같기도 했다. 첫 번째 마디에서 끝마디까지만 전혀 다른 기관처럼 보일 정도였다. 하얀 얼굴과는 대조적으로 손끝이 푸르스름하고 까맸다. 우리의 시선을 눈치챘는지 하루나가 입을 열었다.

"이거, 곤봉지$^{clubbed\ fingers}$라고 해요. 산소 순환이 잘 안 되면 이렇게 손끝에 나타나는 거죠. 곤봉처럼 보인다고 해서 그렇게 불러요."

확실히는 모르지만 산소화되지 않은 적혈구가 일정량 이상에 이르면 청색증이 생긴다고 하고, 청색증이 진행되면 손이 이렇게 되는 경우도 있다고 한다. 이해한 것 같기도 하고, 못한 것 같기도 하다. 의학적인 것에는 나보다 야쿠인이 더 밝다.

"저, 초등학교 때는 주변 사람들이 저에게 거리를 두었어요."

하루나는 고개를 숙이고 띄엄띄엄 말하기 시작했다.

"입퇴원을 반복하기도 했고, 안색이 나쁘기도 했고, 주변 아이들과도 마음을 터놓고 어울리지도 못했어요. 여러 가지 이유가 있었지만 가장 큰 이유는 아마 눈물이었을 거예요."

"눈물?"

"눈물이 나오지 않아요. 슬퍼도 분해도. 그래서 생긴 별명이 '철의 여인'이에요."

"타고난 체질인 건가요?"

"네. 지금은 억지로 울려고 노력하면 울 수 있어요. 그런데 어릴 적엔 전혀 안 됐어요. 울면 죽거든요."

"울면 죽는다?" 이해할 수 없는 논리였다.

하루나는 조용히 고개를 끄덕였다.

"울면 과호흡이 오잖아요. 그 사이에는 폐에 거의 산소가 공급되지 않아요. 그렇지 않아도 산소가 부족한 몸인데, 산소가 더 들어오지 않게 되면 그건 치명적이죠. 한번 울기 시작하면 1~2분은 멈추지 않으니까요. 그래서 소아과 선생님이나 간호사가 무척 힘들었나 봐요. 나 같은 아이를 절대로 울지 않게 하려고 하다 보니."

"그러면 큰일이지."

"손톱을 반대쪽 손가락으로 집고 5초 동안 기다렸다가 놓는 거 있잖아요."

그 말대로 하루나는 왼손 엄지와 검지로 오른손 검지의 손톱을 집었다가 놓았다.

"혈액의 재보충 시간은 2초 이내예요. 하얗게 변한 손톱 끝이 하나둘 세는 사이에 원래 색으로 돌아오면 혈액 순환이 정상적으로 유지되고 있다는 지표예요. 그런데 제 손톱은요, 보세요."

몇 번이고 손톱을 눌렀다 떼는 동작을 반복했다. 검푸른 손끝에 붙어 있는 두꺼운 손톱은 압박받는 동안엔 하얗게 변했지만 2초가 지나도 원래의 차분한 색으로 돌아오지 않았다. 4초쯤 지나야 겨우 회복되었다.

나도 따라서 해보았다. 손톱을 눌렀더니 손톱 안쪽이 어렴풋이 하얗게 변했다. 놓고 나니 1, 2초 만에 혈색이 돌아왔다. 내 혈액 순환은 정상이다. 야쿠인도 똑같은 의문이 들었는지 이렇게 물었다.

"하루나 씨, 전위된 대혈관은 수술을 받은 거죠?"

"네, 여러 번요. 잘 기억나지는 않지만요."

"그런데 왜 아직도 청색증이 남아 있는 거죠? 완치된 게 아닌가요?"

"저 같은 경우는 혈관을 바꾸는 방식이 아니라 우심실과 폐동맥을 제 혈관을 이용해서 직접 연결하는 수술이었어요. 그래서 완전히 정상적인 혈류는 아니에요. 전신으로 가야 할 혈액과 전신에서 돌아온 혈액이 일부는 계속 섞인 채로 남아 있는 거지요."

"그런 상태로 지금까지 살아온 거네요."

"네."

"그런데 왜 시한부 선고를 받은 거죠?"

"심장의 구조가 바뀌어 있는 것은 완전 대혈관 전위만이 아니에요. 좌심실 — 전신에 혈액을 내보내는 부위 — 이 원래 작게 태어났거든요. 지금까지는 억지로 어떻게든 버티고 있었지만 이제는 한계에 가까워지고 있는 것 같아요."

"그렇군요."

야쿠인은 가볍게 맞장구를 치더니 뭔가 의문이 스친 듯한 눈빛으로 말을 이었다.

"병에 관해서는 잘 알겠어요. 실례지만 그런 상태로 퇴원이 가능한 건가요? 암 환자라면 먹는 약으로 치료하는 경우도 있겠지만, 심장병은 계속 링거를 달고 입원해 있어야 한다는 이미지가 있어서요."

"말기 심장질환 환자를 위한 재택 의료 클리닉이 있거든요. 도쿄와 오사카의 클리닉이 유명한데 작년에 우리 집 근처에도 생겼어요. 링거를 연결한 채 퇴원해 집에서 계속 치료할 수 있도록 지원해주는 기관인데요. 저도 두 달 전까지는 링거를 계속 달고 있었고, 지금은 먹는 약만으로도 어느 정도 안정된 상태예요."

이렇게 말하며 하루나는 약 보관함을 꺼냈다. 복용 시간이 된 듯했다. 반투명 보관함 안에는 알록달록한 많은 양의 알약들이 나뉘어 정리되어 있었다.

"미리 말씀드리자면" 하고는 보관함 안을 우리에게 보여주며 말했다.

"칼륨제도 복용하고 있어요. 병 때문에 혈액 내 칼륨 수치가 낮아서 보충하려고요."

"수치가 낮으면 어떻게 되는데요?"

"속이 메스꺼워지고, 심할 때는 힘이 안 들어가기도 해요. 극단적인 경우에는 부정맥이 생긴대요. 수치가 높아도 낮아도 그래요. 전 그렇게까지 된 적은 없지만, 이런 심장이라서 부정맥은 치명적이라고 의사한테 들었어요."

"그랬군요."

"그래도 하루 한 알이고, 예비 약도 이렇게 잘 챙겨두고 있어요." 하고는 약을 삼키며 순간적으로 찡그린 표정을 지었다.

"왜 그래요?"

"아뇨, 아무것도 아니에요. 칼륨은 쓴맛이 강해서 단숨에 삼키는 편인데, 지금은 그냥 잘 안 삼켜졌을 뿐이에요."

그녀가 말쑥한 얼굴로 우리를 바라보았다.

과연 자야마가 말한 대로, 말기라도 안정된 시기가 존재한다는 건 사실일지도 모른다. 그렇지 않다면 이런 모임을 열 수 없을 것이다.

야쿠인이 가볍게 헛기침을 하며 말했다.

"화제를 바꿔볼게요. 오늘 이렇게 이야기를 들으러 온 데는 사실 다른 이유도 있어요. 가모 씨의 죽음이 살인이라면, 두 분은 누가 어떻게 저질렀다고 생각하세요?"

하루나는 눈을 동그랗게 뜨고 말했다.

"그런데 그 인간, 암으로 죽은 거 아니에요?"

"그러니까 만약의 경우를 말하는 겁니다. ……그건 그렇고, 그 인간이라니."

"기분 상하셨어요? 미안해요. 일부러 그랬어요."

하루나가 시치미 뗀 얼굴로 사과했다.

"하루나, 무슨 말이야? 가모 씨랑은 초면인 거 아니었어?"

"만난 건 그래요, 어제가 처음이었어요. 하지만 그 인간, 그 모임 채팅에서 내가 나이랑 성별을 말했더니, '사진을 보내달라'느니 '다음에 만날 수 없느냐'느니 진짜 기분 나쁜 말만 해왔어요. 어차피 곧 죽을 거면서. 어제 밥 먹을 때도 그 사람이 보는 게 싫어서 자기소개를 얼른 끝냈는데도 계속 쳐다보고. 그래서 모처럼 먹는 사쿠라코 씨의 요리도 제대로 맛볼 수 없었어요."

지금까지 없던 날 선 어조였고, 그 말에는 증오가 실려 있었다.

"그래도 가모 씨가 참가한다는 건 알고 있었던 거잖아. 그런데도 오겠다고 생각한 거야?"

"이번에는 내가 먼저 가겠다고 결정한 거예요. 사쿠라코 씨도 만날 수 있고 요리도 먹을 수 있으니까요. 그랬는데 그 인간도 참가하겠다고 나선 거죠. 평소 말하는 걸 보면 이런 모임 같은 건 싫어하는 타입이라는 인상이었고. 그렇다고 물러날 수도 없고, 설마하니 모두가 있는 데서 그 인간도 어설픈 짓은 하지 않겠지 싶었거든요."

거기서 말을 한 번 끊고, 하루나는 고개를 깊숙이 숙이며 말했다.

"어젯밤 내 방에 들어오려 했어요."

"뭐라고요?"

그건 내 마음 깊은 데서 터져 나온 놀라움과 의심의 외침이었다.

"날짜가 바뀌기 전이었던 것 같아요. 문을 두드리는 소리가 났고, 내 이름을 부르는 목소리가 들렸어요. 문을 열었더니 그 인간이었어요. 의심받지 않으려고 음성 소프트웨어로 자야마 씨 목소리를 흉내 내고 있었어요."

그 장면을 떠올려봤지만 공포밖에 떠오르지 않았다. 그녀의 입술이 조금 전보다 훨씬 더 푸르스름해진 것 같았다.

"있는 힘껏 문을 닫아서 그럭저럭 피했어요. 그 인간도 억지로 들이닥치는 건 망설였는지, 아니면 하루 더 있으니까 하고 생각한 건지 어떤지는 모르겠지만. 그 뒤에 그 인간이 자리를 뜬 걸 확인하고 자야마 씨에게 갔어요. 사정을 말하려고요. 자야마 씨는 내일, 그러니까 오늘 엄중히 주의를 주겠다고 했는데 이렇게 되어서. ……아무튼 그 인간을 원망하는 사람은 나 말고도 있지 않을까요?"

"전에 주고받았던 대화에서 나이랑 성별을 밝힌 사람이 하루나 씨만 있었던 건 아닌 거죠?"

"네. 새로 들어온 사람들은 가볍게 자기소개를 했으니까요. 그 인간은 원래부터 있던 사람이니 다른 회원들의 정보도 잘 알고 있었을 거예요."

그렇다면 하루나와 비슷한 상황에서 관련 있는 사람이라면 상대는 젊은 여성이라는 얘기가 된다. 사쿠라코는 회원이 아니고, 하시모토는 사십 대 정도일까. 동년배인 가모 입장에서 보자면, 적어도 하시모토는 젊다고는 할 수 없다. 게다가 조금 전 조사에서도 그런 이야기는 없었다.

"하루나 씨."

나는 그녀를 타이르듯 조용히 입을 열었다.

"지금 얘기, 어디까지가 사실이고 어디부터가 지어낸 이야기인가요?"

"나나쿠마 선생님, 무슨 말씀을 하시는 거예요?"

"괜찮으니까 대답해보세요."

"어디까지든 뭐든 전부 사실이에요."

"스토커 같은 남자가 참가할지도 모르는 모임에 당신은 참가하기로 했어요. 그리고 그 남자가 우연히 죽었다?"

"너무 잘 맞아떨어진다는, 그런 얘기를 하고 싶으신 건가요?"

나는 눈을 감고 고개를 끄덕였다. 하루나는 맑은 어조로 말했다.

"사람이 죽는 건 둘 중 하나예요. 수명을 포함한 불확실한 요인, 아니면 누군가의 의지. 그렇죠?"

"그런 식의 이야기는 나도 싫지 않아요. 다만 선뜻 믿을 수는 없지요. 받아들일 수 없으니까요."

무거워진 분위기가 불편한 듯 야쿠인은 홍차를 한 모금 머금고 나서 입을 열었다.

"그럼 범인이 누구인지는 제쳐두고, 어떤 방법을 생각할 수 있을까요?"

하루나의 입이 조개처럼 닫혔다. 몇 분간 침묵이 흘렀다.

야쿠인은 실언이 부끄러웠는지 뭔가 떠올린 듯, "아, 미안해요. 어디까지나 가정입니다. 그렇지만 불쾌했다면, 그래요, 미안합니다." 하고 뭐가 뭔지 알 수 없는 사과를 했다.

인슐린 이외의 당뇨약 중 사망에 이르게 할 만큼 강력한 것은 없다. 항암제도 마찬가지다. 음독을 생각했을 때 가능성이 높은 것은 하루나가 가진 '칼륨제'다. 한두 알 먹는다고 죽을 리는 없겠지만 만약 더 많이 먹는다면 어떨까. 예컨대 칼륨 수치가 정상인 사람에게 잘게 부순 약 10정 분량을 한꺼번에 먹인다면 심장을 멎게 하기에 충분하지 않을까. 수량은 철저히 관리하고 있다고 했지만 여분으로 가지고 왔을 가능성도 완전히 배제할 수는 없다.

"모르겠어요. 아마 멋대로 죽은 거겠죠."

"저도 딱히. 미스터리는 젬병이라서요."

"아니, 괜찮아요. 미안합니다. 달리 뭔가 떠오르면 언제든지 말해줘요."

나는 야쿠인을 힐끗 바라보았다. 그는 아직 묻고 싶은 것이 더 있는 모양이다. 이야기라는 건 말하는 쪽만이 아니라 듣는 쪽도 피곤해지는 법이다. 사쿠라코도 하루나도 지친 기색은 보이지 않지만 더 묻는 건 시간 낭비일 것이다.

하루나가 차를 마시자 이번에는 사쿠라코가 조용히 말을 꺼냈다.

"그보다 하루나, 괜찮아?"

무엇에 대해 묻는다는 말은 없었지만 가모에 대한 이야기가 끝난 지금 남은 것은 그림에 관한 내용뿐이다.

하루나의 미간이 살짝 움직였다. 그녀가 그 그림의 작가인 만큼 신경 쓰이는 것도 당연하다.

"그렇게 되다니 도저히 용서할 수 없어요."

말끝에서 분노가 읽혔다.

"그림이 망가지면 다시 그리면 그만이죠. ······하지만 그럴 시간이 남아 있지 않을지도 모르지요. 그보다 그 그림을 망가뜨린 것만큼은 도저히 참을 수 없어요."

그 말끝에서 끓어오르는 분노가 느껴졌다. 그림에는 모델이 있다. 게다가 그 모델은 소중한 사람이다. 그림이 망가진 것은 곧 그녀 자신이 상처를 입은 것이나 마찬가지일 것이다.

"저한테 그 그림이 훼손된 건 사쿠라코 씨가 상처 입은 거나 마찬가지예요. 죽은 사람이라면 모르겠지만 살아 있는 사람을 갈기갈기 찢어놓다니 참을 수 없어요."

이렇게 말하며 눈물을 머금지도 않고 입을 굳게 다물고는 어딘가 허공을 째려보았다. 그 눈빛은 삶에 매달리려는 날카로운 시선처럼 보였다.

"아, 그런데 하루나, 흉기랄까, 그러니까 그림을 훼손한 도구는 알아냈어. 탐정님이 찾아줬거든."

"그래요? 그건 아무래도 상관없어요. 그보다 누가 왜 그런 짓을 했는지 알고 싶어요. 어떤가요, 탐정님?"

"안타깝지만, 아직은."

"그렇죠. 그렇겠죠. 하지만 너무 느긋하게 기다릴 수는 없어요. 적어도 제가 죽기 전에는……."

그러고 나서 말을 잇는 사람은 아무도 없었다. 자리는 조용한 침묵에 잠겼다.

이제 마무리할 때가 된 모양이다. 나와 야쿠인은 홍차를 대접해줘서 고맙다는 말을 하고 오락실에서 나왔다.

9

야쿠인을 데리고 지로마루 선생의 방문을 두드렸다. 누군가 찾아온 걸 의아하게 생각하는 듯 서서히 잠금장치가 풀렸다. 문이 열리면서 안에서 "누구십니까?" 하는 목소리가 들려왔다.

"나나쿠마입니다. 그리고 미숙한 조수도 함께요."

"아, 나나쿠마 선생님이군요. 무슨 일이지요?"

"이야기를 좀 여쭐까 해서요. 아니, 저 말고 이 친구가요."

지로마루 선생은 날카로운 시선을 뒤쪽의 야쿠인에게 보냈다. 과거의 일도 있고, 굳이 나눌 말이 많지 않은 사이일지도 모른다. 그러나 선생은 이렇게 말했다.

"괜찮아요. 나나쿠마 선생님도 함께 있을 거지요?"

"예, 물론이죠. 이 친구 혼자 두지 않아요. 그는 제게 매우 소중한 손발이자 아직 수습생 신분이거든요."

"그렇다면 두 분 다 들어오세요."

안으로 열리는 문이 크게 열렸다. 내가 먼저 들어가고, 야쿠인이 뒤따라 들어갔다. 권유받은 의자에 앉은 야쿠인이 말했다.

"실례합니다. 말씀드릴 이야기는 가모 씨에 관한 것입니다."

"그 사람은 지금 다른 방에서 편히 잠들어 있지요."

"지로마루 선생님이 보시기에 가모 씨는 역시 병사하신 걸까요?"

질문의 의도를 제대로 파악하지 못했는지 지로마루 선생은 턱을 긁으며 고개를 갸웃거렸다.

"그러니까 이 친구는 아직도 타살 가능성이 없나 하고 아주 성가실 정도로 의심하고 있거든요."

"살인이었다고 생각한다고? 자네가?"

"예, 그렇습니다."

"흐음. 그렇다면 상당히 주도면밀한 범인이 있었던 거군요. 누가 뭐래도 원인불명의 사인이니까 말이지요."

그 말에 나는 뭔가 걸리는 느낌을 받았다.

"주도면밀하다고요? 선생님은 만약 범인이 있다면 주도면밀하다고 생각하시는 겁니까?"

"으음, 그렇겠지요. 그런데 그 말투로 봐서는, 나나쿠마 선생은 어떻게 생각하시는 거죠?"

"주도면밀하다고 해두죠."

"뭔가 미묘한 표현이네요. 그런데 지로마루 선생님, 혹시 가모 씨와는 안면이 있지 않았습니까?"

야쿠인의 질문에 지로마루 선생의 콧등이 움찔했다. 식당에서 알리바이를 확인할 때 지로마루 선생은 그 자리에 없었다. 어쩌면 숨겨진 관계가 있을지도 모른다고 야쿠인은 생각하는 듯했다.

"야쿠인 군, 그 말…… 나를 의심하는 건가? 개업의인 나라면 주사기도 약도 마음껏 쓸 수 있으니, 그렇다고 말하고 싶은 건가?"

지로마루 선생은 의외로 강한 어투였다.

"아뇨, 절대 그런 뜻은 아닙니다. 다만 모든 분께 여쭤보고 있는 것뿐입니다."

"그런데 왜 그런 걸 자네가? 그게 의미 있다고 생각하는 건가?"

"의미라고요……"

"지로마루 선생님, 이 친구는요 그냥 심심풀이로, 너무 심심해서 그러는 것일 뿐입니다. 이를테면 연극 같은 것이지요. 그렇다면 우리도 이 친구의 연극에 동참해주는 게 어떻겠습니까?"

야쿠인이 옆에서 나를 팔꿈치로 쿡 찌르며 말했다.

"나나쿠마 선생님도 저랑 같은 생각이시잖아요?"

"그렇군요. 의미 있다고는 생각하지 않지만 뭐, 좋아요. 대답해드리리다. 나와 가모는 안면이…… 있지."

"봐요. 역시……, 있는 겁니까?"

야쿠인은 어이없고 놀란 듯한 표정을 지었다.

"지금 와서 뭘. 음, 감출 일도 아니지. 게다가 얘기한다고 내 입장이 달라지는 것도 아니니까. 그렇다면 이제 확실히 해두자고. 당신들은 그 사람의 직업을 알고 있나요?"

"자기소개할 때 기자라고 했지요."

"범죄 전문 기자였습니다."

"으음" 하고 지로마루 선생은 턱을 쓰다듬었다. 내가 말을 이었다.

"그 사람은 탐정 세계에서는 꽤 유명한 인물이었으니까요. 대형 사건은 다루지 않았어요. 언론에 실리지 않을 것 같은, 세상에서 잊힌 사건을 파고들어 기사로 쓰는 게 그의 일이었던 것 같습니다. 그리고 아무래도 제가 느끼기에는……, 취재가 꽤 끈질겼던 것 같습니다. 저널리스트란 그런 존재일까요?"

여기서 야쿠인이 끼어들었다.

"나나쿠마 선생님, 제 식견이 부족해서 잘은 모르겠지만 일방적으로 생각하는 건 좋지 않은 것 같아요. 다만 가모 씨의 취재가 그런 성격이었다는 정도로만 해두는 게 낫지 않을까요?"

"아니, 야쿠인. 나나쿠마 선생님이 말하신 대로야."

지로마루 선생은 얼굴 앞에서 두 손을 모아 깍지를 끼고 그 위에 턱을 얹었다. 얌전해 보이는 표정이었다.

"그 사람의 일은 결코 깨끗한 종류의 일은 아니었네."

"그 말투는…… 뭔가 알고 계신 듯하네요."

"반대로 묻지, 야쿠인 군. 자넨 그 사람을 몰랐나?"

야쿠인은 고개를 끄덕였다.

"그랬나. 자네는 안면이 없었군. 나는 말이지, 그 남자가 악착스럽게 따라다녔다네."

그러고 나서 지로마루 선생은 더듬더듬 말을 이었다.

"시작은 2~3년쯤 전이었을 거네. 내 예전 논문에 부정이 있지 않느냐 하고 쫓아다녔지."

"범죄 저널리스트인데 말인가요?"

"처음에는 의료 저널리스트라는 지인과 같이 날 찾아왔네. 가모 씨 본인에게는 그렇게까지 깊은 의료 지식은 없었거든. 하지만 범죄 냄새를 맡는 감각은 있었지. 가모 씨 입장에서는 돈만 된다면 뭐든 상관없었을 거야. 지인인 저널리스트가 기사만 써낼 수 있다면, 얼마쯤 원고료를 받기로 약속한 모양이더군."

"저런, 그래서요?"

"아무리 조사하고 질문을 해도 그가 기사를 완성해내는 일은 없었지. 당연하다고 하면 당연한 일이지만, 내가 부정을 저지른 일은 없었고 그 증거도 없었으니까. 그래서 두 사람은 점점 내게서 멀어져갔어."

"그렇군요, 그런 인연이 있었군요."

"아, 잠깐. 그 뒷이야기가 있네. 가모는 그 뒤로 확실히 모습을 감췄어. 하지만 다시 나타났지. 작년 일이야."

"작년이라면?"

"사야카 일이었어. 동네 의원의 상속 후보자가 젊은 나이에 세상을 떠났다고 해도 지방 신문에 실릴 정도까지는 아닐 테지. 그런데 그놈은 그걸 기사로 쓰려고 했던 거네. 재미 삼아 우습게 써대자고 생각한 거야. 소재에 굶주려 있었던 것만은 사실이겠지."

지로마루 선생은 야쿠인을 바라보았다. 이 이야기가 전 약혼자에게는 어떻게 들렸을까.

"그래서 미주알고주알 캐묻더군. 가볍게 흘려 넘겼지만, 딱 하나 나도 모르는 것이 남아 있었어. 가모 씨는 그것도 집요하게 조사했더군."

"어떤 것이죠?"

"사야카는 고소공포증이 있었어. 그런데도 신사의 돌계단에서 굴러떨어져 죽다니, 그런 일이 있을 수 있느냐는 거지."

"그건 저도 이상하게 생각했습니다. 평소에는 높은 곳에 다가가려고도 하지 않았거든요. 집을 짓는다면 단층집이 좋겠어, 그런 말까지 했을 정도였어요. 초하루에 첫 참배를 하러 가면 돌계단을 오르기도 하잖아요. 그런 건 저와, 아니, 제가 아니라도 다른 누군가와 함께 가면 괜찮다고 했어요. 대화하면서 오르면 딴 것에 정신을 빼앗기니 좀 낫다고 하면서요. 그런데 혼자라면……. 그러니까 그날 밤에는 그런 곳에 갈 만큼 정신적으로 몹시 지쳐 있었던 게 아닐까, 그런 결론을 내렸던 겁니다."

"으음, 그 얘기는 전에 나한테도 해줬지. 그래서 나도 가모 씨한테 그렇게 설명했네. 그런데 그 말에 납득했는지 내 앞에서 자취를 감췄지. 그리고 다음에 만난 것이 어제였다네."

말끝이 점점 힘을 잃어갔다. 그래서 결국 지로마루 선생 본인은 정말 납득했던 것일까.

"지로마루 선생님, 실은……."

나는 허공을 응시한 뒤, 선생의 눈을 보고 한 번 심호흡을 했다.

"저는 알고 있습니다."

"뭘 말이오?"

공기가 무겁게 가라앉았다. 야쿠인이 침을 삼키는 소리가 들렸다.

"사야카가 죽게 된 진상을요."

"정말인가요? 그렇다면 왜 저나 지로마루 선생님께 말씀해주지 않으셨습니까?"

"자, 자, 야쿠인. 진정해."

"지로마루 선생님은 차분하게 있을 수 있으세요?"

어조를 높이는 야쿠인과 달리 지로마루 선생은 침착함을 유지하고 있었다.

"이봐, 야쿠인. 너도 선생님처럼 좀 침착하게 말하는 게 어때?"

"아니, 하지만."

"야쿠인, 냉정하게 생각해봐. 나나쿠마 선생님이 이제 와서 내 손녀가 죽게 된 진상을 알고 있다고 했어. 그것도 1년이나 지났는데 말이야. 너는 그런 일이 정말로 있을 수 있다고 생각해?"

"그러면…… 설마, 나나쿠마 선생님."

"농담이야. 슬슬 내 농담에 익숙해질 줄 알았는데 그런 모습을 보니 진지하게 받아들인 것 같군. 실례했네. 반응을 좀 보고 싶어서 말이야. 여기서밖에 할 수 없는 이야기니까."

야쿠인의 눈에는 분노와 낙담, 그 외 여러 감정이 서려 있는 듯했다.

"선생님, 농담으로 해도 되는 일과 그러면 안 되는 일이 있는 법입니다."

"그렇지. 맞는 말이야. 잘 말했어."

"자, 자, 야쿠인 군. 너무 상심하지 말게. 나도 조금씩이나마 사야카의 죽음을 받아들이고 있네. 손녀의 죽음에 숨겨진 진상이 있다고 해도, 그게 드러나는 게 꼭 좋은 일이라고는 할 수 없지."

그것은 진심에서 나온 말이었을 것이다. 야쿠인은 그 말을 어떻게 받아들였을까. 그 말을 한 지로마루 선생의 어조는 평온했지만 입꼬리는 평소보다 더 내려가 있는 것처럼 보였다.

"뭐, 그런 거야. 야쿠인, 이제 슬슬 자야마 씨와 이야기할 시간이군. ……아니, 아직도 화가 나 있군. 호기심은 수명을 늘리는 약이지만, 흥분은 요절을 부른다고 하지 않나."

아무 말도 하지 않는 야쿠인을 무시하고 나는 조용히 방을 나왔다.

10

노크를 하자 안에서 "들어오세요" 하는 대답이 들려왔다.

자야마는 창을 등지고 앉아 있었고, 그 앞에는 상담자를 위한 의자가 놓여 있었다. 양쪽을 가르는 작은 테이블에는 인원수대로 커피잔이 놓여 있었다.

"카운슬링은 끝났습니까?"

"예, 방금 막 끝났습니다."

"그런데 우리는 어떤 이야기를 들을 수 있을까요?"

"다른 분들과 마찬가지입니다. 다만 처음이라 쉽게 풀어서 설명해드리겠습니다."

자야마는 온화한 표정으로 말했다. 그 표정에 이끌려 나도 미소를 지었다. 하지만 야쿠인은 아무래도 표정이 굳어 있었다. 우스운 일이지만 지금 그는 '가상의 가모 살인사건'의 용의자 중 한 명인 것이다. 그만큼 얼굴에 긴장이 역력히 드러나 있었다.

"우리 쪽에서도 여쭤보고 싶은 것이 있습니다만, 괜찮으시겠습니까?"

"먼저 물으시죠."

"그럼" 하고 침을 삼키고 나서 야쿠인이 말했다.

"우선 가모 씨의 건강 상태는 어땠나요? 임종이 가까운 상태였나요, 아니면 아직 조금은 여력이 남아 있었나요?"

"이번 2박 3일 모임에 참가할 만한 체력은 있었던 것으로 보입니다. 하지만 그런 상태에서도 갑자기 상황이 변할 수 있는 게 암이라는 병이고, 생애 말기이지요."

"죽기 전날 밤에 당구를 쳤는데도요?"

"죽기 전날 트라이애슬론을 했던 사례도 있을 정도입니다. 그만큼 몸 상태의 기복이 심한 것도 특징이라 할 수 있지요."

암이라면 오히려 서서히 악화되는 인상이 있지만, 그것이야말로 자야마가 멋대로 말한 것일지도 모른다. 입 밖으로 꺼내지는 않았지만 야쿠인의 눈은 따지고 있는 것처럼 보였다.

"물어보고 싶은 게 그것뿐입니까? 그러면 이제 제가 물어보겠습니다."

야쿠인은 말없이 고개를 끄덕였다.

"가모 씨 이야기도 나왔으니 이제 본론으로 들어갈까요."

"아, 예."

주도권을 빼앗긴 모양새였지만 이런 상황에서 재빨리 반박할 수 없는 것이 야쿠인의 약점이기도 했다. 물론 가상으로 구성한 사건 이야기를 끝없이 이어가는 것 자체가 결실 없는 일일 수도 있겠지만 말이다.

"솔직히 말하자면 '하루살이회'의 목적은 생애 말기인 환자분들이 편안한 마음으로 남은 시간을 보내게 하려는 것입니다. 그리고 그 수단이 바로 카운슬링, 즉 대화입니다."

자야마는 자리에서 일어나 가방에서 책 한 권을 꺼냈다. 그 책을 책상 위에 올려놓고 우리 쪽으로 내밀었다.

"제가 카운슬링의 기본으로 삼고 있는 것이 바로 이 책입니다."

희고 은은한 표지의 책 제목은 『죽음의 순간』[10]이었다. 저자는 엘리자베스 퀴블러 로스[11]라고 적혀 있었다.

"저자는 죽음과 그 순간을 응시해온 정신과 의사입니다. 이 책이 출간된 지는 벌써 50년도 더 됐습니다. 물론 그 당시와 지금은 의료 환경이 크게 다르겠지만 생애 말기 환자가 품는 마음은 그리 변하지 않았다고 생각합니다."

야쿠인은 책을 들고 훑듯이 팔랑팔랑 넘겨보았다. 나는 그렇게 하지 않고 자야마에게 물었다.

"어떤 내용이 담겨 있나요?"

"죽음에 직면했거나 시한부 선고를 받은 환자 200여 명과 면담이나 인터뷰를 하고, 그들이 느꼈던 감정 — 절망이나 희망, 갈등 같은 것들 — 을 기록한 책입니다. 그리고 생애 말기 환자의 마음을 들여다본 저

---

10 원제는 "On Death and Dying(1976)". 참고로 한국어로는 『죽음과 죽어감 – 죽어가는 사람이 의사, 간호사, 성직자 그리고 가족에게 가르쳐주는 것들』(엘리자베스 퀴블러 로스, 이진 옮김, 청미, 2018)이라는 제목으로 출간되었다.

11 Elisabeth Kübler-Ross(1926~2004). 스위스 출신의 미국의 정신과 의사이자 임종 연구(near-death studies) 분야의 개척자.

자는 죽음에 직면한 인간의 심리를 분류하게 됩니다."

책을 넘기고 있던 야쿠인이 손을 멈추고 말했다.

"아, 그렇네요. 죽음과 그 과정에 대한 다양한 태도라고 되어 있습니다."

"아마 세상 사람들이 흔히 떠올리는 이미지로는, 시한부 선고를 받은 사람은 곧 절망에 빠진다고 생각하겠지요. 하지만 감정의 흐름이 그렇게 단순하지 않습니다. 갑자기 절망에 잠식되더라도 그것은 일시적인 반응이고, 곧 어떤 과정을 밟게 됩니다. 엘리자베스 퀴블러 로스는 그 과정을 밝힌 겁니다. 이른바 '죽음의 5단계'라고 불리는 것이지요."

"죽음의 5단계?"

자야마가 가볍게 헛기침을 하고는 말문을 열었다.

"부정, 분노, 협상, 우울, 수용. 이 다섯 가지 단계입니다. 시한부 선고를 받거나 죽음을 자각하게 되면 먼저 그 사실을 '부정'하려고 합니다. 설마 그럴 리 없어, 무슨 착오일 거야, 라고요. 이는 의식적으로든 무의식적으로든 자신을 지키기 위한 방어 메커니즘으로 볼 수 있습니다."

"방어 메커니즘이요?"

"아, 다소 전문적인 표현이었나요? 예를 들면 '앞으로 1년밖에 살 수 없습니다'라는 말을 듣고 '네, 알겠습니다' 하며 바로 받아들이는 사람은 없겠지요. 만약 그런 사람이 있다면 그 사람의 정신은 정상이 아닐 겁니다. 평범한 사람은 시한부 선고라는 스트레스에 압도당하게 됩니다. 그리고 그 스트레스를 완화하기 위한 프로그램으로, 먼저 부정이라는 감정이 나타납니다. 그럴 리 없어, 뭔가 착오일 거야 하고 말이지요."

"그렇군요."

"참고로 『죽음의 순간』은 선고를 받은 '당사자'의 태도를 중심으로 기술되어 있지만 이후에 발표된 저서에서는 그 주변 사람들의 부정 반응에 대해서도 다루고 있습니다. 또 자주 오해하는 경우가 있는데 '죽음의 5단계'는 결코 부정적인 감정만을 말하는 건 아닙니다. 오히려 부정적인 감정에 맞서기 위한 마음의 움직임이라고 보셔야 합니다."

"이해했습니다. 다음은, 으음, 뭐였죠?"

"'분노'입니다. 비탄, 고통, 고독, 패닉, 그런 감정의 최전선에 분노가 보였다 안 보였다 하면서 점차 표면화되어 갑니다. 분노의 대상은 의료진, 친구, 가족, 때로는 자기 자신에게 향하기도 합니다. '왜 나만 이런 일을 겪어야 하는 건가'라는 식으로요."

"좀처럼 화를 내지 않는 과묵한 타입도 있겠지요?"

"사실 그 감정을 말로 꺼내느냐 아니냐는 중요하지 않습니다. 본인이 어떻게 느끼는지가 중요합니다. 그것에 분노를 느끼는 것은 마음의 안정을 향해 전진하고 있다는 증거이기도 합니다. 그때까지 억눌려져 있던 감정이 모습을 드러낸 것이기도 하니까요. 바꿔 말하면 부정에 의해 초래된 상실이라는 무(無)의 상태에 형태를 부여하는 것이기도 합니다. 그런 의미에서 분노는 정신을 안정시키는 닻처럼 작용할 수 있는 감정입니다."

"조금 어려운 설명이긴 했지만, 그러니까 분노는 앞으로 나아가기 위해 필요한 단계이고 감정이라는 거군요. 그 감정을 통해 안정을 얻을 수 있다는 말이지요."

"예, 맞습니다. 다만 이 시점에서의 안정은 어디까지나 일시적인 것입니다. 아직 앞으로 더 남은 단계들이 있으니까요. 다음은 '협상'입니다."

"부정이나 분노와는 달리 좀 떠올리기 힘든 개념이네요."

"이 단계는 특히 기독교적인 '영성spirituality'의 색채가 강한 편입니다. 자기 자신이나 사랑하는 이가 살아날 수 있다면 무엇이든 하겠다 하고 신앙의 대상과 협상을 시도하는 것이지요. 엘리자베스 퀴블러 로스의 책에서 말하는 그 대상은 물론 신이었습니다."

"신앙의 대상이 없는 사람은요?"

"의사나 카운슬러에게 향하는 경우가 많습니다. 다만 이 단계의 협상은 대체로 내면 안에서만 이뤄지고 외부로 표현되지 않는 경우가 많지요. 그리고 애초에 그 기간도 그리 길지 않습니다. 그래서 주변 사람들은 그 경과를 알아차리지 못한 채 지나가기도 합니다."

"그 협상으로 뭔가 얻어지는 게 있나요?"

"일본인에게는 좀 상상하기 힘들지도 모르겠네요. 솔직히 저도 잘 이해되지 않는 부분이 있습니다. 종교관의 차이도 있고, 실제로 제 환자나 이 모임의 회원 중에서 이 과정을 겪는 분을 만난 적이 거의 없었으니까요. 간단히 말하면 협상 그 자체는 환자가 어떻게든 살아남으려는 행위입니다. 그리고 다음 단계로 넘어가기 위한 징검다리이기도 합니다."

"다음 단계라면, 으음, 뭐였더라?"

"'우울'입니다. 공허한 감정이 떠오르는 시기이지요. 환자는 슬픔의 안개 속에 홀로 남겨진 듯한 상태에서 커다란 상실감과 마주하게 됩니다."

"그건 좋은 징조는 아니군요."

"맞습니다. 임상적으로 보자면 우울은 바람직하지 않은 경향이고, 교정해야 할 상태입니다. 하지만 부정과 마찬가지로 죽음을 받아들이는 과정에 있는 이들에게는 우울 역시 자신의 정신을 지키기 위한 적응 반응으로 볼 수 있습니다."

"어디까지나 자연스러운 반응이라는 거군요."

"예, 그렇습니다. 다만 과도한 우울은 심리적 부담이 될 수도 있습니다. 그렇기에 저희는 치밀한 대화를 통해 지나치게 우울에 기울지 않도록 대응할 필요도 있는 것입니다."

"그렇다면?"

"카운슬링에서는 그 사람의 과거, 현재, 미래를 이야기합니다만, 제 경우에는 과거에서 현재에 이르는 경과를 중시합니다. 그 사람이 어떤 변화를 거쳐 지금에 이르렀는가, 그걸 읽어내는 거지요. 그때 깊은 우울에 빠져 있다고 느껴지면 안정을 줄 수 있는 말 혹은 과거의 사례를 들려주기도 하고, 제대로 수면을 취하지 못하는 상태라면 약을 권하는 경우도 있습니다. 중요한 것은 우울의 정도를 정확히 파악하는 것입니다. 사람마다 다르기에 쉽지는 않지만 일단 시간을 들여서 거기서부터 출발하는 거지요."

자야마는 거기서 크게 한숨을 내쉬고 나서 말을 이었다.

"마지막에 찾아오는 것이 '수용'입니다."

"드디어 병과 현실을 받아들이는 단계에 이른 거네요."

"야쿠인 씨, '드디어'라고 생각하는 마음은 잘 알겠습니다만 수용이 꼭 좋은 상태라고는 할 수 없습니다."

"그렇습니까?"

"수용은 오히려 거의 감정이 없어진 상태라고 생각할 수 있습니다."

"오히려 더 어렵습니다."

"이전 네 단계를 거쳐 도달한 곳은 어느 환자의 말을 빌리자면, '긴 여정 앞의 마지막 휴식'이라고 할 수 있습니다. 대체로 임종을 앞둔 환자들은 현실을 받아들이는 한편 주변에 대한 관심은 점점 엷어져갑니다."

"그건 체념이나 깨달음 때문인가요?"

"예. 최종 단계에 이르러서도, 아니, 이르렀기 때문일까요. 체념이나 깨달음 같은 감정은 늘 환자 곁에 머무르고 있습니다. 그런 감정들과 함께 살아가면서도 현실을 살아가는 걸 받아들이게 되지요. 그게 바로 최종 단계인 수용입니다."

부정, 분노, 협상, 우울, 수용. 이는 모두 감정이 소용돌이치는 단계다. 생전의 가모, 그리고 다른 회원들은 그중 어느 단계에 해당하는 것일까. 한동안 계속 질문을 이어오던 야쿠인을 대신해 내가 입을 열었다.

"자야마 씨는 이미 수용 단계에 도달한 것이겠지요?"

"글쎄요. 각 단계는 하나를 넘으면 다음으로 넘어가는 구조가 아닙니다. 왔다 갔다 하는 것이기도 하지요. 한번 수용에 도달했다고 해서 그 뒤로 더 이상 분노나 우울을 느끼지 않게 되는 것도 아니니까요. 뭐, 그것에 근거한다고 해도 지금의 저는 수용 과정에 있다고 느끼고는 있습니다."

"다른 회원들은 어떻습니까? 자야마 씨가 보기에 어떤 단계에 있을까요?"

자야마는 오른손으로 턱을 쓸며 말했다.

"지로마루 선생님은 수용하고 있습니다. 롯폰마쓰 씨는 부정 또는 분노, 하시모토 씨는 부정이나 협상 단계, 하루나 씨는 일단 수용에 도달했는데 지금은 우울과 수용 사이의 틈새에 있겠지요."

각각의 언행에 적용해보니 역시 그런 단계일지도 모른다.

"그럼 반대로 묻겠는데요, 두 분은 어떠신가요? 자신은 지금 어느 단계에 있다고 생각하십니까?"

나는 천장을 바라보며 생각에 잠겼다. 턱을 들자 야쿠인의 얼굴이 시야에 들어왔다. 야쿠인은 멍한 표정으로 '하'라느니 '저'라느니 통 의미를 알 수 없는 말을 했다.

"하지만 저는 아직 시한부 선고를 받지 않았는데요."

"너도 그걸 받은 거나 마찬가지야."

"야쿠인 씨, 죽음의 5단계는 죽어가는 당사자만의 문제가 아닙니다. 남겨진 사람 역시 그 대상입니다. 약혼자가 먼저 떠나셨다고 하셨죠? 당신은 지금 어떤 단계에 있습니까?"

"그런데 그건 예전 일이라서……."

분명치 않은 야쿠인을 제쳐두고 내가 말을 받았다.

"이 친구는 분노 단계입니다. 우울의 기미도 자주 보이지만요. 근간에 있는 것은 분노의 감정, 단지 그것뿐입니다."

"분노…… 그렇군요."

나는 눈을 감고 천천히 고개를 끄덕였다.

"지로마루 선생님은 부정일까요? 어느 쪽이든 아직 수용까지는 멀어 보이는데."

"일부러 노력해서 앞 단계로 넘어갈 필요는 없습니다. 어떤 이는 척척 단계를 밟고 나아가고, 누군가는 긴 시간이 걸릴 수도 있어요. 또 어떤 이는 계속 한자리에 머무르기도 합니다. 야쿠인 씨, 어떻습니까? 지금은 좀 가라앉았나요?"

"저도 도저히 수용할 수 없습니다. 지금도 가끔 분노가 치밀어요. 혹시 아직도 부정의 단계인 걸까요?"

"괜찮습니다. 지금 자신이 놓인 단계를 아는 것이 첫걸음입니다."

자야마는 이렇게 말하며 커피를 입으로 가져갔다. 나도 잔을 집어 들었다. 옆에서 야쿠인이 물었다.

"자신의 단계를 안 다음에는 어떻게 해야 하죠?"

"받아들이는 겁니다. 상대의 이야기를 듣거나 이쪽에서 사례를 제시해서 상대의 모든 것을 긍정해야 합니다."

"그게 과거의 일이라도요?"

"예. 상처가 아물어가는 속도는 사람마다 다르니까요. 과거든 미래든 시간은 따지지 않습니다."

"야쿠인, 묻고 싶은 마음은 굴뚝 같겠지만 카운슬링을 받으러 온 건 아니잖아."

"아, 예. 자야마 씨, 죄송하지만 마스터키는 갖고 계시죠?"

자야마는 눈을 크게 뜨며 놀란 기색을 보였다.

"이거 또 이야기가 달라졌네요. 질문은 끝난 거 아니었습니까?"

"아까는 그냥 압도당해서요."

"뭐, 좋습니다. 열쇠 말인가요. 예, 갖고 있습니다."

"어젯밤 오락실을 나오고 나서 어디서 뭘 하고 계셨죠?"

자야마는 '풉' 하고 웃었다. 커피를 머금고 있지 않아서 다행이라고 생각했다.

"꽤 노골적이네요. 그러니까 야쿠인 씨는 가모 씨의 죽음을 살인사건으로 연결하고 싶은 거군요?"

"무례를 사죄드립니다. 다만 내일이 마지막 날이니까요. 그냥 같이하고 있을 뿐입니다."

"나나쿠마 씨, 자상하시네요. 그래요, 어젯밤에는 오락실을 나와서 입구와 빈 객실의 잠금 상태를 확인하고 제 방으로 돌아왔습니다. 아마 밤 11시 반쯤이었을 겁니다. 그러고는 목욕을 하고 잠든 것이 자정쯤이었습니다. 아침에는 6시 반에 일어나 아침을 준비하러 식당으로 갔습니다. 그때 홀의 조명을 켰더니 그 그림이 그런 상태로……"

"밤에서 아침에 걸쳐 알게 되신 것은 없었습니까? 소리나 인기척 같은 거요."

"아니요, 전혀 없었습니다."

"자야마 씨가 보기에 시신에 뭔가 수상한 점은 없었나요?"

"거듭 말하지만 특별히 이렇다 할 것은 없었습니다. 이야기가 나온 김에 말하자면, 알다시피 도쿄나 가나가와와는 달리 이런 시골에서는 검시의檢屍醫 제도도 마련되어 있지 않아서 부검을 원할 경우에는 행정 해부[12]를 하게 됩니다. 그런데 이 상태라면 가모 씨는 그 요건에도 해당되지 않겠지요."

야쿠인이 어조를 높이며 말했다.

"의문사라면 부검을 하거나 Ai 촬영을 하거나, 또는 그 두 가지를 다 하게 되겠지요. 의문사가 아니라면 그것도 없을 겁니다. 이번 일은 경찰과 의료의 개입이 저지된 형태이겠네요."

자야마는 고개를 끄덕이며 대답했다.

"그렇습니다. 물론 살인사건인 경우의 이야기지만요."

---

[12] 사건 가능성이 없다고 판단된 사체의 사인 규명을 목적으로 하는 것이 행정 해부다. 사체해부보존법에 기초하여 실시되고, 유족의 승낙을 필요로 하지 않는 것이 특징이다.

"그렇다면 살인사건이었다고 한다면, 자야마 씨가 보기에는 누가 수상하다고 생각하시나요?"

"흐음. 가정이긴 합니다만 개인의 이름을 언급하는 건 역시 망설여지네요."

"다른 사람한테는 말하지 않겠습니다."

자야마는 다시 작게 신음하듯 중얼거렸다.

"저도 가모 씨에 대해 전부 알고 있는 건 아니지만……. 그래도 생전에 그는 그다지 좋은 행동만 해왔다고는 할 수 없을 것 같습니다."

꽤나 우회적이고 조심스러운 말투였다.

"그게 무슨 뜻인가요?"

자야마는 답하지 않은 채 말을 삼켰다.

"하루나 씨에 대한 일이라면 본인한테 직접 들었습니다."

야쿠인이 이렇게 말하자 자야마의 얼굴에 살짝 생기가 돌았다.

"그렇군요. 그녀에게는 미안하게 생각하고 있어요. 회원들 사이의 트러블을 제대로 파악하지도 못한 채 희망하는 사람을 그대로 참가시켜서 가모 씨와 마주하게 만들어버렸습니다."

"하루나 씨가 수상하다고 보는 겁니까?"

자야마는 그렇다고도 아니라고도 할 수 없는 표정을 지었다.

"그 외에 동기가 있어 보이는 사람은 없나요?"

예컨대 사쿠라코는 어떨까. 이 두 사람에게서는 단순한 선후배 이상의 연대감이 느껴졌다. 병약한 하루나를 대신해 사쿠라코가 실행했을 가능성도 있다. 야쿠인이 생각할 법한 발상이다. 자야마는 물론 그런 얄팍한 가설에는 내색도 하지 않았지만 말이다.

"야쿠인 씨는 어떻습니까? 누군가 짐작 가는 사람이 있습니까?"

"자야마 씨입니다."

"농담이겠지요."

"야쿠인, 농담도 정도껏 해야지. 자야마 씨, 죄송합니다. 이 범인 찾기 자체가 무의미한 농담이라고 이해해주세요. 다만 '가상의 살인사건'이라면 가장 쉽게 실행할 수 있고, 주도권을 쥘 수 있는 자야마 씨가 범인이라면 쉬울 거라는 이야기입니다."

"저라면 쉽다는 말인가요?"

"범행하기도 쉽고 추리하기도 쉽습니다."

"하지만 그 이후의 내 언행과는 모순되지요."

"맞습니다."

야쿠인은 커피로 목을 축인 뒤 말을 이었다.

"범인은 일단 제쳐두고 범행 방법은 어떨까요? 뭔가 떠오르는 건 없으십니까?"

"없습니다. 있다면 진작 가능성 있는 이야기를 전해드렸을 겁니다."

"그렇겠지요."

자야마의 답이 점점 냉정해졌다. 가정이라고는 하지만 자신에게도 혐의가 걸려 있어 당연하다고 할 수 있지만 말이다.

"야쿠인, 자야마 씨도 지치신 것 같으니까 우리도 이제 방으로 돌아가 편히 쉬는 게 어때."

"그렇네요. 나나쿠마 선생님도 피곤해 보이시고요."

"아니, 문득 우리도 너무 사건에 매달렸던 건 아닐까 하는 생각이 들었어. 우리는 언제든 모든 가능성을 고려해야 하는데 말이야. 이번에는 그것이 단지 자연사였을 뿐인 거야. 만약 앞으로 두 번째 희생자라도 나온다면 그때는 다시 생각해도 좋겠지만 말이지. 어쨌든 내일이면 우리는 이곳을 떠나니까."

"뭐, 그렇긴 하지요."

야쿠인의 다음 말을 기다리는 순간, 등 뒤의 문에서 노크 소리가 들렸다. 노크에 이어 문을 연 사람은 사쿠라코였다. 그녀는 몸을 반쯤 내민 채 우리를 들여다봤다.

대화를 배려해서인지 작은 소리로, 그러나 환한 모습으로 알렸다.

"할아버지, 잠깐 괜찮아요?"

11

사람이 한 명 죽었어도 식사는 정해진 시간에 제공되었다. 빈자리에서 쓸쓸함을 느꼈는지, 야쿠인이 롯폰마쓰 쪽으로 자리를 조금 옮겨 앉았다. 그리고 사쿠라코도 함께 식사를 하게 되었다. 그녀는 빈자리에 앉았다. 식탁의 균형이 훨씬 좋아졌다.

조금 전 사쿠라코가 찾아온 용건은 대단한 일이 아니었던 것 같다. 가모 곁에 둔 드라이아이스가 다 떨어져간다며 어떻게 할지 묻는, 정말이지 아무래도 상관없는 이야기였다. 하지만 자야마로서는 카운슬링을 포함한 긴 대화를 매듭지을 수 있는 계기가 되어 어딘가 안도하는 듯한 분위기였다.

요리는 대부분 완성되어 있었기에 식사 진행이 늦어질 일은 없다고 했다.

전채 요리는 믹스 너츠와 치즈였다. 소금기가 강해서 맥주와 잘 어울릴 것 같았다. 하지만 공교롭게도 맥주는 떨어졌다고 한다. 뭐, 몸 상태를 생각하면 마실 수 있을 만한 사람도 그리 많지 않았겠지만 말이다.

너츠를 삼키던 롯폰마쓰가 입을 열었다.

"탐정님, 조사 성과는 좀 있었습니까?"

나는 그의 눈을 마주 보며 고개를 가로저었다.

"애초에 저는 타살설을 주장한 적이 없습니다. 여러분의 이야기를 듣고 점점 가모 씨의 죽음이 병사였다는 확신만 더 깊어졌을 뿐이지요."

"흐음. 정말 한없이 자비로운 일이군요. 하지만 탐정님, 당신이 이야기를 들은 것은 여기에 있는 사람들뿐이지 않소?"

그 말로 나는 롯폰마쓰가 말하려는 바를 알아차렸다.

"외부인의 소행을 의심하시는 겁니까? 대체 무엇 때문이죠?"

"자야마 씨가 현관문을 잠근 것은 밤 11시가 지나서였나. 그때까지 우리는 오락실에 있거나 각자의 방에 있었소. 외부인이 정문으로 당당하게 침입할 기회는 충분히 있었을 거요. 현관은 방에서도 오락실에서도 떨어져 있고, 소리를 내지 않고 들어오는 것도 그리 어렵지는 않았을 거라는 얘기요."

"농담이시겠죠. 그럼 그 외부인은 여기에 가모 씨가 있다는 걸 미리 알고 있었고, 틈을 노리느라 몇 시간이고 밖에서 기다리고 있었다는 건가요? 게다가 홀이나 현관 부근에 누군가 없었다고도 할 수 없습니다. 그 외부인이 내부 상황을 어떻게 파악한다는 거죠? 게다가 밤늦게까지 계속 기다리고 있었던 겁니까? 주변에 차는 없었습니다. 밤길 운전은 위험할 텐데, 그럼 낮에 와서 계속 밖에서 기다리고 있었다는 건가요?"

롯폰마쓰는 아무 말도 하지 않았다. 뭐, 즉흥적으로 떠오른 추론이었고, 사실과는 다르기 때문에 어쩔 수 없는 일이지만 말이다.

"잠깐만요."

옆에서 끼어든 사람은 하시모토였다.

"그렇다면 굳이 밖에서 기다리지 않고 당당히 들어오는 것은 어떤가요?"

"무슨 말씀이시죠?"

"내통자가 있다면 잠시 그 사람의 방에 숨어 있는 것도 가능하겠죠?"

아, 그런 가능성도 있겠구나 하고 생각할 때 자야마가 손뼉을 쳤다.

"그쯤 하시죠. 설령 외부인이 있었다 해도 열쇠가 없으면 방 안은커녕 잠금장치를 한 이후에는 건물 안으로 들어오지도 못하고 자살로 위장할 방법도 없으니까요. 즉, 똑같은 얘기입니다."

내통자가 자야마였다면 열쇠든 방이든 뭐든 다 해결되겠지만 그런 지적은 아무도 할 기색이 없었다. 뭐, 자야마에겐 행동상의 모순이라는 방패가 있으니 말이다.

식사는 메인 요리를 끝내고 식후 커피로 넘어갔다. 짙은 풍미가 반가웠다. 한 모금 머금고 주위를 둘러보니 모두 지친 기색이 역력했다. 당연히 한 사람이 이탈한 충격은 결코 가볍지 않은 듯했다. 우리와 가모의 관계도 내일이면 끊기게 될 테지만, 자야마는 그렇지도 않다. 그의 얼굴에는 누구보다 짙은 피로의 기색이 배어 있었다.

"내일 일정에 대해서인데요."

자야마가 다소 힘이 빠진 목소리로 입을 열었다.

"원래는 오전에 주변을 산책하고 삼림욕이라도 하면서 개별적으로 대화를 나누다가 점심 식사 후 해산하는 일정이었습니다. 하지만 이렇게 되어버린 만큼 좀 더 빨리 귀가하고 싶은 분들도 계실 겁니다. 오늘은 사후 처리 관계로 머무르셨지만요. 그래서 여쭙겠습니다. 혹시 내일 일찍 돌아가고 싶은 분 계십니까?"

롯폰마쓰가 제일 먼저 손을 들었다. 다음으로 지로마루 선생, 하루나, 주뼛주뼛 하시모토도 손을 들었다.

"네 분……. 나나쿠마 선생님은 어떠신가요?"

"저도 미련은 없습니다."

그렇게 손을 든 사람은 다섯 명이었다. 야쿠인에게 시선이 모였다. 그 역시 천천히 손을 들었다.

"알겠습니다. 그럼, 내일 아침 식사 후에 출발하는 걸로 하죠. 가시는 방향이 대체로 같습니다. 사쿠라코의 차에는 그녀를 포함해 네 명이 탈 수 있습니다. 죄송하지만 야쿠인 씨, 당신 차에 한 분 더 태울 수 있지요? 누군가 한 분을 마을까지 태워줄 수 있겠습니까?"

"그건 상관없습니다. 선생님도 괜찮으시지요?"

이의가 있을 리 없다. 누가 어떤 차를 타는지는 아무래도 좋다. 나는 "그럼" 하고 고개를 끄덕였다.

"그런데 자야마 씨, 괜찮으신가요?"

지로마루 선생의 질문에 자야마는 순간적으로 당황스러운 표정을 지어 보였다.

"그것은…… 예. 애초에 지로마루 선생님의 검안을 의심하는 건 아닙니다. 나나쿠마 선생님의 조사도 별다른 소득이 없었던 것 같고, 자연사였다는 결론이 날 듯합니다."

"그렇군요."

"그렇다네, 야쿠인. 네 조사가 도움이 되었는지는 별도로 하고 말이지."

"예. 다행이네요. ……다행이라고 해도 되는 건지는 모르겠지만요."

그렇게 말하고 야쿠인은 커피를 입에 머금었다.

한순간의 정적이 찾아온 후 이야기를 정리하는 듯이 자야마가 말했다.

"그럼 사쿠라코의 차에는 롯폰마쓰 씨, 하루나 씨, 그리고 저. 야쿠인 씨 차에는 나나쿠마 선생님과 하시모토 씨, 이렇게 나눠 타는 것으로 해도 되겠습니까? 지로마루 선생님은 모시러 오기로 했으니, 미리 연락해주시기 바랍니다."

그 후 자야마도 약간 활기를 되찾은 것인지 밝은 표정으로 돌아왔다. 두세 마디 잡담을 나누고 저녁 식사는 마무리되었다.

방으로 돌아와 양치를 마쳤을 즈음 위에 불쾌한 느낌이 들었다. 익숙지 않은 음식을 너무 많이 먹은 탓일까. 구역질까지는 아니지만 썩 기분 좋은 상태는 아니었다.

침대로 가자 묵직한 통증이 서서히 머리를 공격해왔다. 보통 두통은 아침에 오는 편인데 피곤한 탓일까. 지쳐 있는 것은 자야마 씨만이 아니었다. 무겁게 내려앉으려는 눈꺼풀에 저항할 틈도 없이 내 의식은 깊은 잠의 밑바닥으로 떨어졌다.

셋째 날

1

"임종하셨습니다."

습기를 머금은 속삭이는 듯한 목소리였다. 어제 그토록 의기소침했던 자야마는 그 얼굴에 더 짙은 피로의 기색을 띠고 있었다. 임상 경험이 풍부하고 수많은 '이상'을 눈앞에서 마주해온 그조차 이런 일은 처음이라는 듯 눈을 커다랗게 뜬 채로 입꼬리가 무기력하게 처져 있었다.

자야마가 사망 선고를 한 것은 이번이 두 번째다. 하지만 죽음을 앞둔 사람들이 모였다고 해서 이틀 연속으로 죽음에 직면하게 되다니, 여기 있는 누구도 상상하지 못했을 것이다.

"자야마 씨, 정말 틀림없는 건가요?"

"예. 뭐라 말씀드려야 할지. 아무튼······."

그 순간 자야마는 잠시 말을 잇지 못했다.

"나나쿠마 선생님은 돌아가셨습니다."

나나쿠마 스바루는 침대에 누운 채 숨이 멎어 있었다고 한다. 목 위까지도 대부분 가리듯이 이불을 덮고 있었다. 가모의 죽은 얼굴이 온화했던 것과 달리 엎드린 자세로 얼굴을 벽 쪽으로 돌리고 있어 나나쿠마의 죽은 모습은 잘 알 수 없었다. 가모처럼 온화했을까, 아니면 쓰라린 고민에 온몸의 근육이 경직된 채 떠났을까.

"너무 유심히 볼 일은 아닙니다. 어쨌든 여러분, 방에서 나가주시지요. 지로마루 선생님은 이쪽으로."

자야마는 손짓으로 지로마루를 부르고, 그 대신 들어오려고 한 야쿠인을 제지했다.

"야쿠인 씨, 오늘 아침 이 방에 잠금장치가 되어 있었나요?"

야쿠인은 얌전하게 고개를 끄덕였다.

"잠겨 있었습니다. 그것도 묘하다고 하면 묘한 일인데, 왜냐하면 나나쿠마 선생님은 평소 문을 잠그지 않는 경우가 많거든요."

문을 잠그지 않는다는 것은 전직 형사이자 탐정, 아니, 전직 탐정이라기에는 너무 조심성 없는 행동일지도 모르지만 그것도 어쩔 수 없는 일이다.

"그래서 아무리 기다려도 일어나지 않는 걸 수상히 여겨 저를 찾아오셨다는 거군요. 맞습니까?"

"예."

대충 전체를 둘러보고 나서 자야마가 말했다.

"다른 분들도 슬슬 식당에 모일 시간이네요. ……제가 가서 사정을 설명하고 오겠습니다."

이렇게 말하고 자야마는 방을 나섰다. 지로마루도 방을 나왔고 자야마가 문을 잠갔다. 복도 끝으로 점점 작아지는 자야마의 등을 배웅하며 야쿠인은 시계를 봤다.

8시 10분. 이상함을 눈치챈 때부터 10분이 지나 있었다.

야쿠인은 눈을 감고 그 광경을 떠올렸다.

일어나서 나나쿠마의 방문을 두드렸다. 아침에 잘 일어나지 못하는 그를 깨우기 위해서였다. 이는 매일 반복되는 루틴이었다. 노크에 응답이 없었다. 이 또한 거의 매일 있는 일이었다. 잠금장치는 되어 있지 않을 거라 들어가서 깨우려고 했다. 이 또한 늘 반복된 일상이었다.

하지만 문이 잠겨 있었다. 나나쿠마 선생이 방에 자물쇠를 채우는 건 드문 일이었다. 그래서 더 세게 문을 두드렸고, 그래도 반응이 없었다. 결국 자야마를 찾아갔다.

식당으로 달려갔더니 거기에 계실 거라 짐작했던 대로 그는 아침 식사를 준비하고 있었다. 그에게 간단히 사정을 설명하고 방으로 함께 왔다.

그리고 지금에 이르렀다. 잠깐 사이에 일어난 일이었다.

정밀한 검안은 아직 이루어지지 않았다. 자야마도 지로마루도 다시 식당으로 돌아갔고 야쿠인도 그 뒤를 따랐다.

야쿠인은 무심하게 닫힌 방문을 바라보았다. 문 너머 침대에 누운 나나쿠마의 몸에는 이상한 점이 없는 듯했으나 아직은 단정할 수 없었다. 밋밋한 회색 문을 응시하며 그는 어제 나나쿠마 탐정이 했던 말을 떠올렸다.

만약 앞으로 두 번째 희생자라도 나온다면 다시 생각해도 좋겠지만…….

하지만 그것을 다시 생각하기 위한 뇌세포는 이미 오래전에 사멸해 있었다. 너무나도 허망한 죽음, 그리고 삶이었다.

눈앞의 현상을 해석하려 한다면 가장 먼저 떠오르는 것은 연쇄살인일까? 특정한 공간에서 사람이 연달아 죽은 것이니 탐정이 아니더라도 쉽게 연상할 수 있는 일이다. 하지만 현재로서 첫 번째 죽음은 의문사가 아니라 자연사로 정리될 듯한 분위기다. 그렇다면 지금 눈앞의 이 죽음은…….

식당으로 향하려던 그 순간, 그 방향에서 떠들썩한 목소리가 들려왔다. 자야마가 모두를 이끌고 이쪽으로 오고 있었다. 지로마루, 롯폰마쓰, 하시모토, 하루나, 사쿠라코. 전원이 모인 것 같다. 어떤 이는 의아하다는 듯, 어떤 이는 불안과 초조를 얼굴에 드러내고 있는 듯 보였다.

자야마가 선두에서 안내하는 것조차 거슬리는 듯 롯폰마쓰는 성큼성큼 다가와 열쇠 구멍에 열쇠를 꽂았다. 자야마에게 미리 건네받은 모양이다. 그는 문을 열고 성큼성큼 방 안으로 들어가 누워 있는 나나쿠마를 확인하고는, "이게 무슨 일이야!" 하며 과장되게 탄식을 터뜨렸다. 뒤이어 자야마가 말을 이었고, 여성들은 입구 근처 멀찍이서 들여다보는 형태가 되었다.

"롯폰마쓰 씨, 아니 여러분. 지금은 상황을 알리기 위해 현장을 보여드린 것뿐입니다. 자, 이제 돌아가주세요. 저와 지로마루 선생님은 지금부터 검안에 들어갈 생각입니다."

"아, 그래요. 이제 슬슬 명확히 해주셨으면 좋겠군요."

이렇게 말하고 롯폰마쓰는 방에서 물러났다. 대신 지로마루가 들어섰다.

"설마 이런 일을 또 하게 되다니……. 그래도 할 수밖에 없겠지요."

지로마루가 말한 '이런 일'이란 이틀 연속으로 하게 된 검안을 가리키겠지. 야쿠인은 복도에 나와 있던 롯폰마쓰에게 다가가 물었다.

"'명확히 해주라'는 게 무슨 뜻입니까?"

롯폰마쓰는 잠시 망설인 뒤에 말했다.

"사인死因 말이요. 당뇨병으로 덜컥 죽어버리다니, 그런 건 들어본 적이 없어서……."

"아, 그렇군요."

당뇨병은 눈, 신장 등 몸 곳곳에 질환을 일으킬 수는 있지만, 그것이 직접적인 사인이 되어 죽는 것은 그야말로 며칠이나 단식하지 않는 한 생각하기 힘들다. 그런 말을 하고 싶었던 것이리라.

"그보다 자야마 씨, 지로마루 선생님, 두 분은 어제랑 같은 콤비네요."

"의사가 검안해야 하는 거라 어쩔 수 없네요. 안 그래요, 야쿠인 군?"

"그야 그렇지만요."

야쿠인의 눈을 바라보며 자야마가 말했다.

"야쿠인 씨, 실례합니다만 혹시 뭔가 의심하고 있는 거요? 이를테면 앞으로 우리가 나나쿠마 씨에게 뭔가 손을 쓴다든가 하는 거 말이오."

"아뇨, 그런 건 아닙니다."

"당신도 의사라고는 하지만 아직 수련 중이고, 그것도 휴직 중이니까 검안에는 부적합합니다. 그렇죠, 그럼 우리가 손을 쓰지 못하도록 감시자가 있으면 좋겠네요. 어떻습니까?"

"특별히 의심하는 건……."

"그럼 그 역할은 내가 맡지요. 탐정 조수님도 소중한 사람을 잃었으니까 좀 쉬도록 하고."

목소리를 높인 사람은 롯폰마쓰였다.

"어떻소, 야쿠인 씨?"

"괜찮습니다. 하지만 적어도 여기에는 있게 해주세요."

"그러지요. 그럼 하루나 씨와 하시모토 씨는 식당으로 가시고, 사쿠라코! 식사 좀 내줘. 한 시간 내에 우리도 갈 테니까."

"우리도 보고 싶은데요. 야쿠인 씨랑 롯폰마쓰 씨만 참관하는 건 너무한 거 아니에요? 그렇지, 하루나?"

"딱히 저는……, 어느 쪽이든."

"뭐, 그렇다면 저도 검안 과정을 좀 지켜보고 싶어요. 괜찮죠? 자야마 씨?"

"할아버지를 의심하는 건 아니지만 감시가 필요하다면 많을수록 좋잖아요?"

"……이런 말들을 하는데 지로마루 선생님, 어떻게 할까요?"

"보여준다고 딱히 닳는 것도 아니니까요. 거기 서 있게 하세요."

"됐네요!"

이렇게 해서 전원이 그 자리에 남아 있게 되었다.

말을 꺼낸 롯폰마쓰가 먼저 문 정중앙에 섰고, 그 옆으로 하시모토가 방 안을 들여다볼 수 있는 위치에 진을 쳤다. 풍채 좋은 두 사람이 거의 입구를 차지한 탓에 호기심을 드러냈던 사쿠라코는 간신히 방 안을 엿볼 수 있을까 말까 할 정도였다. 덕분에 하루나와 야쿠인은 거의 롯폰마쓰의 등만 바라보는 형태가 되었다.

"그런데……."

침대에 다가간 자야마는 우선 천천히 이불을 걷었다. 롯폰마쓰 일행은 결코 발을 들이지 않았고, 그 자리에서 그의 동작을 주시했다. 야쿠인은 발돋움해서 롯폰마쓰의 머리 너머로 방 안을 들여다봤다. 검안하는 모습이 시야 끝에 살짝 엿보였다.

번데기처럼 잠든 나나쿠마의 옷차림은 흐트러짐이 없었다. 가슴에 칼이 박혀 있다거나 목에 졸린 흔적도 남아 있지 않았다. 뚜렷한 외출혈도 없어서 나나쿠모의 몸은 가모와 마찬가지로 야쿠인의 눈에는 깨끗한 시신으로 비쳤다.

그리고 나서 자야마는 왼팔을 들어 올렸다. 옷을 벗기려는 듯했다.

"경직은 그다지 진행되지 않은 것 같네요."

소매를 벗기고 상반신의 피부를 구석구석 살폈다. 지로마루도 가까이 다가와 들여다보았다. 멍이나 상처는 그대로 남아 있었다. 그리고 눈에 띄는 것은 배와 팔의 작은 반점이었다. 상처라고 하면 혈당 측정이나 인슐린 주사의 흔적 정도이고, 치명적인 외상은 없는 듯했다. 그리고 그것은 검안이 하반신까지 진행될 때도 마찬가지였다.

야쿠인은 발돋움이 한계에 이르자 잠시 쉬고 나서 다시 방 안을 들여다봤다. 하지만 롯폰마쓰도 호기심 때문인지 때때로 불필요한 발돋움을 했기에 야쿠인은 방 안 모습을 아주 가끔 엿볼 수 있었다.

팔이 들어 올려지고 축 늘어진 나나쿠마의 등을 보는 것은 야쿠인에게는 유쾌한 일이 아니었다. 구역질이 나기 직전이었지만 참았다. 매스꺼움이나 어지러움, 식은땀이라는 온갖 방어 반응을 꾹꾹 누르며 그저 가만히 두 사람의 검안 과정을 지켜보았다.

20분쯤 지나자 자야마가 말했다.

"적어도 사인은 외상에 의한 것이 아닙니다."

이렇게 하나의 결론을 알렸다. 그러고 나서 자야마는 나나쿠마의 몸에 이불을 깊숙이 덮었다.

"뭐, 이것도 단지 확인 절차에 지나지 않습니다만……. 사건 가능성이 없다고 단정할 수는 없으니까요. 그렇죠, 롯폰마쓰 씨?"

말을 이어받은 롯폰마쓰는 바다코끼리 같은 턱을 크게 위아래로 흔들며 고개를 끄덕였다.

"그리고 신경 쓰이는 것은 연속 혈당 측정기네요. 가모 씨에 이어 나나쿠마 씨도 이걸 착용하고 있었어요. 같은 타입의 기기입니다. 혹시 모르니 조사해두도록 하죠. 야쿠인 씨, 어디에 있는지 아십니까?"

"허리에 차는 파우치 안에 있을 겁니다."

"이건가?"

지로마루가 의자 위에 놓인, 허리에 차는 파우치를 뒤졌다. 목표로 한 것은 금방 발견된 듯했다.

"전원은 이건가."

전원 버튼을 누르고 자야마에게 건넸다.

"기록은 정상적으로 작동되고 있는 것 같습니다. 어디 보자."

팔 안쪽, 바늘 주위에 모니터를 대자 '삑' 하고 짧은 소리가 울렸다.

"197. 본래의 고혈당에 더해 사후의 생체 반응을 가미하면 타당한 수치일지도 모르겠네요. 야쿠인 씨, 나나쿠마 선생님의 평소 혈당 수치를 알고 있습니까?"

"으음, 공복 때라면 120이나 130쯤이었습니다."

"이 기계는 과거 데이터도 확인할 수 있었죠?"

"한번 볼게요. 잠깐 줘보세요."

자야마가 입구로 다가가자 롯폰마쓰와 하시모토가 피하는 형세가 되었고, 야쿠인이 그 사이로 손을 뻗었다.

자야마에게서 모니터를 건네받은 야쿠인이 터치 패널식 버튼을 조작하자 그래프 화면으로 전환되었다.

"어젯밤 9시가 지나 저녁 식사가 끝났잖아요? 그때 혈당이 236. 식후라서 높네요. 10시에는 209, 11시에는 189, 날짜가 바뀌는 0시에는 160입니다. 그 사이의 추이는 완만하고 눈에 띄는 변화는 없는 것 같습니다. 10시가 지나서라면 평소 잠드는 시간이니까 혈당치의 하락 경과로 보면 부자연스러운 점은 없는 거 아닐까요?"

"날짜가 바뀌고 나서는 어떻습니까?"

"완만한 곡선을 그리면서 오전 3시에 118, 그때부터는 점차 상승하네요. 3시 반에는 127. 4시에는 132, 5시에는 158, 6시에는 170입니다."

"그걸 순순히 사후 생체 반응으로 본다면, 오전 3시 무렵에 사망했다고 할 수 있겠네요. 사후 경직의 정도도 마침 그 정도였고요."

야쿠인은 한 번 숨을 내쉬었다. 롯폰마쓰가 물었다.

"사후 생체 반응이라는 점에서 보면 이상이 없다는 건가요?"

"예, 좀 더 조사해볼 필요가 있을 것 같지만요. ……지로마루 선생님, 뭔가 찾았습니까?"

"나나쿠마 선생의 파우치에 이게 있었소."

지로마루는 오른손을 펴서 보여주었다. 안에 있던 물건을 자야마의 손에 건넸다.

"사탕이네요."

개별 포장된 사탕 두 개가 자야마의 손바닥 위에서 굴러다녔다.

"그건 저혈당 예방용이에요. 주머니나 파우치에 자주 달콤한 걸 넣어 두고 있었으니까요."

그걸 본 하시모토가 끼어들었다.

"설령 이게 살인이었다 해도 개별 포장된 사탕에 독을 넣는 건 어려운 일이겠죠, 롯폰마쓰 씨?"

"응? 아, 그렇죠. 그보다 다른 방법이 있겠지요."

"할아버지, 검안은 이제 끝난 거예요? 뭔가 너무 밋밋한데요."

검안에 밋밋함이나 화려함이 있기는 한 건가 하고 야쿠인은 생각했다.

"아, 잠깐만요."

다시 나나쿠마의 침대로 다가가 벽을 향해 얼굴을 돌리고 있는 나나쿠마의 뒷머리를 내려다보며 자야마가 말했다.

"제 안에서는 결론이 났습니다."

야쿠인은 눈썹을 찌푸리며 자야마를 바라봤다.

"그 결론은 뭐죠?"

"서서 말하면 금방 지칩니다. 식당으로 돌아갑시다."

움직이지 않는 나나쿠마를 제외한 모두가 방을 나간 다음 자야마가 문을 잠갔다.

식당에 들어서자 사쿠라코가 부엌으로 사라졌고, 몇 분 뒤 인원수에 맞춘 음료와 함께 나타났다. 고지식하게도 흰 조리복으로 갈아입은 상태였다. 각자의 자리에 커피를 따르고 나서, 마지막으로 자야마의 잔에도 따르고는 일단 부엌으로 물러났다. 침묵 속에서 기다리고 있으니 이번에는 샌드위치가 담긴 접시를 카트에 싣고 나타났다. 같은 방식으로 서빙하고, 마지막에 자신의 자리에 앉았다.

"그래서요?"

"지금부터 설명하겠습니다."

커피를 한 모금 머금은 자야마는 사람들을 둘러보며 말했다.

"검안 결과입니다. 결론부터 말하자면 나나쿠마 선생님은 자연사하신 것으로 보입니다."

순식간에 자리가 술렁였다. 야쿠인은 그 선고를 냉정하게 받아들였다.

"나나쿠마 선생님의 몸에서 의심스러운 점은 보이지 않았습니다. 겉으로 보기에는 말입니다. 방의 상황은 가모 씨와 다르지만 몸 상태 자체는 크게 차이가 없었습니다."

"그러니까 이상이 없다는 점에서 말인가요?"

"예. 그리고 지로마루 선생님께 말씀을 여쭙는 것도 좋지만, 아주 가까운 사이인 데다 잘 알고 계신 야쿠인 씨께 설명을 부탁드리고 싶습니다."

이렇게 말하며 자야마는 야쿠인의 눈을 바라봤다.

야쿠인은 머리를 깊게 끄덕이며 천천히 자리에서 일어섰다.

"나나쿠마 선생님의 죽음은 자연사라는 자야마 씨의 부검 결과에 저도 이의는 없습니다. ······자연사였겠지요."

롯폰마쓰가 외쳤다.

"무슨 말이오? 제1형 당뇨병이셨다면서요. 그런데 왜 갑자기?"

"롯폰마쓰 씨, 잘 아시다시피 당뇨병으로 갑자기 죽는 일은 없습니다.

만성 질환이니까요."

"그렇다면……."

"다른 원인입니다. 여러분은 모두 시한부 선고를 받으셨지요. 저나 사쿠라코 씨는 예외입니다만 주최자인 자야마 씨, 초대받은 롯폰마쓰 씨, 하루나 씨, 하시모토 씨, 그리고 지로마루 선생님, 가모 씨도 시한부 선고를 받으셨습니다."

"그야 그렇지요. 그것이 이 모임 회원의 조건이었으니까요."

"예. 시한부 선고를 받았다는 것이 '하루살이회' 회원이 되는 조건이었습니다. 하지만 이번에 한정해서 회원 외의 사람도 시한부 선고를 받은 것뿐이라는 이야기입니다. 자야마 씨는 그저께 '초대된 사람은 모두 시한부 선고를 받았다'는 취지로 발언하셨는데 그것은 말 그대로의 의미였던 겁니다. 이번에 나나쿠마 선생님도 초대받은 사람 중 한 명이었으니까요."

"초대받은 사람은 모두 시한부 선고를 받았다……."

하루나가 되뇌었다. 마치 그렇게 확인할 필요가 있기라도 한 것처럼. 하지만 그 이상 아무 말도 하지 않았기 때문에 야쿠인은 자야마를 눈짓으로 재촉했다.

"당연히 지로마루 선생님께 들었습니다. 나나쿠마 선생님의 병에 대해서는요."

지로마루는 눈을 감고 고개를 끄덕였다. 하시모토가 끼어들었다.

"야쿠인 씨, 나나쿠마 선생님은 어떤 병을 앓고 계셨던 건가요?"

"신경교종神經膠腫, 즉 글리오마^{glioma}입니다."

"글리오마요?"

야쿠인은 약간의 전문용어를 곁들이며 간략하게 설명했다.

뇌와 척수에는 신경세포와 신경섬유세포 외에 그것들을 지지하는 신경교세포(글리아세포)라 불리는 세포가 있다. 글리오마는 이 글리아세포에서 발생하는 종양을 총칭하는 질환으로 몇 가지 종류가 있다. 악성도, 증상, 치료 방법 및 예후 등은 그 종류에 따라 다양하다.

"글리오마에도 암의 TNM 분류[13]와 비슷한 등급이 있습니다. 1에서 4까지 네 단계이며, 숫자가 클수록 악성도가 높아집니다."

"나나쿠마 선생님의 경우는요?"

"교모세포종^{glioblastoma}이라 불리는 것이었습니다. 등급은 4입니다. 분류상으로는 최악이고, 성별 비율로 보면 남성에게 조금 더 많고 예후도 결코 좋은 병은 아닙니다."

야쿠인은 그때 잔을 들고 커피를 한 모금 마셨다.

"최초 진단은 아마 4년 전이었을 겁니다. 대학병원에서 수술과 화학요법을 마치고 퇴원한 뒤에는 지로마루 선생님께서 주치의를 맡아오셨습니다."

"그러고 보니 지로마루 선생님은 뇌신경외과가 전문이셨지요."

지로마루가 조용히 입을 열었다.

"시한부 선고를 한 것도 접니다."

"예. 물론 본인의 강한 의향이 있었고, 저도 여명을 아는 것에 거부감은 없었습니다. 지로마루 선생님은 과거에 딱 한 번 시한부 선고를 내린 적이 있다고 말씀하셨는데 그 대상이 바로 나나쿠마 선생님이었지요."

안쪽에서 하루나가 손을 들었다.

---

[13] TNM은 tumor node metastasis의 약어. 악성 종양의 분류에 이용하는 지표.

"암 4기인데 그렇게 활발히 돌아다닐 수 있는 건가요?"

"그건 일반적인 암과 같아서 좋고 나쁨의 파도가 있습니다. 그리고 최근 며칠 동안 특히 활기 차 있었던 건 사실이에요. 오랜만의 '일'이었고 주치의인 지로마루 선생님이 가까이 계시는 심리적 안정감도 하나의 요인이었겠지요."

"실례합니다만 뇌에 병이 있어도 탐정 일을 제대로 할 수 있는 건가요?"

롯폰마쓰의 그 질문은 확실히 실례라고 생각되었지만 야쿠인은 얼굴에 드러내지 않고 말했다.

"혼자서는 어렵겠지요. 나나쿠마 선생님의 경우 전두엽에 종양이 있었고 가벼운 치매가 발병한 상태였습니다. 치매 증상 중에서도 가장 두드러졌던 건 단기 기억 장애였습니다. 몇 분 전에 들은 말을 기억하지 못하거나 사람 이름 외우는 걸 어려워하시는 편이었지요. 반면에 장기 기억은 비교적 또렷했고, 질문을 주고받을 때도 겉보기에는 평범해 보였지요. 그런데 자세히 따져보면 어딘가 엇갈리는 부분이 있곤 했습니다. 그 외에는 두통도 있었는데 특히 아침에 심했습니다. 또 가끔씩 환각을 보기도 했습니다."

"환각이요?"

야쿠인은 눈을 감고 이곳에 처음 도착했을 때의 일을 떠올렸다.

"예를 들면 제가 운전을 하고 있는데 갑자기 바깥에서 목을 맨 여자를 봤다는 식의 말을 하는 일이 다반사였습니다. 아니, 나나쿠마 선생님은 어디에서든 여성의 시신을 자주 목격했습니다. 단지 머릿속에서만요. 그럴 때마다 저는 그냥 적당히 흘려듣고는 했습니다."

"그건 야쿠인 씨의 소중한 분에 대한······."

"그것까지는 모르겠습니다. 하지만 그 환각이 시작된 시점이 제가 약혼자를 잃은 뒤 얼마 지나지 않았을 무렵이었기 때문에 완전히 무관하다고는 말할 수 없을지도 모르겠습니다. 환각 증상에 대해서 확실한 것은 보는 인물이 늘 특정 여성이었다는 점입니다. 그리고 나나쿠마 선생님이 뭔가를 봤다고 하실 때는 저도 최대한 같은 방향을 보고 확인했으니, 적어도 제가 함께 있을 때는 환각과 현실을 분명히 구별할 수 있었습니다. 제가 아는 한 이 별장에 온 뒤로는 환각 증상은 없었을 겁니다."

이번에는 하시모토가 말했다.

"하지만 탐정 조수, 아니, 야쿠인 씨도 훌륭한 '탐정'이겠지만, 탐정이라는 일도 정말 힘들겠네요. 단순한 '반려동물 찾기'만이 아니라 같은 탐정의 신변을 보살피는 것도 중요한 일이니까요."

그 말에 야쿠인은 순간 눈을 크게 떴다.

"물론이죠."

"도우미 같은 사람은 없었나요? 가족은요?"

하시모토는 동업자가 환자 돌보는 일까지 하는 걸 의아하게 생각했던 듯하다. 자야마도 말을 덧붙였다.

"야쿠인 씨, 그런 부분은 아직 설명하지 않았지요?"

"확실히 제가 단순한 동업자였다면 지금까지처럼 돌보지는 않았겠지요. 탐정사무소의 상사와 부하라는 관계와는 조금 사정이 다릅니다."

"무슨 뜻인가요?"

"나나쿠마 스바루 선생님은 제 할머니입니다. 혈연으로 이어진 틀림없는 친족입니다. 저희 할머니는 일흔 살이십니다. 전직 형사였고, 은퇴

하고 자유롭게 지내시다가 호기심에 탐정사무소를 차리겠다고 하신 겁니다. 저렇게 허리가 굽고 주름진 고령자가 개업한다고 해도 이런저런 절차가 만만치 않습니다. 저도 탐정 일에 관심이 있어서 도와드리게 된 겁니다. 할머니…… 나나쿠마 선생님에게 탐정은 노후의 심심풀이인 한편 제 약혼자 사건에 다가가는 것으로도 이어졌지요. 게다가 시골이어서 월세가 싼 것도 도움이 되었습니다. 몇 달에 한 번씩 들어오는 의뢰로는 보통 적자가 나니까요. 다만 그만큼 시간을 들여서 일할 수 있다며 기뻐하셨습니다."

"그럼 야쿠인 씨는, 나나쿠마 씨와 계속 함께 살았던 건가요?"

야쿠인은 잔뜩 찌푸린 얼굴로 고개를 끄덕였다.

"할머니와 함께 일하고, 외출하고, 같이 지냈습니다. 이번처럼 외박할 때는 항상 같은 방이나 가까운 방으로 해달라고 했습니다. 언제 상태가 급변할지 알 수 없으니까 늘 곁에 있어야만 했던 겁니다. 초등학생이라면 몰라도 이십 대 후반인데 24시간 할머니와 붙어 있어야 해서 조금 지겨울 때도 있었습니다. 뭐, 다른 친척이 없으니 어쩔 수 없는 일이었지만요."

"실례지만 야쿠인 씨 부모님은요?"

"두 분 다 사고로 이미……."

"그러셨군요."

그 순간 하시모토는 처음으로 침통한 표정을 지었다.

이번에는 사쿠라코가 커피를 다 마시고 말했다.

"확실히 딱 붙어 다니는 느낌이었잖아요."

"딱 붙어 다닌다는 표현은 조금 어감이 안 맞네요. 제 일이 탐정이기는 한데 지금까지 탐정다운 일은 거의 하지 않았습니다. 나나쿠마 선생님의 주변을 보살피는 것과 이상한 짓을 저지르지는 않을까 하고 감독하는 것이 주된 일이었으니까요. 가까이에 있어야 하는 것은 필연이었습니다."

"가까이에? 아아."

사쿠라코가 손가락을 튕기며 말했다.

"그것도 그러네요. 할머니는 체력이 괜찮으신 것 같아서 멋대로 돌아다니셔도 그다지 걱정되지는 않았지만요."

"자는 시간 외에는 휠체어 생활이셨거든요. 아무리 자가 이동이 능숙하다 해도 체력은 소모됩니다. 그래서 함께 있을 때는 뒤에서 밀어드리는 게 제 역할 중 하나였습니다. 물론 가끔은 불쑥 스스로 움직이시기도 했지만요."

게다가 자동차도 휠체어용으로 개조되어 있었다. 세단형 차량이었지만, 뒷좌석은 나나쿠마 전용 좌석이었고 운전석, 조수석, 뒷좌석을 합쳐 총 세 명만 탈 수 있는 구조였다.

그 말에 롯폰마쓰가 놀란 표정으로 말했다.

"침대로 옮겨지거나 일어나시는 건 어땠어요? 나나쿠마 탐정은 침대에 누운 상태였으니까요. 그건 누군가 눕힌 거라고 생각할 수는 없을까요?"

"침대는 무릎 아래 정도 높이라서 나나쿠마 선생님에게는 이동하기 쉬웠을 겁니다. 휠체어 생활을 했던 것은 근력 저하와 가벼운 마비 때문이었지만 휠체어에서 침대로, 혹은 침대에서 휠체어로 이동하는 것 정도는 시간만 들이면 혼자서도 가능했습니다. 화장실도 시간이 남보다

세 배는 걸렸지만 스스로 이동하고 뒤처리도 해낼 수 있는 정도였어요. 그런 일상생활에 지장을 초래할 만큼 인지 기능이 저하되어 있던 것은 아니었습니다."

손으로 턱을 괴고 있던 자야마가 말했다.

"그러니까 나나쿠마 선생님은 글리오마와 당뇨병을 앓고 있었고, 단기 기억 장애와 환각 증상도 있었다. 하지만 주요 증상은 그 정도였고, 혈당 측정이나 인슐린 투약도 스스로 할 수 있었다. 이동은 휠체어였지만 침대나 화장실로의 이동도 스스로 가능했다는 얘기군요."

이렇게 간단히 정리한 걸 듣고 야쿠인이 대답했다.

"그렇습니다. ……아."

"왜 그러십니까?"

"자야마 씨, 방 안에서 검안하실 때 제가 그다지 말을 걸지 않았고, 지금도 결론부터 말하고 있습니다만, 검안 결과를 좀 더 자세히 들을 수 없을까요? 제가 현장에 함께 있긴 했지만 제가 있는 곳에서는 거의 보이지 않았거든요. 우리 중에는 상황을 제대로 파악하지 못한 사람도 있을 겁니다."

자야마는 가볍게 헛기침을 하며 말했다.

"예. 중복되는 이야기일 수도 있지만 외상은 혈당 측정과 인슐린 주사 자국 외에는 없었습니다. 사후 경직의 정도와 연속 혈당의 변화 추이로 보아 검안 때 사후 4시간쯤 경과한 것으로 보였습니다. 즉, 사망 추정 시각은 오전 3시 전후입니다. 그리고 이불은 약간 흐트러져 있었지만 옷차림은 흐트러짐이 전혀 없었습니다. 이불이라 해도 기껏해야 몸을 뒤척인 정도였습니다."

"겉보기로는 그 정도인가요? 그밖에 다른 점은요?"

자야마는 턱을 쓰다듬으며 말했다.

"가모 씨 때와 마찬가지로 조사할 수 있었던 건 그 정도입니다. 위 속 내용물까지는 도저히 확인할 수 없고요. 그걸 뒤집어 말하면, 검안이 그 정도 수준이었음에도 자연사로 판단할 수 있을 만큼 나나쿠마 선생님의 몸에는 부자연스러운 점이 전혀 없었다는 뜻입니다."

"그렇다면 독살 가능성은 남아 있다는 뜻이겠네요? 누구라도 실행할 수 있었다면, 그런 거죠?"

롯폰마쓰가 입꼬리를 느슨하게 풀며 말했다.

"롯폰마쓰 씨, 그건 확실히 가능성으로서는 남아 있습니다. 그 가능성을 남기고 싶어 하는 마음도 이해는 갑니다만, 상황을 감안해서 판단해봐도 자연사로 결론지을 만한 수준입니다. 무엇보다도 가모 씨와 달리 나나쿠마 선생님과 여러분은, 저를 포함해서 그저께 처음 만난 사이잖아요. 이 모임 이전부터 아는 사이였다고 하면 야쿠인 씨 정도고요. 하지만 그는 친손자입니다. 그리고 지로마루 선생님은 나나쿠마 선생님의 주치의이고 특별히 누군가와 원한을 사거나 원한을 가질 만한 입장도 아니지요."

"흐음, 그렇게 생각하실 수도 있겠네요. 하지만 자야마 씨, 그건 당신이 알 바가 아니잖아요. 지효성 독을 탔을지도 모릅니다. 서로 알고 지낸 사이였으니 단둘이 있을 때 독을 탔을지도 모르잖아요. 그 후 자기 방으로 돌아가 아무 일 없었다는 듯 행동하면 되는 거죠. 의사잖아요. 독약 한두 개쯤 간단히 손에 넣을 수도 있겠지요."

순간, 방 안에 정적이 흘렀다. 지로마루가 맞받아쳤다.

"그러니까 그 말은 이런 뜻인가요? 제가 범인이고, 목표는 나나쿠마 선생님을 죽이는 거였다. 그러니 바보 같은 연극은 그만두시오? 그런데 말입니다, 의사니까 독약을 가지고 있을 거라고 생각하는 건 큰 오산이오. 독이 될 수 있는 약은 대개 금고에서 관리되고 있소. 수가 줄면 진작에 직원들이 알아챘을 거요."

"혹은 이렇게도 생각할 수 있겠지요. 가모 씨의 죽음은 완전히 우연이고, 이번 살인은 저 청년이 저질렀다고 말이오. 살인 동기가 있다면 탐정 조수나 지로마루 씨, 두 사람 중 한 명이 아닐까요?"

"롯폰마쓰 씨, 당신은……" 하고 야쿠인은 강한 어조로 말했다.

"용의자 취급을 당해서 기분이 상하셨다면 사과하지요. 하지만 어제의 나, 아니 우리도 이런 기분이었다는 걸 알아두어도 손해날 일은 없을 거요. 앞으로도 탐정을 계속할 거라면 말이지. 어제는 기를 쓰고 타살설을 주장했던 것 같던데."

어떤 의도로 저렇게 말하나 싶었지만, 롯폰마쓰의 말에는 일부 옳은 점도 있었다. 야쿠인은 아무 대꾸도 하지 못했다. 그때 하루나가 자야마를 보며 말했다.

"하지만 설령 독살이라 해도 그렇게 효과가 느린 독은 없는 거 아니에요?"

"그렇지요. 저 역시 들어본 적은 없습니다. 가령 그런 독이 있다고 해도 그 경우 분말로는 무리일 것이고, 캡슐이라면 삼킬 때 이물감을 느끼겠지요."

"복용이 아닌 방식이라면요? 방 안 어딘가를 만졌을 때 독이 체내에 들어가게 하는 방법은 없나요?"

이 질문에는 야쿠인이 답했다.

"그거라면 가능한 건 문 손잡이나 열쇠, 휠체어의 특정 부분 정도일 텐데 어느 쪽이든 바늘 형태의 것이 필요합니다. 그런데 혈당 측정과 인슐린 주사 외에는 외상이 없었다고 들었습니다. 자야마 씨, 복부와 손가락 끝 외에 바늘 자국은 없었습니까?"

자야마는 고개를 가로저었다.

"부자연스러운 부위에 자국이 있다면 당연히 눈에 띕니다. 복부와 손가락 끝의 피하에만 바늘 자국이 있었습니다."

"그렇다네요. 그리고 혈관 내가 아니라 피하에 주입되어 작용하는 독, 그것도 치명적인 독이라면 거기에 그렇게 딱 맞는 독이 존재할 것 같지는 않습니다."

"그럴 것 같다, 아니다의 문제가 아니라 실제로 어떤가 하는 거요."

자야마가 대신 설명했다.

"피하 주사는 인슐린 외에도 인플루엔자나 수두 같은 일부 백신 접종에 사용되곤 하지만 일반적인 방식은 아닙니다. 사용할 수 있는 약 — 독으로 바꿔도 좋지만 — 도 제한적이고, 무엇보다 특징은 작용 발현이 느리다는 점입니다."

"느리구나."

"약물의 효과가 나타나기까지의 시간은 정맥 내, 근육주사, 피하, 피내 순으로 느려집니다. 나머지는 약물의 종류에 따라 다르지만요."

"그렇다면 그 시간차를 이용한 게 아닐까요?"

아무래도 롯폰마쓰는 타살에 집착한다기보다 떠오른 생각을 마음에 담아두지 못하는 타입인 듯했다. 다소 단순한 발언에 지쳤는지, 자야마는 작게 한숨을 내쉬고 말했다.

"그러니까 피하 주사로 쓸 수 있는 약물은 매우 한정되어 있습니다. 다시 말해 피하에 투여해서 효과가 나타나는 약은 극히 드문 편입니다. 하물며 사람의 생명을 앗아갈 수 있는 약 같은 것은 제가 아는 한 존재하지 않습니다. 설령 투여한다 해도 원하는 효과는 기대하기 어렵습니다. 물론 인슐린은 혈당 수치의 추이로 보아 부정되었습니다."

야쿠인이 말을 이었다.

"주사설은 이쯤에서 정리하고, 음독의 경우에도 취침 시간에서 사망 추정 시간까지의 차이가 걸림돌입니다. 나나쿠마 선생님은 매일 밤 10시에서 11시 사이에 잠자리에 드십니다. 다소 오차가 있어도 자정까지 깨어 있는 일은 없습니다. 가령 자정이라고 해도 그로부터 3시간 후에 작용하는 독을 먹이는 것은 어렵지 않을까요? 잠들기 직전에 커피 같은 것도 마시지 않았고, 억지로 입에 넣으려 해도 당연히 거부하셨을 겁니다. 기회가 있었다 하더라도 실제로 가능한지는 또 다른 문제입니다."

롯폰마쓰는 '흥' 하고 낮은 소리를 내고는 말했다.

"사망 추정 시각이 정확하긴 한 거요?"

"종합적으로 판단했습니다. 환경적으로도 뭔가 조작된 흔적은 없었습니다. 그리고 오차는 기껏해야 15분 전후라고 보시면 됩니다."

롯폰마쓰는 한 번 더 낮게 신음하듯 소리를 내고는 드디어 차분해졌다. 단지 반박할 만한 생각이 떠오르지 않았던 것뿐일지도 모르지만, 그래도 가까스로 찾아온 고요함에 안도하며 야쿠인은 커피잔을 집어 들었다.

침묵으로 가라앉은 식당에 사쿠라코의 환한 목소리가 울려 퍼졌다.

"저기요, 이 이야기를 언제까지 계속할 건가요? 온통 허황된 이야기라서 좀 지루해요. 게다가 커피가 다 식어버리잖아요."

이제야 생각났다는 듯이 다른 회원들도 잔을 입가로 가져갔다.

"그래서 앞으로 어떻게 할 거예요?"

하시모토의 질문에 자야마가 답했다.

"야쿠인 씨가 있으니 친족에게 연락하는 것은 생략하겠습니다. 만약 따로 알려야 할 분이 계시다면 야쿠인 씨가 해주셨으면 합니다."

"아뇨, 괜찮습니다."

"그런데 저와 야쿠인 씨가 남게 되었기 때문에 사쿠라코의 차를 제외하면 귀가 수단이 없게 됩니다. 혹시 지로마루 선생님을 태우러 오는 차에 동승할 수 있다면 좋을 텐데, 선생님, 어떻습니까?"

"상관없어요."

롯폰마쓰는 다시 기세를 되찾은 듯한 모습으로 말했다.

"범인이 이 안에 있을지도 모르지요. 저는 먼저 돌아가고 싶다고⋯⋯ 말하고 싶지만 마지막까지 지켜보겠습니다. 어차피 곧 돌아갈 예정이었지만 몇 시간 차이일 뿐이니까요."

"으음, 그렇네요. 그럼 나도."

하시모토가 그렇게 말했다. 하루나는 얼굴을 들고 분명한 어조로 말했다.

"저도 마지막까지 남겠습니다."

"알겠습니다. 그럼 조금 더 자유롭게 시간을 보내세요."

늦은 아침 식사 자리는 이렇게 마무리되었다.

2

 창밖으로는 가까운 곳과 먼 곳 모두 선명한 초록빛이 번져 있었다. 앞쪽 잔디밭은 연한 황록색을 띠고 있었고, 산들산들 기분 좋게 바람에 흔들리고 있었다. 안쪽의 짙은 상록수 숲은 온몸에 햇살을 받아 한창 여름 햇볕을 만끽하고 있는 듯했다.

 야쿠인은 한숨을 내쉬었다.

 끝났다. 모든 것이.

 이곳에 온 지 3일째. 결국, 평온한 자연에 몸을 맡기고 산책을 즐기는 일조차 하지 못했다. 그건 다른 초대 손님들도 마찬가지였다. 마음의 평온이나 휴식이라는 이 모임의 목적과는 아주 거리가 먼 결말을 맞았다.

 그리고 탐정을 잃었다.

 이 모임도 이제 곧 해산이다. 몇 시간만 지나면 모두 이곳을 떠나게 될 것이다. 다시는 여기 올 일도 없겠지.

 멍하니 하늘을 바라보고 있으려니 유일한 혈육을 막 잃은 입장에서는 다소 불경한 상상이 서서히 마음속에 부풀기 시작했다. 하루나와 사쿠라코의 얼굴이 뇌리에서 어른거렸다. 그 두 사람과 조금이라도 더 가까워지는 편이 좋지 않을까. 이번 기회를 놓치면 '하루살이회'에 다시 참여할 일도 없을 거고 자야마와의 인연도 끊길 것이다. 지로마루와는 문서상으로 연락할 기회가 있을지도 모르지만, 다른 회원과는 그 누구와도 두 번 다시 만날 일이 없을 것이다. 그 둘 모두 '일생에 한 번뿐인 인연'이라는 말로 끝내기에는 아쉬운 존재였다.

 야쿠인은 몸을 일으켰다. 방문을 잠그고 휘청휘청 걸음을 내디뎠다.

몸은 자연스레 홀 쪽으로 향했다.

복도 모퉁이를 돌아 더 안쪽 모퉁이에서 왼쪽으로 꺾었다. 반대편 객실, 나나쿠마를 제외한 여성들의 방이 늘어선 구역이었다. 야쿠인은 하루나의 방문을 노크했다.

"네."

나른하고 가녀린 대답이 들려왔다.

"야쿠인입니다. 잠깐 이야기 좀 나눌 수 있을까요?"

몇 초의 뜸이 있었다. 이내 문이 조용히 열렸는데 틈새로 얼굴을 내민 사람은 방 주인이 아니었다.

"어머? 야쿠인 씨, 무슨 일이세요?"

"사쿠라코 씨, 함께 있었군요."

"저기, 두 사람이나 연달아 죽었잖아요. 역시 좀 무섭기도 하고. 혼자보다는 둘이 있는 게 낫지 않을까 싶어서 하루나랑……"

"그렇군요. 아니, 딱히 용건이 있는 건 아닙니다. 그냥 잠깐 이야기를 나누고 싶어서요."

이렇게 말하며 뒤통수를 긁었다. 사실 용건 따위는 없었다. 있는 것은 그저 헤어지는 게 아쉽다는 흑심에 가까운 마음뿐이었다.

"……그러시다는데, 하루나 어쩌지?"

"괜찮아요. 들어오세요."

"고맙습니다."

양해를 얻은 야쿠인은 방 안으로 들어섰다. 구조는 같았지만 향기는 야쿠인의 방과 전혀 달랐다. 야쿠인의 방과 달리 달콤한 향기가 희미하게 공간을 감돌고 있었다.

"아, 잠깐만요" 하고 사쿠라코는 일단 방을 나갔다가 의자를 들고 나타났다.

"앉으세요."

"미처 생각하지 못해서 미안합니다. 고맙습니다."

자리에 앉자 사쿠라코도 의자에 앉았다. 하루나는 침대에 걸터앉았다.

"아, 그리고 보니 야쿠인 씨, 커피랑 홍차 중에 뭐가 좋으세요?"

"으음, 저는 홍차로."

"따뜻한 걸로 괜찮죠? 하루나, 좀 도와줘. 야쿠인 씨, 금방 다시 올게요."

사쿠라코는 하루나의 손을 잡고 다시 방을 나갔다. 15분쯤 지나 돌아온 두 사람은 소형 테이블 위에 찻주전자와 잔을 내려놓았다. 홍차에 입을 대며 하루나가 입을 열었다.

"그런데 무슨 이야기죠?"

"아니, 그냥 좀 신경 쓰이는 게 있어서요. 뭐, 사소한 겁니다. 아까 이곳에 남겠다고 하실 때 유난히 밝은 분위기였잖아요. 뭔가 특별한 이유라도 있나 해서요."

"아아……, 그건."

하루나는 얼굴을 살짝 찡그리며 망설이는 느낌으로 사쿠라코를, 그리고 야쿠인을 쳐다봤다. 몇 초간의 침묵이 흐른 후 말을 꺼냈다.

"야쿠인 씨도 남으니까요."

"예?"

잘못 들은 게 아닌가 싶었다. 하지만 틀림없이 하루나는 지금 '야쿠인 씨'라고 했다. 이어서 '도 남으니까요'라고도 했다. 드문 성씨를 그렇게 잘

못 들었을 리 없다. 그 증거로 하루나는 지금도 야쿠인의 눈을 똑바로 바라보고 있다.

야쿠인은 자신의 얼굴이 홍조를 띠며 뜨거워지는 것을 느꼈다.

"제가 돌아가버리면 사쿠라코 씨가 힘들잖아요. 몇 시간뿐이긴 하지만 그……, 뭔가 일어났을 때."

"그 말은 또 누군가 죽게 됐을 때라는 의미인가요?"

하루나는 모호한 표정을 지었다. 내일의 생명도 보장되지 않는 몸이면서도 다른 회원의 죽음과 그 뒤처리를 걱정한 것일까. 돌아가면 그런 걱정도 그만할 수 있을 텐데.

"자야마 씨는 리더십이 있긴 하지만 체력적으로는 아무래도 불리하니까요. 야쿠인 씨는 신사 같은 이미지지만, 그래도 사쿠라코 씨를 혼자 둘 수는 없으니까요."

그렇군 하고 마음속으로 중얼거리며 야쿠인은 피식 웃었다. 즉, 자신은 지금 경계 대상이 된 듯했다.

"신사 같은 얼굴을 한 늑대일지도 모른다는 의미인가요?"

"늑대……. 그렇네요, 늑대라면."

늑대라면…… 어떻다는 말인가. 어쨌든 하루나가 남겠다고 한 이유는 분명해졌다. 너무 성급하게 거리를 좁히려 하면 좋지 않을 것 같다.

하루나는 턱에 검지를 기꺼이 대며 말했다.

"그것 말고도 아직 끝내지 못한 일이 있어요."

"끝내지 못한 일이요?"

"그림이요. 그 그림을 훼손한 범인도 아직……."

야쿠인은 허공을 응시했다. 벽에 걸린 그림을 훼손한 범인은 아직 모두에게 밝혀지지 않았다.

"그것도 그렇네."

사쿠라코도 동조했다.

"그렇구나, 그 그림은 하루나 씨가."

하루나는 부끄러운 듯이 고개를 끄덕였다.

"대학 때 그린 걸 걸어두기만 했어요. 전체적으로 보면 아직 부족한 부분이 많지만요."

당황한 모습을 보이며 그렇게 말하고는 살짝 숨을 내쉬었다.

"아마 모델은 사쿠라코 씨였겠죠?"

"네, 대학 때요. 사쿠라코 씨는 예전부터 쭉 빛나는 존재였거든요. 그 그림은 사쿠라코 씨의 매력을 전부 담아내지 못했지만 그래도 소중한 작품이라는 점에는 변함이 없어요."

"에헤헤, 그렇게 말해주니 기쁘네."

그린 사람은 납득하지 못하는 듯했지만 모델인 쪽은 아주 싫은 것도 아닌 모양이었다.

"그때는 연하고 가벼운 터치로 그릴 수 있다고 생각했어요. 배경까지 뾰족한 펜으로 그린 것은 지금 생각하면 실수였어요. 배경의 부드러움을 덜어내야 인물이 가진 내면의 아름다움이 도드라지지 않을까 싶었거든요."

예술에 조예는 없지만 그럴 법도 하다는 듯이 야쿠인은 조용히 고개를 끄덕였다.

"하지만 당시의 그림은 그대로 두고, 새로운 걸 다시 그리면 되잖아요?"

그 말을 듣자 하루나는 눈썹을 찌푸리며 말했다.

"그건 안 돼요. 시간이 없어요."

"아아……."

그녀 또한 내일 죽을지도 모르는 몸이다. 현재 상태가 안정되어 있다 해도 언제 급변할지는 예측할 수 없다. 병상에 눕게 된다면 그림에 몰두하는 건 불가능해질 것이다.

"이상적인 건 같은 크기의 캔버스에 지금 제가 보는 사쿠라코 씨를 그리는 거예요. 하지만 그러려면 시간이 너무 많이 걸려요. 사쿠라코 씨도 일하고 있고, 대학 때처럼 함께 있는 시간도 그리 많지 않고요. 밑그림만 그리고 영영 미완성으로 끝날지도 몰라요. 그래서 지금 있는 그림을 기반으로 수정해보려고 했는데, 그 생각이 떠오른 게 어제니까 어쨌든 너무 늦은 거죠. 그런 일이 벌어지고 말아서……."

벚꽃색 입술 안에서 하얀 치아가 언뜻 빛났다. 야쿠인이 처음으로 보는 하루나의 표정이었다. 그것은 불온하게도 미소처럼 보이는 요사스러운 웃음 같았다.

야쿠인은 잔을 들어 홍차를 한 모금 머금었다.

"야쿠인 씨, 그렇게 한 번에 마시면 뜨겁지 않나요?"

"아, 미안해요. 맛을 음미하지 않는 건 아니에요. 바쁜 수련의 시절에 생긴 습관 같은 거예요."

"뭐, 사람마다 다르니까요."

하루나는 천천히 홍차를 마시며 사쿠라코를 슬쩍 쳐다봤다. 가볍게 고개를 끄덕이는 듯하던 사쿠라코는 다 마신 잔을 받침 접시에 내려놓았다. 그녀가 찻주전자 쪽으로 손을 뻗는 순간 두 손이 겹쳐질 뻔했다.

"제가 따르겠습니다" 하며 사쿠라코를 제지하려는 야쿠인의 손에 하루나의 오른손이 겹쳐졌기 때문이다.

"죄송해요."

"저야말로. 하루나 씨도 홍차 더 드시겠어요?"

"전 괜찮아요."

무릎 위로 살짝 감추어진, 곤봉처럼 끝이 둥근 하루나의 손가락이 야쿠인의 시야에 들어왔다.

"아, 그 손가락……"

그리고 나서 말이 꼬리를 끄는 것처럼 무거워졌다.

"손가락? 아, 이 손가락이요? 어제 말했잖아요, 곤봉지라고."

"그 손가락이라면…… 그, 붓을 쥐기…… 힘들겠어요."

"물건을 쥐는 건 괜찮아요. 감각도 제대로 남아 있고 움직이는 것도 문제없어요. 다만 이런 색이고 이런 모양이다 보니 저도 가끔 생각하게 돼요. 제대로 혈액이 흐르고 있는 걸까 하고요."

사쿠라코가 말을 받았다.

"괜찮아, 혈액은 흐르고 있어……. 하루나, 예전에 말했잖아. 청색증은 피가 흐르지 않는 상태와는 전혀…… 다르다고……"

사쿠라코는 멍한 표정을 보이며 말끝을 흐렸다. 눈은 하루나를 보고 있지 않고 멀리 허공을 응시하고 있는 듯했다. 그 모습은 마치 지금껏 야쿠인이 돌봐왔던 치매 노인 같았다.

"사쿠라코 씨? 무슨 일이에요?"

"다르다고…… 그러니까…… 아아……"

하루나의 목소리가 전혀 귀에 들어오지 않는 듯했다. 사쿠라코는 그저 어깨를 떨며 낮게 신음할 뿐이었다. 그리고 떨리는 목소리로 말했다.
"잘못됐어…… 잘못된 걸지도……."
"잘못됐다니?"
마치 뭔가를 깨달은 듯 눈을 크게 뜬 사쿠라코가 자리에서 일어섰다.
"할아버지한테 가야겠어. 가모 씨는 자연사가 아닐지도 모르겠어."

기세 좋게 복도로 나섰지만 잔달음질하는 보폭은 점점 작아지고, 비스듬히 위를 향하던 얼굴의 각도는 서서히 내려갔다. 그리고 걸음을 옮기던 끝에 문득 뭔가를 떠올린 듯 사쿠라코는 순간적으로 발을 멈췄다가 다시 걷기 시작했다. 자야마의 방을 지나 복도의 막다른 곳에 섰다.
"사쿠라코 씨, 여긴 자야마 씨 방이 아니잖아요."
"좀 확인하고 싶은 게 있어서요" 하고 말했지만 당연히 방은 잠겨 있었다.
"역시 안 되는 건가. 할아버지한테 부탁하는 수밖에 없겠네."
뒤에서 야쿠인이 하루나와 작은 목소리로 이야기했다.
"이제 와서 대체 뭘 어쩌려는 걸까요?"
"글쎄요."
"무슨 얘기 하는 거예요? 이제 괜찮지 않을지도 몰라요."
"그것도 그렇네요."
대화는 뚝 끊겼고 사쿠라코를 선두로 세 사람은 자야마의 방으로 향했다.
노크에 나른한 목소리가 응했다.
"누구신가요?"

"저예요. 할아버지, 잠깐 이야기 좀 하실 수 있어요? 가모 씨 관련해서요."

서서히 열린 문틈으로 의아한 듯한 자야마의 얼굴이 보였다.

"사쿠라코구나. 하루나 씨, 야쿠인 씨도 있네. 무슨 일이야? 가모 씨 이야기라니? ……아아, 내가 정신이 좀 없어서 미안하구나. 서서 얘기하기도 뭐하니, 들어오렴."

자야마의 권유에 따라 세 사람은 자야마의 방으로 들어섰다. 자야마와 야쿠인이 침대에 앉고 하루나는 의자에 앉았다. 사쿠라코는 앉기도 답답한 듯 그대로 서서 말문을 열었다.

"갑작스럽게 미안해요. 사실 가모 씨의 죽음에 대해 좀 이상한 점이 떠올라서요."

자야마는 얼굴을 찡그렸다. 관자놀이에 힘이 들어간 듯했다.

"할아버지, 그 전에 나나쿠마 선생님의 방에 들여보내 주실 수 있어요?"

"뭘가 조사라도 하려는 거야? 살펴보려고 해봐야 나나쿠마 씨는 이미 다른 곳으로 옮겨졌어."

"소지품은 아직 남아 있을 거 아니에요."

자야마는 고개를 끄덕였다.

"그걸 좀 살펴보고 싶어요. 금방 끝날 거예요, 괜찮죠?"

"알겠다. 그럼 다 같이 가자."

자야마를 따라 잠금이 해제된 나나쿠마의 방으로 들어갔다. 침대에 엎드려 있던 탐정의 모습은 없고 신변의 물건들만 아침 그대로 남아 있었다.

사쿠라코는 그 물건들 중에 허리에 차는 파우치를 찾아내 안을 살펴봤다. 그리고 목표로 한 물건을 꺼낸 뒤 자야마 쪽을 향해 돌아서며 "이제 됐어요" 하고 말했다.

"사쿠라코, 아까 그렇게 당황했던 걸 보면 꽤 큰 발견을 한 모양이구나. 이상한 점이라는 게 뭐지?"

"네. 한 사람의 미래를 바꿔놓을지도 모르는 일이에요."

"그거 참 대단한 말이구나. 대체 누구의 미래인데?"

"그건……"

"뭐, 좋아. 어쨌든 우리만이 아니라 다른 사람들도 이야기를 들어봐야 할 것 같은데 어떻니?"

"모두에게요? 그렇네요."

"딱히 깊은 뜻은 없어. 다만 이런 이야기는 관계자 전원을 불러 모아서 하는 게 낫지 않나 싶었을 뿐이야."

그런가? 야쿠인은 가볍게 고개를 갸웃거렸다.

"그럼 일단 식당으로 가세요. 저는 다른 분들께 알리고 나서 따라가겠습니다."

몇 분 후 식당의 늘 앉던 자리에 늘 보던 회원들이 얼굴을 맞대고 앉았다. 사쿠라코도 빈 자리에 앉았다. 다만 마실 거리 같은 건 없었다.

못쫀마쓰는 사쿠라코에게 의심스러운 눈길을 보내고 있었다. 지로마루도 의아한 표정을 지었다. 자야마 역시 비슷한 표정이었다. 하시모토는 계속해서 눈을 움직이며 얼굴에 불안한 기색을 띠었고, 하루나는 조용한 눈으로 선배를 바라봤다. 당사자인 사쿠라코는 지극히 냉정한 표정이었다.

사쿠라코는 모두의 얼굴을 한 번 훑고 나서 말을 꺼냈다.

"여러분, 가모 씨의 검안 당시 모습을 떠올려봐 주세요. 할아버지, 사망 추정 시각이 언제였죠?"

"어제 날짜가 바뀐 0시에서 3시 사이였지."

"네. 그런데 왜 그 시간으로 정해진 거죠?"

"사체 현상으로 판단한 거지. 사후 경직, 체온 변화, 게다가 가모 씨는 연속 혈당 측정기를 착용하고 있었으니까 혈당치의 추이를 봤어. 아, 추이를 본 것은 혈당이 아니라 글루코스 수치였던가. 뭐, 둘 다 같은 것이긴 하지만."

사쿠라코는 과장되게 고개를 끄덕였다.

"그때 혈당치도 글루코스 수치도 측정했어요. 0시에서 3시 사이에 돌아가셨다고 한다면, 원래 수치가 높았던 가모 씨의 글루코스 수치는 오전 9시 시점에 202였어요. 그런데 이걸 특별히 문제 삼지 않았어요."

"고혈당을 포함한 사체 현상이라는 판단이었지."

"네. 그리고 글루코스 수치의 추이에서도 특별히 이상한 점은 없었죠?"

"맞아. 그랬지."

자야마는 내내 의아한 기색을 보이면서도 손녀의 질문에는 신사적으로 응답하고 있었다. 하루나는 사쿠라코의 질문 의도를 파악하지 못한 채 그저 문답의 흐름을 지켜보는 듯했다. 그때 야쿠인이 끼어들었다.

"잠깐만요, 사쿠라코 씨. 꽤나 자세하게 말하고 있는데요."

"뭐가요?"

"측정기에 대한 것도 그렇고 당뇨병에 대한 것도……, 혹시 의학 지식이 있는 건가요?"

"없어요. 하지만 여기 오는 사람이 대부분 병이 있는 분들이고, 게다가 의사도 있다고 해서 미리 공부해둔 거예요."

그런 성격으로는 보이지 않는데 생각하며 야쿠인은 다음 말을 찾았다.

"우아, 기특하네요. 그건 그렇고 꽤 잘 알고 있네요."

"자아, 자" 하고 이번에는 자야마가 조용히 제지하듯이 이어 말했다.

"그래서 뭐가 이상하다는 거지?"

"제 마음에 걸렸던 건 혈당치나 글루코스 수치의 추이가 아니에요. 혈당치를 측정할 수 있었다는 사실이에요."

"무슨 뜻이지?"

"오전 9시의 검안 시점에는 적어도 사후 6시간은 경과했어요. 그리고 시신에는 이동된 흔적이 없었고요. 그렇죠? 그런 시신에서 과연 혈액 채취가 가능할까요?"

자야마가 살짝 고개를 돌리며 말했다.

"사후 채혈도 가능해. 실제로 의료기관에서도 이뤄지고 있고."

"네. 사망한 직후라면 어쩌면 굵은 혈관에 바늘을 꽂으면 피가 나오겠죠. 하지만 심장이 멈추는 것과 동시에 혈류도 멈추고, 그 이후에는 시간이 지나면 혈액이 응고돼요. 그리고 혈액 침강으로 아래쪽으로 몰리지요. 그저께 오락실에서 봤던 가모 씨의 손가락은 창백한 얼굴색과는 다르게 혈색이 좋았어요. 그런데 다음 날 시신의 손가락은 어땠나요? 지로마루 선생님, 검안을 했던 입장에서 어떻게 보셨나요?"

"으음, 확실히 하얗기는 했지."

"그게 바로 혈액이 순환되지 않았다는 증거예요."

자야마는 '응' 하고 짧게 소리를 냈다.

"그렇군. 혈당 측정은 손가락 안쪽의 모세혈관에서 하니까. 사망 후 6시간 이상 경과했다는데 그런 말단 부위까지 혈액이 돌고 있을 리는 없다는 뜻이군."

"네. 게다가 그 시점에 손가락 안쪽은 위를 향하고 있었죠? 실제로 하얗게 되어 있었고요."

"하지만 그때 실제로 혈당 측정이 이루어졌잖아요?"

야쿠인의 질문에 사쿠라코는 고개를 가로저었다.

"그러니까 그게 잘못되었다는 거예요. 이루어졌다고 생각한 혈당 측정은 사실상 이루어지지 않았던 거죠."

자야마와 하루나가 고개를 갸우뚱했다.

"그럼 그 수치는?"

"가모 씨 것이 아니라 나나쿠마 씨 거였어요."

"나나쿠마 선생님의?"

자야마의 머리 위에 물음표가 떠오른 듯했다. 사쿠라코는 숨을 한 번 고르고 나서 말했다.

"사실은 나나쿠마 씨의 시신을 확인하고 손끝의 혈액 침강을 보고 싶었지만 다른 장소에 보관되어 있었잖아요. 어쨌든 나나쿠마 씨의 사망 추정 시각으로부터 대략 7시간이 경과되었어요. 가모 씨의 검안은 약 6시간 뒤에 했고 각각의 조건은 다르겠지만 손끝은 변색되고 경화가 시작되었을 거예요. 바늘을 찌를 순 없겠지만 아마 찌른다 해도 혈액은 나오지 않았을 거예요."

거기까지 말하자 자야마의 신음은 더욱 저음이 되었다. 미간을 찌푸렸고, 이마에는 깊은 주름이 생겼다.

"그럼……. 그때 나나쿠마 씨가 스스로 자신의 혈당을 측정했다는 건가?"

"그렇게 해야 할 필요가 있었다고 볼 수밖에 없어요."

이번에는 야쿠인이 어두운 표정을 지을 차례였다. 이야기가 대체 어디로 향하고 있는 걸까.

"그렇게 해서 사후의 생체 반응이 정상적으로 나타나고 있는 듯이 보이게 하기 위해서죠."

옆에서 하루나가 말했다.

"그렇다면 설마……."

"자연사가 아니에요. 가모 씨를 살해하려는 흉악한 행위를 한 사람은 나나쿠마 스바루 씨예요."

꽤 긴 침묵이 방을 가득 채웠다.

정적을 싫어해서인지 사쿠라코가 입을 열었다.

"기억을 떠올려보세요. 그때 가모 씨의 검안이 있었을 때 나나쿠마 씨는 갑자기 저혈당설을 주장하며 할아버지와 지로마루 선생님을 제치고 휠체어를 몰아 침대로 돌진했어요. 그리고 자신의 일회용 바늘과 간이 혈당 측정기로 혈당치를 측정했고요."

"그게 연기였나고?"

"네. 사인에서 외상이 부정되고 저혈당도 배제된다면, 가모 씨의 병을 고려하면 자연사로 기울어진다는 걸 충분히 예상할 수 있어요. 그렇게 하려면 거짓된 혈당 수치, 즉 글루코스 수치를 우리에게 보여주고 믿게 만들면 되는 거지요."

그게 연기였단 말인가. 인생은 누구나 연기하지 않으면 안 되는 광대극이다. 아르튀르 랭보의 말이 야쿠인의 머리를 스쳤다.

사쿠라코는 오른손에 든 간이 혈당 측정기를 가슴께까지 들어 올려 보였다.

"이건 나나쿠마 씨 거예요. 두 사람의 간이 혈당 측정기는 같은 타입이었어요. 이 기계로 할 수 있는 일은 두 가지예요. 팔에 있는 센서 부분에 가져다 대면 현재의 글루코스 수치를 측정할 수 있고, 또 하나는 과거의 글루코스 수치 추이를 표시할 수 있어요."

사쿠라코가 전원 버튼을 누르자 화면에 그래프가 나타났다.

"지금은 7시간 정도 지나서 높았던 글루코스 수치도 안정되고 있어요. 좀 더 거슬러 올라가볼까요. 이게 그저께의 수치 추이예요."

0시 : 120

6시 : 102

9시 : 165

정오 : 150

오후 3시 : 179

저녁 6시 : 145

저녁 9시 : 181

밤 12시 : 170

"검안 당시 나나쿠마 씨가 보여준 것과 동일해요. 참고로 아침 8시는 170, 오후 1시는 180이었어요."

하루나가 화면을 들여다보며 말했다.

"그거 고혈당 환자의 일반적인 수치 변화 아닌가요?"

"맞아. 그리고 그때 고혈당이었던 사람은 지로마루 선생님을 제외하면 그 자리에 두 명밖에 없었어요. 가모 씨와 나나쿠마 씨죠. 그때 우리는 이 글루코스 수치 추이를 가모 씨 것이라고 믿고 있었지만, 사실은 그렇지 않았던 거예요. 이 기계로 할 수 있는 것, 기계의 특징, 제가 무슨 말을 하고 싶은지 아시겠어요?"

하루나가 턱을 손으로 괴고 문득 떠올린 듯 말했다.

"남의 글루코스 수치를 자기 측정기로도 측정할 수 있다."

사쿠라코는 고개를 끄덕였다.

"그래. 그러니까 과거의 수치 추이와 현재의 측정값이 반드시 같은 사람의 것이라고 할 수는 없다는 거예요."

사쿠라코는 야쿠인을 가만히 바라보았다.

"나나쿠마 씨는 스스로 저혈당설을 주장하고 그것을 부정함으로써 인슐린에 의한 사망을 부정하고 싶었던 거예요. 그래서 가모 씨의 가방을 뒤져서 혈당 측정기를 꺼낸 거지요. 마치 그 기계가 가모 씨의 측정기인 것처럼 보이도록 하기 위해서요. 포켓 사이즈이고, 그런 중요한 물건은 보통 허리에 차는 파우치에 넣어두잖아요. 할아버지와 지로마루 선생님은 검안을 하느라 가모 씨 쪽을 보고 있었고, 저도 그게 가모 씨 것이라고 착각해버렸죠."

"그 수치가 나나쿠마 씨의 것이라는 증거는요?"

사쿠라코는 왼쪽 주머니에서 또 하나의 간이 혈당 측정기를 꺼내며 말했다.

"가모 씨의 평소 혈당 수치는 아무도 몰랐잖아요. 이걸로 확인할 수 있어요."

버튼과 화면을 조작해서 그저께의 그래프를 띄워 화면을 모두에게 보여주었다.

6시 : 110

9시 : 135

정오 : 122

오후 3시 : 117

저녁 6시 : 129

저녁 9시 : 158

밤 12시 : 145

"저녁 식사 후에는 역시 올라갔지만, 나나쿠마 씨와 비교하면 꽤 안정적인 걸 알 수 있어요."

"그게 정말 가모 씨 것인가요? 겉모습은 같은 기계 같습니다. 먼저 보여준 게 가모 씨 것이고, 지금 꺼낸 것이 나나쿠마 씨의 수치 아닐까요?"

"아뇨, 만약 이게 나나쿠마 씨 것이라면 좀 이상한 점이 있어요."

"이상한 점이요?"

"첫날 저녁 식사 때, 가모 씨는 아침부터 아무것도 먹지 않았다고 했어요. 당뇨병을 앓고 있고 저혈당의 위험을 알고 있었을 테니 사탕 정도는 드셨을 거예요. 그래도 정오에 122, 저녁 6시에도 129로 안정되어 있어요. 그런데 식사를 하지 않았는데도 과연 이런 수치 추이가 나올 수 있을까요?"

혈당 수치를 변화시키는 요인은 꼭 식사뿐만이 아니다. 예를 들어 흥분해서 아드레날린이 분비되면 올라가고 신체 활동을 하면 낮아진다. 게다가 소화나 장운동 등 내장 운동에 의해서도 좌우되므로, 아무것도 먹지 않았다고 해서 수치가 계속 낮아진다고 단정할 수는 없다.

자야마가 입을 열었다.

"가모 씨의 말을 믿는다면 확실히 9시부터 저녁 6시까지의 추이는 이상하군요. 높은 수치를 유지하고 있으니까요. 하지만 그렇다고 해서 높은 쪽이 나나쿠마 씨 것이라는 증거가 될 수 있을까요?"

"자, 야쿠인 씨, 어떻게 생각해요?"

"저요? 으음."

갑자기 지목을 당하자 잠시 당황했지만 야쿠인은 금세 뭔가를 생각해냈다.

"아, 맞아요. 여러분. 그저께 저와 나나쿠마 선생님이 이곳에 도착한 것은 오후 1시 전이었어요. 그때까지 저는 계속 운전만 해서 아무것도 먹지 못했는데 나나쿠마 선생님은 달랐어요. 그날 정오가 지나서 한 번 글루코스 수치를 측정했는데 그때가 151이었어요. 이 그래프의 정오 수치와 아주 비슷하죠."

"가모 씨도 평소 그 정도였을 수도 있죠."

"선생님은 도넛을 먹었어요."

"도넛을요?"

야쿠인은 눈을 감고 기억을 떠올렸다.

"정오를 지날 무렵 나나쿠마 선생님은 차 안에서 도넛을 먹었고, 차에서 내린 뒤에도 휠체어를 스스로 밀었을 뿐 거의 신체 활동을 하지 않았습니다. 이렇게 되면 혈당치의 급격한 상승은 피할 수 없습니다. 그것이 정오의 150, 오후 1시의 180이라는 수치로 나타난 것이겠죠."

자야마는 두 개의 그래프를 비교하듯이 눈을 좌우로 움직이며 말했다.

"확실히 다른 쪽은 정오도 오후 3시에도 120 전후인가요?"

"참고로 이건 어제 그래프예요."

사쿠라코는 왼손에 든 기계를 조작해 어제의 혈당 수치 추이를 두 사람에게 보여주었다. 몇 번인가 오류 알람이 울렸다.

"최종 측정으로부터 시간은 많이 지났지만 괜찮은 것 같네요."

곡선은 극단적으로 낮은 위치에서 완만하게 흐르고 있었다. 하루 전으로 거슬러 올라가자 6시 시점에 110으로 표시되어 있었다.

"이쪽이 비교적 저혈당 상태, 즉 가모 씨 것이에요. 어제는 줄곧 저혈당 상태였어요. 보통 사람이라면 사망할 정도의 수치지요. 물론 실제로 사망했기에 그런 수치가 나온 거고요. 너무 집요한 것 같지만 다른 쪽은……."

사쿠라코는 오른손에 든 기계를 조작했다. 그저께 자정의 170에 이어, 어제의 글루코스 수치는 완만한 상승과 하강을 반복하고 있었다.

"사망자의 몸에서 이런 혈당 변화는 있을 수 없어요. 이것으로 어제 나나쿠마 씨가 가모 씨 것이라고 보여준 수치가 실제로는 나나쿠마 씨 자신의 것이라는 사실을 확실하게 알 수 있을 거예요."

"아아……."

자야마는 풀이 죽은 듯 고개를 떨구었다. 사쿠라코가 말을 이었다.

"당뇨병 환자가 포도당이나 사탕을 휴대하는 건 흔한 일이죠. 나나쿠마 씨도 마찬가지예요. 아까 봤을 때 확인했는데 나나쿠마 씨는 허리에 차는 파우치에 늘 과자를 넣어두고 있었어요. 사탕도 있었고, 도넛이나 개별 포장된 카스텔라도 발견했어요. 그걸 먹으면 곧바로 혈당치가 올라가겠지요. 검안 전에 미리 과자를 먹어두고, 사체 현상인 것처럼 보이게 하기 위해 자신의 혈당치를 조절하고 있었던 거예요. 혹은 아침 인슐린 주사를 일부러 생략했을지도 모르지요. 그렇지 않으면 203이라는 수치는 아침 식사 전 공복 상태에서는 나오기 어렵거든요."

그때 야쿠인은 큰 한숨을 내쉬었다. 그에 이끌리듯 두 사람도 함께 숨을 내쉬었다. 자야마가 입을 열었다.

"사쿠라코, 네가 하고 싶은 말은 충분히 이해했어. 혈당 측정기 바꿔치기가 이루어졌다는 거지? 그게 명백하다면 살인도 있었다고 봐야겠지. 살해 수단도 명확해졌고. 가해자와 피해자에게 이보다 간편하고 접근하기 쉬운 약은 없을 테니까……"

흥분한 하루나가 약간 거칠게 말했다.

"하지만 어떻게요? 살해 장소는 가모 씨 방이잖아요?"

그건 틀림없을 것이다. 그렇게 가냘픈 할머니가 체구가 큰 중년 남성을 운반할 힘은 없다. 게다가 죽어가는 사람이 스스로 침대까지 걸어가 줄 리도 없을 것이다.

"흉기는 인슐린이겠지요?"

"응. 나나쿠마 할머니는 혈당강하제 알약도 가지고 있었는데 그건 가능하지 않아."

"왜요?"

"내복약은 인슐린 주사에 비해 효과가 서서히 나타나니까. 오히려 주사 효과가 훨씬 빠르지. 만약 약을 먹었다면 효과가 서서히 나타나서 의식 상실이나 세포 죽음 이전에 졸림이나 무기력 같은 뚜렷한 저혈당 증상이 나타났을 거야. 하지만 그랬다면 가모 씨가 눈치챘겠지. 눈치채면 포도당이나 사탕 같은 대처를 했을 거고, 가해자 입장에서는 그렇게 되면 의미가 없어지지. 눈치챘을 때는 이미 죽음에 이를 정도로 대량의 급속 투여가 이뤄지지 않으면 안 되는 거야."

그때 답답하다는 듯이 롯폰마쓰가 끼어들었다.

"다른 지효성 독극물 가능성은 없는 건가요?"

그 질문에 지로마루가 주저하며 대답했다.

"없다고 단정할 수는 없지요. 다만, 나나쿠마 씨는 몇 년간 제가 주치의로 돌봤는데 그런 독을 가지고 있을 거라 보기는 어렵습니다. 게다가 조금 전의 그래프 추이를 봤을 때 오전 3시를 경계로 혈당치가 확 떨어졌고, 그러니 십중팔구 인슐린이 맞을 겁니다."

"하지만 어떻게요? 제가 사쿠라코 씨와 함께 가모 씨를 깨우러 갔을 때는 방문이 잠겨 있었어요. 인슐린 주사라면 피해자와 가해자가 접촉해야 할 필요가 있어요. 나나쿠마 씨는 어떻게 가모 씨 방에 들어가서 주사를 놓았을까요? 노부인과 중년 남성은 힘의 차이가 확실히 난다고 생각하는데요. 그리고 방에서 빠져나오는 방법도 알 수 없고요."

하루나의 질문에 자야마가 말을 이었다.

"확실히 그렇습니다. 설령 가모 씨가 빈틈을 보였다 해도 배에 주사를 놓는 건 꽤나 어려운 일이었을 겁니다. 하루나 씨의 말대로 정면 승부로는 승산이 없었을 거예요."

사쿠라코가 가볍게 고개를 끄덕이며 말했다.

"움직임을 봉쇄했을 거라고 생각해요. 수면제를 이용해서요. 다른 약이나 과자처럼 나나쿠마 씨는 수면제도 상비하고 있었던 것 같거든요. 아까 나나쿠마 씨의 허리에 차는 파우치를 확인했을 때 과자랑 인슐린 주사기와 함께 흰색 알약이 있었어요. 그게 아마 수면제일 거예요. 체격만 알면 얼마만큼의 양으로 몇 시간 후에 효과가 나타날지 계산할 수 있잖아요."

"그것으로 가모 씨를 잠들게 했다는 거야?"

"물론 완전히 잠들게 해서는 의미가 없어요. 방문이 잠겨버릴 테니까요. 그래서 잠들기 직전 상태를 만들고 싶었던 거예요. 그저께 밤, 가모 씨에게 수면 유도제를 먹였어요. 사람들이 흩어져 조용해진 시간쯤 가모 씨의 방으로 찾아가요. 이야기가 있다는 식으로 핑계를 대고요. 서서 간단히 할 수 있는 이야기가 아니라 좀 복잡한 얘기라면서 방 안으로 들어갔을 거예요. 나나쿠마 씨는 휠체어를 탄 채로요. 가모 씨는 의자에 앉든지, 침대에 앉든지 했겠지만 상황을 고려하면 침대겠죠. 침대 가장자리에 앉아 이야기를 시작하는 그런 타이밍에 사이를 좁혀 인슐린을 다량 투여해요. 일반적으로는 생각할 수 없는 양을요. 뭔가 먹더라도 수면제 때문에 움직임이 둔해졌을 테고, 주사 직후부터 의식이 희미해졌을 거예요. 1분도 안 되어 움직일 수 없게 됐겠죠."

야쿠인이 혼잣말처럼 말을 이었다.

"그렇겠네요. 티가 나지 않는 부위라면 복부겠지요. 평소 가모 씨도 거기에 인슐린을 맞았을 테니까요. 의식이 몽롱해지기 시작하면 이번에는 정맥을 노려 투여하면 되지요. 효과가 훨씬 빠르게 나타나거든요."

야쿠인은 한 박자 쉬고 나서 말했다.

"그리고 시간을 들여 시신을 정리하면 되는 거지요. 나나쿠마 선생님은 휠체어 생활을 해왔지만 상반신은 충분히 움직일 수 있으니까요. 다리를 하나씩 들어 올리고 이불을 덮어주는 거죠. 그러고 나서 아무렇지 않게 방을 나와 문을 잠그면 가모 씨의 자연사가 완성되는 거죠."

자야마가 턱을 쓰다듬으며 말했다.

"그렇다면 열쇠는 나나쿠마 씨가 가지고 있었다는 건가?"

"네. 기억해봐요. 검안 때 나나쿠마 씨는 저혈당설을 주장하며 연속혈당 측정기의 모니터를 찾기 위해 가모 씨의 가방을 뒤졌잖아요. 그때 방 열쇠가 나왔어요. 뒤지는 척하면서 손에 쥐고 있던 열쇠를 가방에 넣은 거죠. 마치 가방 밑바닥에서 발견한 것처럼 꾸며서요."

문은 피해자 스스로 열게 하고, 범행 후에 열쇠를 찾아서 잠근다. 그러고는 공공연하게 방을 열게 한 후 열쇠를 다시 실내에 돌려놓는다. 단순하다고 하면 단순한 방식이다.

"하지만 말이에요."

고개를 갸웃거린 사람은 하시모토였다.

"열쇠의 이동이나 나나쿠마 씨의 행동은 이해됐어요. 하지만 그 전제로 가모 씨에게 수면제를 먹여야 하잖아요. 그건 언제 가능했을까요?"

"저녁 식사 자리에서는 떨어져 있었죠?"

식사 시간에는 테이블이 두 사람 사이를 가르고 있었다. 당연히 휠체어에 앉아 있던 나나쿠마에게는 수상한 움직임도 없었다.

"맞아요. 식당은 아니었어요. 하루나는 저녁 식사 후에 방으로 돌아갔던 것 같은데, 그 후에 관내를 견학하고 모두 오락실에 모였어요. 약을 먹인 건 그때가 아닐까요."

"그때 말이군요. 그리고 보니 가모 씨는 먼저 들어가서 당구를 치고 있었어요."

"할아버지, 오락실로 들어와서 저한테 음료를 부탁했죠. 그리고 나나쿠마 선생님과 대화하는 동안 제가 홍차를 내왔어요."

"그래요. 방에 찻주전자와 잔을 가져온 것은 나와 사쿠라코 씨였어요. 그리고 홍차를 따른 건 사쿠라코 씨⋯⋯ 아, 나나쿠마 씨도 거들었지요. 그렇구나, 그때."

사쿠라코는 고개를 가로저으며 말했다.

"아니, 잔에 홍차를 따를 때는 야쿠인 씨도 함께 도왔기 때문에 그건 아닐 거예요. 문제는 그 후예요. 따르고 나서 가모 씨와 포커를 치던 지로마루 선생님과 롯폰마쓰 씨는 알아서 마신다고 해서 두 사람 잔은 마작 탁자에 놔뒀어요. 나나쿠마 씨가 각자 집어 들기 쉬운 위치에 놔둔 거죠."

오락실 중앙에는 마작 탁자, 왼편에는 소파와 의자, 안쪽에는 작은 테이블, 그리고 오른쪽에는 당구대가 있었다. 작은 테이블에 두 명, 당구대 쪽에 한 명이 있다면 잔을 두는 위치와 수량에 따라 가모 씨가 어떤 잔을 들게 될지는 결정된 것이나 마찬가지다.

사쿠라코는 눈을 감고 떠올리듯이 말했다.

"그리고 나서 우리는 벽 쪽에 늘어선 소파에 앉았어요. 하지만 모두가 소파에 앉았던 건 아니에요. 나나쿠마 씨는 당구대를 등지고 그대로 우리와 마주 보는 형태였어요. 휠체어였으니까요. 우리 중 유일하게 잔에 손이 닿는 위치에 있었던 거죠."

"그거야 뭐 위치상으로는 그렇겠지만, 마주 보고 있는 이상 옆에 나란히 앉은 사람보다 훨씬 더 사람들의 시선에 노출되기 쉬웠던 건 아닐까요? 예를 들어 구석에 있는 사람이 수상한 행동을 해도 반대쪽에서는 잘 안 보이겠지만, 나나쿠마 씨만은 누구에게나 잘 보이는 각도에 있었으니까요."

"하지만 담소를 나누는 시간 내내 모두가 한결같이 나나쿠마 씨를 주시했던 건 아니었잖아요. 도중에 나나쿠마 씨는 일부러 야쿠인 씨에게 말을 건넸어요. 그건 분명히 여러분의 시선을 야쿠인 씨에게 돌리기 위한 속임수였어요. 게다가 무엇보다 그때 나나쿠마 씨는 빈손이 아니었어요."

자야마는 허공을 응시하다가 잠시 후 낮게 읊조렸다.

"만화 잡지?"

"나나쿠마 씨 손에는 낡은 잡지가 들려 있었어요. B5 판형이니까 손에 든 찻잔을 가리기에는 충분한 크기였죠. 잡지 뒤로 잔을 들거나 안정된 무릎 위에 올려놓고 약을 넣는 거죠. 그렇게 하면 정면과 옆에 있던 지로마루 선생님 쪽에서는 잡지에 가려 안 보이고, 뒤쪽의 가모 씨에게는 등으로 가려 보이지 않게 되죠. 알약은 미리 가루로 만들어두면 간단히 녹일 수 있고요."

"그렇군……."

사쿠라코의 추리에 롯폰마쓰는 낮게 탄성을 내뱉었다. 다른 회원들도 엄숙한 얼굴로 사쿠라코를, 그리고 야쿠인을 쳐다봤다.

"훌륭해. 멋진 추리야. 명탐정이 탄생했군."

현실의 심각한 분위기가 느껴지지 않는 어조였다.

"아니, 저는 그저 생각할 수 있는 가능성에서 스토리를 만들었을 뿐이에요."

"하지만" 하고 하루나는 야쿠인을 보며 말했다.

"아직…… 의문은 있어요. 동기라든가. 왜냐하면 야쿠인 씨도, 나나쿠마 씨도 가모 씨와는 초면이었잖아요."

"나나쿠마 선생님은 글리오마와 치매를 앓고 있었지만, 이상행동을 할 정도는 아니었습니다. 환각에 사로잡히거나 정신이상으로 돌발적인 살인을 저질렀다고는 보기 어렵지요."

"그렇다면 분명히 명확한 이유가 있는 거네요?"

"그래요. 나나쿠마 선생님은 여기 참석한 회원 중 지로마루 선생님을 제외하고는 모두 초면이라고 했습니다. 하지만 그게 사실이라는 보장은 없어요. 인생은 기니까, 과거에 가모 씨와 안면이 있었을지도 모릅니다. 가모 씨의 블로그는 저도 나나쿠마 선생님도 자주 읽었습니다. 지금은 알 방법이 없지만요."

"다만 제 생각이 틀리지 않는다면, 그날 밤 오락실에 있던 시점에 이미 살의가 있었던 거니까 두 사람이 서로 알았을 가능성이 높습니다."

"진상은 안갯속이라는 건가요?"

"다만" 하고 말한 야쿠인은 말을 멈추고 침을 삼켰다.

"나나쿠마 선생님이 사람을 죽일 만큼 깊은 원한을 품었다고 한다면……, 제가 아는 한 사야카 사건밖에 없습니다."

"야쿠인 씨의 약혼자 말이죠?"

야쿠인은 조용히 고개를 끄덕였다.

"나나쿠마 선생님이 탐정사무소를 차린 건 노후의 취미라는 의미가 크지만, 그 사건을 계기로 틈틈이 관련 정보를 수집해왔습니다. 그런 과정에서 가모 씨가 그 사건의 범인이라는 증거를 잡았을지도 모르지요."

자야마가 고개를 저으며 말했다.

"그럴 리 없어요. 그건 야쿠인 씨의 상상이죠. 아무리 전직 형사이고 현직 탐정이라 해도 경찰 수사를 앞질러 범인을 특정하는 건 불가능하겠지요. 아니면 나나쿠마 씨만 알 수 있는 정보라도 있었던 걸까요?"

지로마루 사야카는 돌계단에서 굴러떨어져 사망했다. 시신은 사건 가능성이 낮다고 판단되어 구급대가 수습했다. 자야마의 말대로 아무리 전직 형사에다 탐정이라고 해도 그 진상을 파악하는 것까지는 가능하겠지만 거기서 범인을 특정하는 건 쉬운 일이 아닐 것이다.

"그건 그렇습니다. 사건 현장은 돌계단 위라서 발을 들일 수 없었습니다. 하지만 발견 장소, 즉 시신이 있던 곳에는 여러 번 갔던 적이 있습니다. 거기서 뭔가 가모 씨와 연결되는 증거를 찾아낸 것인지도 모릅니다."

야쿠인은 자기 말의 어미가 힘을 잃어가고 있다는 것을 귀로 느끼고 있었다. 근거가 부족한 공상에 지나지 않는다는 것을 그 자신이 가장 잘 알고 있었다.

"가능성의 이야기인 거죠, 야쿠인 씨? 그렇다면 이런 이야기도 가능해집니다. 나나쿠마 씨는 어떤 계기로 가모 씨를 그 사건의 범인이라고 착각해서 살해하고 말았다고 말이지요."

그것은 야쿠인도 어느 정도 예상한 말이었다.

"부정할 수는 없습니다" 하고 짜낸 듯이 대답했다.

"그래요. 네, 그렇군요. 그럼 야쿠인 씨에게는 혹독할지 모르겠지만,

동기는 불분명하지만 범행이 일어난 것은 사실인 것 같네요."

입을 다문 야쿠인에게 하루나가 말을 건넸다.

"그런데 야쿠인 씨, 괜찮아요?"

"괜찮냐는 건 무슨 뜻이죠?"

"도중에 사쿠라코 씨의 추리에 동조했잖아요. 결국 가족의 범죄를 인정한 건데요. 그……, 반론이나 부정할 재료가 전혀 없었던 것도 아니었을 텐데요."

"그런가요? 사쿠라코 씨의 추리는 탐정 수습생 입장에서 봐도 훌륭한 것이었다고 생각합니다. 게다가 진실은 진실로서 처리해야 할 것 같아서요. 아마 할머니라면 그렇게 하길 바라셨을 거라고……는 생각하지 않으실지도 모르지만 말입니다. 유감스럽게도 숙원을 이룬 성취감에서인지 병사해버리셔서, 어떻게 생각하셨는지 알 방법이 없기는 하지만요."

야쿠인은 고개를 숙인 채로 가볍게 머리를 긁적였다.

"네, 그런 거였군요" 하고 과장되게 말한 사람은 사쿠라코였다.

"사쿠라코 씨, 그건 무슨 뜻이죠?"

"별거 아니에요. 하루나가 말한 것처럼 제 설명에도 빈틈은 있을 수 있다고 저 자신도 생각했거든요. 범인으로 특정된 나나쿠마 씨의 가족인 야쿠인 씨가 어떤 심성으로 세 이야기를 들었을까 그게 궁금했으니까요."

"탐정으로서도 사람으로서도 무엇이 옳은지 생각해보면, 저는 틀리지 않았다고 생각해요."

"그래요."

사쿠라코는 나른한 듯이 말을 흐렸다. 그때 지로마루가 말했다.

"그럼 나나쿠마 씨는 어떻게 되는 거죠? 자연사인가, 아니면 누군가에게 살해당한 건가? 난 자신의 검안에 자신을 갖고 있었지만, 이런 분위기라면 또 뒤집힐지도 모르겠는걸요."

"그래요. 그것도 분명히 해두어야지요."

그렇게 강한 어조로 동조한 사람은 롯폰마쓰였다. 자야마가 답했다.

"가모 씨가 타살이라면 나나쿠마 씨에 대해서도 검토하지 않으면 안 되겠지요. 다행히 아직 보관하고 있습니다."

"하지만 연속 혈당 측정기 바꿔치기 같은 수법은 이제 쓸 수 없어요. 게다가 나나쿠마 선생님께 살의를 품은 사람이 있을까요?"

"야쿠인 씨, 그거야 뭐 병사일 거라고 저도 생각하지만요."

다시 억측이 난무하는 상황을 피하고 싶었는지 식당은 쥐 죽은 듯 조용해졌다.

침울한 분위기를 바꾼 건 사쿠라코의 환한 목소리였다.

"저기, 그보다 여러분, 목마르지 않으세요?"

갑작스러운 화제 전환에 모두가 잠시 당황하는 기색을 보였지만, 롯폰마쓰와 하시모토가 각각 '아', '예', '네'라고 대답해서 지로마루도 '으음'이라 답했고 야쿠인과 자야마도 '네' 하고 응했다.

"그럼, 잠시만 기다려주세요."

이렇게 말하며 사쿠라코는 주방으로 향했다.

그러고 나서 다시 정적이 찾아왔지만, 얼마 지나지 않아 롯폰마쓰가 손목시계를 힐끗 보며 말했다.

"아이고, 시간이 벌써 이렇게 됐나."

"이런, 꽤 많이 지났네요. 곧 돌아갈 시간이에요. 어머, 하지만 우리는 아직 돌아갈 수 없는 걸까요?"

"발목 잡힐지도 모르겠네요."

"흐음, 그런가."

이렇게 말하며 롯폰마쓰는 자리에서 일어나 입구 쪽으로 성큼성큼 걸어갔다.

"롯폰마쓰 씨, 어디 가세요?"

"잠깐 화장실에요. 그리고 좀 피곤하기도 해서 그대로 방으로 돌아가려고요. 음료는 나중에라도 좋으니 방으로 가져다 달라고 요리사한테 전해주세요"

"어머, 그럼, 저도 화장실에 가야겠네요" 하고 두 사람이 연달아 식당을 빠져나갔다.

"그렇다면 나도 가볼까?"

지로마루도 뒤따라 나가자 마침내 수습할 수 없게 되었다.

"난감하네요. 그렇다고 계속 여기에 잡아둘 방법도 없고, 곤란한 일도 없지만요."

남은 세 사람과 특별히 나눌 이야기도 없어서 다시 정적이 깃들려는 순간, 주방 문이 열리며 사쿠라코가 모습을 드러냈다.

"어머, 사람이 좀 줄지 않았어요?"

"다들 볼일 때문에 자리에서 일어났어요."

"그랬구나. 막 내린 게 맛있는데."

사쿠라코는 하루나 쪽을 보며 말했다.

"하루나, 사람도 줄었고 여기서 마셔도 따분하니까, 차라리 내 방에 가서 같이 마시지 않을래?"

"네, 좋아요."

"그럼 가자. 아, 맞다. 야쿠인 씨도 같이 가시겠어요?"

"그래도 되겠어요?"

뜻밖의 제안에 잠시 놀랐지만, 이내 냉정을 되찾고는 사쿠라코의 의향을 확인했다.

"할머니가 범인 취급을 받아서 마음이 아팠을 테니까요. 뭐, 그걸 지적한 제가 말하는 것도 이상하지만요."

"아뇨, 기꺼이."

들떠서 인중이 길어지진 않았나 손가락으로 살짝 만져본 후 야쿠인은 자리에서 일어났다.

"저런, 젊은 사람들끼리 의기투합하는 건가요? 그럼 나도 내 방에서 마시도록 하지요" 하며 자야마는 자기 잔에 홍차를 따라 들고 식당을 나섰다.

3

사쿠라코의 방은 당연히 야쿠인이나 하루나의 방과 똑같은 구조로, 다른 점은 전혀 없었다. 2박 3일 일정답게 짐도 큼직한 여행용 슈트 케이스 하나뿐이라 여성의 방이라는 인상을 주는 요소도 별로 없었다. 다만 김이 모락모락 나는 홍차와 방 전체를 감싸는 은은하고 달콤한 향이 야쿠인의 방과는 달랐다.

하루나는 자기 방에서 의자를 가져와 거기에 앉았다. 사쿠라코는 테이블에 찻주전자와 잔을 놓고 침대에 살짝 걸터앉았다. 야쿠인은 의자에 앉았다.

하루나는 홍차를 한 모금 마시고 사쿠라코를 향해 말했다.

"앞으로 어떻게 되는 걸까요?"

"경찰이 오면 현장 검증과 진술 조사가 있겠지." 하며 사쿠라코는 야쿠인에게 시선을 주었다.

"혹시 걱정해주는 거라면 그럴 필요 없어요. 사쿠라코 씨가 나나쿠마 선생님이 범인이라는 설을 제기한 것이 저에게 정신적인 부담이 될 거라고 생각하지 않으셔도 됩니다."

"그런가요……."

하루나는 조용히 입을 열었다.

"그리고 제 그림에 대한 것도 있어요. 두 사람의 죽음에 비하면 아주 사소한 사건이지만요."

"아니야, 하루나. 사소한 게 아니야. 그림을 훼손하는 것도 명백한 범죄니까. 확실히 해결하고 돌아가는 게 너도 마음이 편할 거야."

"그럴지도 모르겠네요."

야쿠인은 잔을 받침 접시에 내려놓고 말했다.

"어쨌든 좀 더 이곳에 머물러야 할 것 같네요. 뭔가 밝은 화제로 바꿔보는 게 어떨까요. 아무래도 아까부터 자꾸만 어두운 쪽으로 흘러서요."

"미안해요. 역시 야쿠인 씨는 걱정하고 있는 거죠?"

"아뇨, 개인적인 감정은 없어요. 그냥 일반론으로 어두운 이야기만 하면 마음도 가라앉기 쉬우니까요."

 그의 마지막 말은 너무 작아서 상대에게 제대로 전해졌는지도 알 수 없을 정도였다.

 "으음, 그럼. 야쿠인 씨, 그거 좀 특이하지 않나요, 허리에 차는 파우치. 나나쿠마 선생님도 착용하고 있었잖아요."

 갑작스러운 질문에 순간적으로 당황했다.

 "아, 이거요? 탐정 일을 하다 보면 가방에 넣을 만큼 큰 짐은 없어도 사소한 물건들을 넣어서 들고 다니기 편하거든요. 할머니의 약이나 집 열쇠, 지갑 같은 걸 넣고도 움직임에 제약이 없어서 의외로 유용합니다."

 "아아, 그렇군요. 확실히 그대로 달릴 수도 있을 것 같아요." 하고 말하며 사쿠라코는 자신의 잔에 홍차를 따랐다. 입에 대고 마시고는 받침 접시에 다시 내려놓으려는 순간, 하루나가 조그맣게 소리쳤다.

 "사쿠라코 씨!"

 어, 하고 작게 말하며 사쿠라코는 살짝 몸을 떨었다. 몸 전체에 퍼진 흔들림이 팔로 전해져 손에 들고 있던 찻잔에까지 영향을 미쳤다.

 "아악."

 외침도 허무하게 뜨거운 홍차는 공중으로 솟아올라 위로 볼록한 곡선을 그리며 착지했다. 다만 착지 지점은 테이블도 바닥도 아니었다.

 "미, 미안해요. 야쿠인 씨."

 야쿠인의 바지는 가랑이를 중심으로 흠뻑 젖고 말았다. 모르는 사람이 본다면 마치 화장실에 가기 전에 참지 못하고 실수한 것처럼 보였다.

 "전 괜찮습니다."

"하, 하루나. 갑자기 왜 그랬어? 깜짝 놀랐잖아."
"미안해요. 벌레가 있어서 저도 모르게."
"벌레? 어떤 거? 어디?"
"작은 파리 같은 거요. 지금은 어디론가 가버린 것 같아요."
"그런 걸로 놀라게 하면 어떡해. 벌레따윈 신경 쓰지 않으니까 괜찮아."
"저는 신경이 쓰였어요. 벌레가 너무 무서워요. 미안해요, 정말."
"나는 아무렇지 않지만 야쿠인 씨가……."
"저도 괜찮다니까요."
"아니, 아니, 그건 아무리 봐도 괜찮은 게 아니에요. 위치상 위험해요. 너무 정확히 노렸어요……. 아니, 그게 아니라, 야쿠인 씨, 샤워하고 오는 게 어때요?"
"으음, 그렇네요. 그렇게 할까요?" 하고 말하며 야쿠인은 일어나 방으로 돌아가려고 했다.
"아니? 어디로 가는 거예요?"
"어디긴요, 샤워하러 제 방으로 가는 겁니다."
"그런 모습으로 복도를 걸어가다가 다른 사람이 보면 깜짝 놀랄 거 아니에요. 여기서 씻으면 더 빠르잖아요."
"여기서, 이 방에서 말이에요?"
야쿠인은 놀라 목소리를 높였다. 사쿠라코는 아주 냉정하게 이야기를 이었다.
"구조가 똑같으니까 어디서 씻든 마찬가지잖아요. 그사이에 바지는 드라이기로 말려둘게요. 속옷은 뭐, 어느 쪽이든 괜찮고요."

구조는 같을지 몰라도 심리적으로는 크게 달라질 것이다. 그런 생각을 담아 말했다.

"속옷은 괜찮아요. 그래도 꼭 해야 한다면 호의를 받아들여 샤워만 하겠습니다."

'흐흐' 하며 터져 나오려는 웃음을 꾹 참고 야쿠인은 진지한 목소리로 말했다.

"그럼 바지만이라도 말려둘게요. 저 문 너머가 탈의실이에요. 벗으면 문을 살짝 열어서 바지만 주세요. 아, 그리고."

사쿠라코는 잠깐 머뭇거렸다.

"그리고…… 뭐죠?"

"가능하면 으음, 몸을 제대로 씻어줬으면 해요. 야쿠인 씨는 정말 많이 움직이니까…… 좀, 그……."

살짝 눈을 내리뜨고 목소리 톤을 낮추는 사쿠라코를 보고 야쿠인은 알아차렸다. 아무래도 냄새가 신경 쓰이는 모양이다. 역시 그것은 본인이 알아차리기 어렵다. 하지만 곧 헤어질 상대에게 그렇게까지 신경 쓸 필요가 있을까. 떠나는 남자의 냄새 같은 건 아무래도 좋은 거 아닌가. 도를 넘어 신경이 쓰였다면 처음부터 지적하든가, 애초에 방에 들이지도 않았을 것이다. 그런데 방에 들이고, 또 신경 써서 지적까지 하다니 대체 무슨 의미일까. 묘한 망상이 움트기 시작한 느낌이다.

"알았어요. 제대로 씻을게요. 두 사람은요? 그동안 여기 있는 거예요?"

"있어도 괜찮지만 신경 쓰이면 하루나 방으로 옮길게요."

"아니, 전 어떻게 하든 상관없어요."

"그래요. 그럼 여기서 기다릴 테니 천천히 하세요."

사쿠라코의 말대로 탈의실로 들어가 문을 닫고 바지를 벗었다. 드라이기와 함께 바지를 사쿠라코에게 건네고 문을 완전히 닫았다. 간단한 구조라 자물쇠는 없었다. 상의를 벗고 알몸이 되었을 때 깨달았다. 몸을 닦을 것이 없었다.

탈의실에는 세면용 수건 한 장만 걸려 있었다. 그것 말고는 사쿠라코의 개인 물품으로 보이는, 사용하지 않은 목욕 수건 하나가 정성스레 개어져 있었다. 역시 그것을 쓸 수는 없었다. 어쩔 수 없이 다시 옷을 입으려던 순간, "야쿠인 씨, 그 수건은 써도 괜찮아요." 하는 목소리가 마치 기다리기라도 한 것처럼 들려왔다.

"그렇지만 곤란한데요."

"뭐가 곤란하다는 거죠?"

"왜냐면 이건……."

"할아버지한테 빌린 별장 비품이에요. 가져온 수건은 다 써버렸거든요."

야쿠인은 힘없이 어깨를 떨궜다. 그래, 다 쓴 수건은 보통 널어서 말리지, 여행지에서 사용하기 전처럼 정갈하게 개어놓는 사람은 드물 것이다.

마음을 가다듬고 속옷을 벗은 자시마는 드디어 욕실 문을 열었다. 폴딩 도어처럼 접히는 문은 불투명한 희뿌연 색으로 당연히 밖에서 안을 들여다볼 수 없게 만들어졌다. 주택에서 흔히 볼 수 있는 타입이다.

안에는 비좁은 욕조와 샤워기, 그리고 의자 하나뿐인 단순한 구조다. 여기도 물론 야쿠인의 방과 같았다.

약간 젖은 사타구니를 봤다. 의식하면 약간 서늘한 느낌이 들지 않는 건 아니지만 젖은 것은 주로 바지여서 굳이 샤워, 그것도 남의 욕실을 빌려서까지 할 필요는 없다고 생각될 정도였다. 하지만 조금 전 사쿠라코는 지나치게 적극적으로 샤워를 권했다. 다른 의도가 있을지도 모른다. 체취를 지적했던 일도 있어서 그렇게 억측하고 싶어지기도 한다. 그렇지만 아직 대낮이고 하루나도 같이 있다. 그렇다면 앞으로 차례로 샤워를 하게 되는 걸까. 야쿠인의 머릿속에는 이상한 망상이 폭주하기 시작했다.

물 온도를 맞춘 다음 급수 레버를 안쪽으로 젖혔다. 처음에는 차가웠던 물이 서서히 따뜻해지고 적당한 온도가 되었을 때 발끝부터 물을 끼얹었다.

기분 좋은 물을 맞고 있으니 뭔가에 씌었던 것이 떨어져 나가는 듯 마음이 가벼워지는 느낌이 들었다. 그래, 지난 사흘 동안 야메이소에서 비극이 이어졌다. 두 사람이 죽고 그림이 훼손되었다.

하지만 그것도 이제 곧 끝난다······.

물방울 소리만 끊임없이 이어졌다. 벌써 십 분 넘게 샤워했을까. 슬슬 그만할까 하며 급수 레버를 원래대로 돌렸다.

문을 열고 수건을 집어 몸을 닦았다. 드라이어 소리가 들리지 않는 걸 보니 건조는 끝난 것 같았다. 물론 야쿠인은 머리를 감지 않아서 필요하지는 않았다.

탈의실로 나오자 바닥에 바지가 접힌 채 놓여 있었다. 집어서 보니 완전히 말라 있었다. 바지를 입고 허리띠를 맸다.

바구니에 넣어두었던 파우치에 손을 뻗었을 때 위화감이 머릿속을 스쳤다. 파우치의 위치가 약간 틀어져 있었다.

기분 탓일까. 그럴지도 모른다.

기억의 착오일 수도 있다. 하지만 허리에 감는 벨트 부분을 확실히 접어서 바구니에 넣었을 것이다. 그 접힌 자국이 약간 위아래로 어긋나 있었다. 놓인 위치가 어긋나 있고 벨트도 틀어졌다. 어쩌면 정말 그렇게 놓았을지도 모른다. 뭔가에 들떠서 평소와 다른 식으로 둔 것뿐일까. 하지만 만약 그렇지 않다면······.

야쿠인은 주뼛주뼛 허리에 차는 파우치를 집어 들었다.

가볍다.

평소 몸에 지니고 있을 때보다도, 그리고 십여 분 전에 벗었을 때보다도 훨씬 가볍다.

당황하며 지퍼를 열고 안을 확인했다.

"없다······."

있어야 할 것이 그 안에 없었다. 설마. 아니, 이 상황. 그렇게밖에 생각할 수 없었다.

서둘러 상의를 입고 원래 모습으로 돌아갔다. 탈의실 문을 세차게 열었다.

"사쿠라코 씨!"

외진 곳에는 사쿠라코가 서 있었다.

하루나도 서 있었다. 바싹 붙어서.

두 사람이 이쪽을 보고 있었다.

보고 있다기보다 노려보고 있다고 해야 할까.

심하게 험악한 표정이었다.

사쿠라코의 손을 보고 야쿠인은 전율했다.

무디게 빛나는 칼끝.

나이프다.

나이프를 쥔 손에는 떨림이 없었다.

"이야기를 하죠."

사쿠라코가 말했다.

4

사쿠라코의 방에는 에어컨이 내뿜는 냉기와는 다른 차가운 공기가 감돌고 있었다. 그 감각을 야쿠인에게 인식하게 만든 근원은 틀림없이 눈앞에 있는 여자, 그리고 그녀의 수중에 있었다.

샤워하러 가기 전 가볍고 밝은 분위기는 사라지고 등줄기에 한기가 스쳤다. 이런 감각에 빠졌던 적이 몇 번인가 있었다. 그래, 이것은…….

"사쿠라코 씨, 대체 무슨 일이죠? 우선 그 나이프는 넣으세요. 보세요, 하루나 씨도 무서워하고 있잖아요."

하루나는 사쿠라코 뒤에 옹크린 채 어깨를 부르르 떨고 있었다.

"무서워요……."

중얼거리듯이 하루나가 말했다.

"그래요. 이야기를 합시다. 아니, 이야기 좀 해봐요. 야쿠인 씨."

"이야기? 내 얘기를요?"

"그래요. 하지만 장소를 옮기죠. 여긴 비좁고 모두가 들어줬으면 하니까요."

사쿠라코의 제안에 식당으로 이동하게 되었다. 사쿠라코는 자야마나 다른 회원들을 부르고 나서 간다고 했다. 야쿠인은 먼저 식당으로 가려고 했지만 함께 가달라는 말에 셋이 함께 각 방을 돌기로 했다. 그 사이에도 사쿠라코는 나이프를 넣을 곳이 없어서인지 그냥 오른손에 쥐고 있었다. 그래서 들른 방마다 "그 나이프는, 아아……." 하는 감탄사로 맞이했다. 누구도 그다지 놀란 것 같지는 않았다.

롤플레잉 게임처럼 동료를 늘려가며 일곱 명 전원이 식당에 들어섰다. 그러고 나서 각자 의자에 앉았다. 사쿠라코도 자리에 앉으며 나이프를 자기 앞에 내려놓았다. 음료는 나오지 않는 듯했다.

"자, 사쿠라코 씨. 설명해줘요. 대체 무슨 일이죠?"

야쿠인의 목소리에는 희미한 떨림이 섞여 있었다.

"그 말은 내가 하고 싶은데요. 어디서부터 말해야 할까요. 이럴 때 탐정이라면 순서를 세워서 논리정연하게 말하겠죠."

"사쿠라코, 질질 끌지 말고 분명히 말해야지."

자야마의 말에 사쿠라코는 한 번 눈을 감았다가 천천히 뜨며 말했다.

"그래요, 야쿠인 씨. 이 나이프 본 적 있죠?"

예상된 질문이었다. 야쿠인은 입을 열었다.

"제 겁니다. 호신용으로 파우치에 넣어 두었지요. 예전에 시시껄렁한 남자와 트러블이 생겼던 적이 있었는데 그 이후로 무서워서 가지고 다니고 있어요."

"도검법 위반이지만 그건 차치하고. 실례지만 샤워하는 동안 파우치를 확인했어요."

"그렇겠지. 나이프를 들고 있는 걸 보면 명백하니까."
"내용물은 나이프 외에 특이한 건 없었어요. 야쿠인 씨 말대로 약이라든가 열쇠라든가. 하지만 약이라고 해도 여러 가지가 있잖아요. 저는 알약이 들어 있을 줄 알았어요."
사쿠라코가 말을 멈추자 지로마루가 차분한 목소리로 말했다.
"아가씨, 본 걸 말해보세요."
"뭐, 말보다는 보는 게 빠르겠죠. 이거예요."
사쿠라코는 주머니에서 스마트폰을 꺼내 찍은 사진을 전원에게 보여주었다. 파우치 내부를 위에서 내려다보며 찍은 사진이었다.
"열쇠, 내복약, 사탕, 그리고 이거."
화면을 스크롤해서 다음 사진을 보여주었다. 내용물을 하나씩 바닥에 놓고 찍은 듯했다. 알약 외에도 높이 2센티미터 정도의 작은 병, 그리고 길쭉한 바늘이 달린 주사기가 찍혀 있었다. 자야마가 말했다.
"사진은 제게 전송됐습니다. 알약은 수면제네요. 그건 그렇고 가지고 다니기에는 양이 많네요. 그리고 이 병, 이건 인슐린 병입니다."
"하지만 야쿠인 씨는 당뇨병이 아니지 않나요?"
"하시모토 씨, 저는 나나쿠마 선생님의 건강 관리도 하고 있었던 사람입니다. 만일을 대비해 약을 가지고 다니는 습관이 있습니다."
"허어, 만일이라. 하지만 그거 좀 이상하지 않아요?"
"뭐가 이상하다는 거죠?"
"당뇨병 환자나 그 보호자가 저혈당에 대비해서 사탕을 가지고 다니는 건 흔한 일이지만 그 반대는 못 들어봤네요. 그렇죠, 지로마루 선생님?"

"으음, 고혈당도 좋은 상태는 아니지만 저혈당처럼 즉시 생명에 영향을 미치지는 않으니까요. 게다가 나나쿠마 선생님은 기껏해야 혈당이 200 정도였고, 긴급하게 인슐린을 주사할 기회는 없었겠지요."

자야마가 덧붙였다.

"그리고 이상하네요. 이 사진 속 인슐린은 바이얼^{vial}, 즉 병 타입입니다. 병원에서 의료진이 쓰는 타입이지요. 매번 주사기로 뽑아서 찌르는 방식이에요. 개인이 가지고 다니는 건 드문 일입니다. 보통은 펜형이지요."

"그렇다고 하네요, 야쿠인 씨. 왜 이 병이 당신 파우치에 들어 있는 거죠?"

"나나쿠마 선생님이 처방받은 걸 제가 맡아두고 있었을 뿐입니다. 병 타입이니 펜형이니, 저는 그런 건 모릅니다."

"아 그래요? 그럼, 다음."

사쿠라코는 담백하게 이야기를 잘랐다.

"으음, 다음은 뭐가 좋을까. 그래, 그럼 나이프와 관련해서 좀 더 이야기할게요. 야쿠인 씨는 탈의실에서 허리에 차는 파우치의 벨트를 주의 깊게 접고 있었죠. 꼼꼼한 성격처럼 보이지만 의외로 그렇지도 않더라고요."

"무슨 뜻이오?"

"허술하달까, 마무리가 야무지지 못하달까."

사쿠라코는 대체 무슨 말을 하려는 걸까. 허술함이라든가 마무리라든가, 그것이 나이프와 무슨 상관이 있는 걸까.

"방에 티슈는 없었어요. 종이 타월도 없었고요. 참 불편하죠. 그리고 비치된 수건도 없었어요. 가져온 걸 쓰거나 비품을 빌릴 수밖에 없죠. 야쿠인 씨는 어제와 그저께 목욕한 후에 어떻게 했어요?"

"내 수건을 썼지요."

"그렇죠. 그 수건은 그 후에 어떻게 했죠?"

"말려서 가방에 넣었소."

"그랬겠죠. 그런데 그 가방 말인데요, 그것도 샤워하는 사이에 확인 해봤어요. 사진은 하루나한테 맡기고, 문은 할아버지한테 열어달라고 했고요."

"뭐야, 그건, 사생활 침해야! 경찰도 아닌데 그런 건 절대 허용될 수 없어."

"뭐, 괜찮잖아요. 호호. 자, 사쿠라코 씨, 그래서 그다음은요?"

"하시모토 씨, 웃을 일이 아니에요. 사쿠라코 씨, 대체 왜 그런 짓을."

"알았으니까 좀 조용히 들어주세요. 드디어 이야기가 정리되어가고 있으니까요. 그런데 수건이 있었어요. 갈색 수건이었죠. 물론 이것도 찍어두었어요. 자."

다시 스크롤한 화면을 모두에게 보여주었다. 익숙한 갈색 수건이었다.

"색이 색인 만큼 찾기 어려웠지만, 자 여기를 잘 보세요." 하며 엄지와 검지로 확대했다.

"여기, 수건 끝에 뭔가 붙어 있는 거 보이지 않나요?"

자세히 보면 그것은 갈색이 아닌 다른 색이었다. 얼룩이나 더럽혀진 것처럼 보였다.

"물감이다."

롯폰마쓰가 신종 세균을 발견한 세균학자처럼 소리쳤다.

"딩동댕, 정답! 게다가 이 물감을 쓴 본인이 틀림없다고 말했으니 의심의 여지가 없어요. 그렇지, 하루나?"

"네. 저도 만져보고, 냄새도 맡아봤어요. 유화물감이 틀림없었어요."

샤워하는 동안 그런 일을 했던 건가. 물소리 때문에 전혀 알지 못했다.

"자, 그럼 왜 야쿠인 씨의 개인 수건에 하루나의 물감이 묻어 있을까요? 야쿠인 씨, 2초 내에 대답해주세요."

야쿠인은 말문이 막혔다. 대답할 말이 떠오르지 않았다.

"어머, 대답 안 해요? 그럼 제가 대신 말할까요? 답은 간단해요. 수건으로 물감을 닦았기 때문이에요. 그렇다고 그림 자체를 닦은 건 아니겠죠. 물감이 묻은 뭔가를 이 수건으로 닦은 거죠."

"혹시 나이프?"

"하시모토 씨, 정답이에요. 그럼 왜 나이프에 물감이 묻어 있었을까요? ……여기까지 말하면 다음은 아시겠죠. 네, 당연히 이 나이프로 그림을 훼손했기 때문이겠죠."

"그건 말도 안 돼. 창고에 있던 높은 가지치기 가위가 그림을 훼손한 도구야. 그 가위 끝에도 물감이 묻어 있었잖아."

"야쿠인 씨, 시치미 떼는 데 능숙하시네요. 하지만 정말 시치미 떼는 게 아니라면 꽤나 바보네요. 아, 미안해요. 그……, 지금 말한 건 솔직한 제 심성이에요. 바보가 아니라면 이런 어처구니없는 범행은 저지를 수 없을 테니까요."

"뭐, 뭐라고! 그러니까 높은 가지치기 가위는."

"그, 러, 니, 까, 그건 속임수가 뻔하잖아요. 위장이에요. 다 알고 있으니까 설명하는 쪽 생각도 좀 해주세요. 물증이 있으니까 '제가 했습니다' 하면 끝나잖아요."

사쿠라코는 '후우' 하고 한숨을 내쉬었다.

"아직도 납득하지 못한 사람은 야쿠인 씨뿐이에요. 그래도 안 했다고 한다면 증명해보세요. 못 하시겠지만요."

"강경하군."

"야쿠인 씨야말로."

"더 이상 모욕하면 후회하게 될 거야."

"난 후회한 적 없어요. 그보다 저항하면 할수록 더 멍청해 보여요. 아아, 정말, 받아들이기 어려우면 제가 보여드릴게요."

이렇게 말하며 사쿠라코는 자리에서 일어났다. "보고 싶은 사람은 일어나세요"라고 하자 모두 자리에서 일어났다. 야쿠인도 마지못해 일어나 전원이 식당을 나섰다.

오락실로 들어가 창고로 한 발을 내디딘 사쿠라코는 예의 높은 가지치기 가위를 오른손에 들었다. 조심성 때문인지 왼손에는 나이프를 들었다. 꽤 위험한 모습으로 보였다.

사쿠라코는 나이프를 자야마에게 건네고, 높은 가지치기 가위의 날 끝에 시선을 주었다. 노란 물감이 굳어 있었다.

그걸 든 채로 홀로 나와 훼손된 그림 앞에 섰다. 이렇게 여러 사람이 그림 앞에 서는 것은 나나쿠마나 자야마와 함께 그림을 보았을 때 이후로 처음이었다. 홀은 넓지만 문도 있어 약간 답답하게 느껴졌다.

"보다시피 이 그림은 큽니다. 100호 캔버스였나?"

"네. 인물화용 100호예요."

"어쨌든 크죠. 그래서 벽의 꽤 높은 위치에 걸려 있죠?"

모두가 그림을 올려다보았다. 시선 끝에는, 특히 훼손이 심한 인물의 얼굴 부분이 있었다.

"이 상처인데요, 그림에 거의 수직으로 들어간 걸 알 수 있어요. 비스듬하게 찔렀다면 이렇게 손상되진 않죠."

"그렇겠지. 그래서 높은 곳의 상처를 내는 데 높은 가지치기 가위가 쓰였다고 생각하게 된 건가?"

"그런데요 롯폰마쓰 씨. 그거 모순되지 않아요?"

지적받은 롯폰마쓰의 얼굴은 놀란 표정이었다.

"그렇군. 높은 가지치기 가위로 위쪽을 손상시키려고 했다면, 비스듬히 아래쪽에서 이렇게 도려내는 듯한 상처가 나야겠지……."

"위쪽 상처는 수직이 아닐지도 몰라요."

"아뇨, 하시모토 씨. 사실 위쪽도 같은 상처예요. 확인했어요. 그래서 말인데요, 그림 위쪽을 이 가위로 똑같이 상처 내는 건 불가능해요."

"그건 왜죠? 간단히 닿을 것 같은데요."

"해보세요. 아, 실제로 상처를 내지는 말고요."

"알았어요. 흉내만 내면 되는 거죠."

높은 가지치기 가위를 건네받은 하시모토는 그것을 어깨높이까지 들어 올렸다. 창 던지기 자세였다.

하지만 가위를 든 채 바닥과 수평으로 기까이 다가가려던 순간 '쿵' 하는 소리가 나며 막혔다.

"어머."

"보시다시피 그림 왼쪽 윗부분만이라면 소파에라도 올라가면 수직의 상처를 낼 수 있어요. 하지만 오른쪽 위는 어떨까요? 가위 손잡이가 부딪쳐서 높은 가지치기 가위로는 수직의 상처를 만들 수 없어요. 2미터도 떨어지지 않은 곳에 항상 열려 있는 문이 있으니까요."

"앗."

"일단 그림을 내리거나 문을 닫으면 가능하겠지만 둘 다 많은 노력과 소음을 수반하죠. 이 문은 굉장한 소리가 나는 것 같고요. 신중하다고 해야 할까, 소심한 범인이라면 한밤중에 그런 위험한 짓은 하지 않았을 거니까요."

"그런 번거로운 짓을 하기보다는 나이프를 쓰면 간단하단 말이군."

"네. 누구라도 상처를 낼 기회가 있었다는 속임수죠. 의자가 있으면 누구든 닿을 높이고요. 게다가 나이프가 더 힘을 주기 쉽고, 확실하고도 주의 깊게 상처를 내기에 적합하겠지요."

"그리고 수건이라는 움직일 수 없는 증거도 있고."

"그래서 꼼꼼해 보이지만 의외로 그렇지도 않다고 한 거예요. 좀 더 주의 깊게 씻었어야 했어요. 물론 비치된 종이 타월 같은 게 있었다면 그걸로 닦았을지도 모르지만, 그것도 쓰레기통을 뒤지면 되는 일이니 빠져나갈 수는 없었겠지만요."

"야쿠인 씨, 해명할 수 있습니까?"

자야마가 엄숙한 어조로 물었다. 야쿠인은 말을 삼키고 고개를 떨굴 뿐이었다.

"없군요. 그럼, 다음으로 가지요. 식당으로 돌아갑시다."

"잠깐만요, 사쿠라코 씨. 아직 동기가 남았어요. 제 그림을 이렇게 만든 동기 말이에요."

"……그것도 그렇네. 식당으로 돌아가서 본인한테 직접 들어보자고."

그렇게 해서 일곱 명은 식당으로 돌아왔다.

식당에 들어서자, 일이 좀 더 길어질 것 같다는 이유로 사쿠라코는 주방으로 사라졌다. 잠시 후 늘 사용하던 찻주전자와 잔을 인원수대로 은색 카트에 실어와 각자의 앞에 홍차를 따랐다.

"그런데 동기는 뭐죠? 야쿠인 씨."

야쿠인은 홍차를 머금고 찻잔을 내려놓은 뒤에도 말이 없었다.

"묵비권이라는 건가요? 뭐, 그럴 권리는 있으니까 인정해드리겠지만, 제가 맞춰볼 테니 고개를 끄덕이든가 가로젓든가 최소한 반응은 해주세요."

"맞춘다고?"

"일시적인 생각으로 한 짓은 아니었을 거예요. 목적이 있었겠죠. 그리고 그 목적은 그 그림을 나나쿠마 씨에게 보여주지 않는 거였어요."

"어머, 나나쿠마 씨한테요? 왜죠?"

"그 그림에는 두 사람의 얼굴이 그려져 있었어요. 가상의 인물이지만 모티프는 하루나와 저였어요. 아래쪽에 그려진 게 하루나고, 위쪽은 제 얼굴이라고 하더군요. 그 얼굴을 보여주고 싶지 않았던 거예요. 그렇죠?"

"왜시?"

지로마루가 옆에서 끼어들었다.

"그렇군요. 사쿠라코 씨, 당신은 내 손녀와 많이 닮았어요. 그 그림 속 모습은 특히. 그래서인가?"

"네. 직접 만난 적은 없지만 지로마루 선생님의 손녀, 그러니까 야쿠인 씨의 전 약혼자와 제가 얼굴이 닮았다고 해요. 머리 모양도요. 지금은 다르지만 그림이 그려진 시점의 저와는 닮았어요."

"그게 어쨌다는 거죠?"

"나나쿠마 할머니는 병으로 뇌에 장애가 있었죠. 하지만 그 그림 속의 제 얼굴 때문에 예전 일을 떠올릴지도 몰라요. 그걸 두려워했던 거예요. 저를 죽일 수는 없고, 그래서 그림을 망가뜨린 거죠. 위쪽 얼굴만 지우면 오히려 수상하게 보이니까 아래쪽 얼굴까지 망가뜨렸던 거고요. 목적은 그림의 위쪽 인물, 제 얼굴을 지우는 거였어요. 그림 전체를 숨기려면 일이 커지고 바로 들킬 것 같아서 훼손했던 거죠. 맞나요?"

"아아……"

그것은 긍정으로도 낙담으로도 들릴 수 있는 한숨이었다. 모두 긍정으로 받아들인 듯했다.

"그러니까 나나쿠마 선생님이 그림을 보고 떠올릴 일이 야쿠인 씨에게는 바람직하지 않은 내용이었다는 거군요."

"기억해내고 싶지 않았지. 사야카에 관한 모든 것에 대해."

그것만 고백하고 야쿠인은 다시 입을 닫았다. 작게 떨리는 양손으로 주먹을 쥐고 무릎 위를 힘껏 눌렀다.

"어떻게…… 어떻게 나라는 걸 알았지? 아니면 한 사람씩 소지품 검사라도 할 생각이었나?"

"어떻게라니……. 아하."

사쿠라코는 웃었다. 친구와의 시시한 잡담 속에 문득 나올 법한 그런 웃음이었다.

"어떻게 알았느냐고 물어도 난 탐정이 아니라서. 어떻게 말해야 믿어

줄까?"

"믿어준다고?"

"할아버지, 어떻게 할까요?"

구원을 구하는 듯이 사쿠라코는 자야마 쪽을 바라보았다. 자야마는 '으음' 하고 가볍게 고개를 끄덕이며 눈을 떴다. 어딘가 깨달음을 얻은 듯한 얼굴로 보였다.

"야쿠인 씨, 그림이 훼손된 건 예상 밖이었습니다. 다만 그런 일이 벌어진 이상 범인은 당신밖에 없다고 사쿠라코는 생각했습니다."

"그러니까 왜!"

"다른 여섯 명, 아니, 그 시점에서는 가모 씨도 나나쿠마 씨도 가능성이 있었으니까 여덟 명인가. 어쨌든 전원이 무고하다는 걸 알고 있었기 때문입니다."

알고 있었다고?

"그림을 훼손해서 이득을 얻을 사람은 야쿠인 씨, 당신밖에 없었어요."

"그걸 어떻게 아는 거죠? 범행 가능성은 누구에게나 있었어요."

"냉정하게 말해서 가능성 이야기는 아닙니다. 목적, 즉 동기 이야기를 하는 겁니다."

"동기? 왜요. 다른 사람한테도 숨겨진 동기가 있었을지 모릅니다. 그런데 사쿠라코 씨가 그걸 알고 있었다고요? 자야마 씨, 당신도 그걸 알고 있었나요? 뒤에서 무슨 얘기라도 했던 건가요?"

자야마는 고개를 가로저었다.

"특별히 내가 아니어도 알고 있었어요. 지로마루 선생님도, 하루나 씨도, 여러분 모두도요."

"뭐, 뭐라고. 그럼 조금 전까지의 사쿠라코 씨 이야기는요? 높은 가지치기 가위를 검증한 건 뭐죠? 완전히 연극이었다는 거잖아요."

"연극이요?"

"연극이야, 전부."

익숙한 목소리가 문 너머에서 울려 퍼졌다.

문이 천천히 열렸다.

등장인물이 한곳에 모여 있었을 텐데.

그렇지 않았던 걸까.

자동문이 아니다. 멋대로 열릴 리 없다.

누군가 안쪽에서 힘을 주고 있다.

다리를 움직이지 않고 그녀는 들어왔다.

몇 번이고 마주쳤던 시선.

본 기억이 있는 휠체어.

"최악의 3일이었어."

나나쿠마 스바루는 그렇게 자신의 자리로 휠체어를 타고 미끄러져 들어왔다.

5

"나, 나나쿠마 씨? 죽은 줄 알았는데."

"멋대로 죽이지 말아줘. 칠칠치 못한 손자가 걱정돼서 도저히 죽을 수가 있어야지."

그런 농담이 통할 상황은 아니었다. 나나쿠마 스바루는 분명히 죽었다. 그것도 두 명의 의사에 의한 검안이라는 공인된 진단까지 있었다.

홍차 잔을 내려놓은 지로마루가 말을 건넸다.

"나나쿠마 선생님, 말씀 좀 듣고 싶습니다. 대체 무슨 일이 일어난 겁니까?"

"지로마루 선생님, 그런 말을 하시다니. 그건 야쿠인이 해야 할 대사잖아요."

"아, 미안합니다. 무심코 그만."

무심코 그만? 주위를 둘러봐도 놀라는 기색은 없었다. 사건의 전개를 따라가지 못해 답답해하거나 초조해하는 아이 같은 표정을 해도 이상하지 않을 텐데, 누구도 동요하지 않고 차분히 상황을 지켜보고 있었다.

"나나쿠마 씨, 그동안 어디서 무엇을 하고 있었던 겁니까?"

"도서실에서 책을 읽고 있었지요. 더 일찍 나와도 좋았겠지만 탐정은 보통 해결 장면에 등장하거든요. 그래야 임팩트가 있을 것 같고요."

"하아."

도저히 이해할 수 없었다.

"전혀 납득하지 못하고 있군. 으음, 어디서부터 말할까. 이럴 때 탐정이라면 순서를 세워서 논리정연하게 설명하는 게 도리겠지만……. 그래, 그림 건은 이미 해결한 거지?"

나나쿠마는 확인을 요구하는 듯이 사쿠라코를 바라보았다.

"네. 야쿠인 씨가 자백했어요. 증거도 있고요. 동기는 아직 추론만 말한 상태지만 맞은 것 같아요."

"그런가요. 그럼 남은 수수께끼는 내가 왜 살아 있는가. 이게 좋겠지, 야쿠인?"

"왜 저한테 확인을 구하는 거죠?"

"왜냐고, 으음, 주위를 봐. 납득하지 못하고 있는 건 너 하나뿐이야."

"아까부터 느끼고 있었어요. 그것도 이해할 수 없다고 하면 이해할 수 없는 일이고요."

"전혀 이해할 수 없는 게 아니야. 그래, 그렇다면 가모 씨 검안 이야기부터 해볼까?"

"가모?"

야쿠인은 어제 아침에 있었던 일을 떠올렸다. 가모의 방에서 있었던 검안, 그 장면이다.

"그때의 검안, 네 눈에는 어떻게 보였지?"

"어떻게라뇨. 롯폰마쓰 씨나 하시모토 씨의 등 뒤에 있어서 잘 보이지도 않았어요."

"그래, 그랬겠지." 하고 롯폰마쓰가 말을 받았다.

"그래. 그건 아주 좋은 위치 선정이었어요, 롯폰마쓰 씨. 하시모토 씨도. 자, 야쿠인, 잘 안 보였던 너한테 설명하자면 그때 두 사람은 가모 씨의 신체 표면의 변화, 경직 상태 같은 걸 확인하고 있었던 거야."

"그렇겠죠. 그게 검안이니까요."

"그렇다면 이상하다고 생각해야지. 그렇게 생각하지 못했다면 의사로서도 탐정으로서도 삼류야."

"잘 안 보였다고요."

"그렇다 해도 조금은 보였을 거야. 그때의 검안, 분명히 이상한 점이 있었을 텐데. 자, 2초 줄 테니까 떠올려봐."

2초가 지나도 야쿠인은 아무런 대답도 하지 못했다.

"네, 저요."

대신에 환하게 대답한 것은 사쿠라코였다.

"네, 사쿠라코 씨, 말해보세요."

나나쿠마는 퀴즈 프로그램의 사회자처럼 사쿠라코를 지목했다.

"할아버지와 지로마루 선생님은 이불 위에서 검안을 했어요. 그런데 가모 씨는 계절에 맞지 않게 두꺼운 이불을 덮고 있었지요. 보통 사람의 몸을 살필 때는 이불 정도는 걷어내는 거 아닌가요?"

"정답. 그거야, 야쿠인. 정답은 '두꺼운 이불 위에서 검안을 했다'는 거야."

듣고 보니 그랬던 것 같기도 하다. 야쿠인이 있던 자리에서는 이불 밖으로 나온 머리 정도밖에 보이지 않았다.

"애초에 그렇게 두꺼운 이불을 덮고 있었다는 것 자체가 부자연스러운 일이야. 그렇게 생각하지 않았어?"

"아마 추위를 많이 타는 걸 거라고."

"열대야였는데? 그거라면 심각하군. 그래도 에어컨이 있으니 조절하면 될 문제잖아. 게다가 그 사람, 폴로셔츠를 입고 있었지? 추위를 많이 던다면 더 껴입지 않았을까?"

"그건 그렇습니다만……."

이불은 됐다. 중요한 건 그게 아니다.

"사쿠라코 씨. 당신은 어떻게 그걸 알고 있는 거죠? 왜냐하면 그때 당신은 제 뒤에 있었고 완전히 복도에 서 있었어요. 저도 보일까 말까 했던 위치였죠. 당신은 살짝이라도 안쪽이 보였던 건가요?"

"으음, 그게 말이죠."

"야쿠인, 보였을지도 안 보였을지도 모르지. 하지만 그런 건 대단한 차이가 아니야."

"차이가 아닐 리 없잖아요. 보이지 않았다면 알 방법도 없으니까요."

"꼭 그렇지도 않아. 보이지 않아도 지금 같은 질문에는 답할 수 있지. 미리 알고 있었다면."

"알고 있었다면……?"

"이불 너머로 검안이 이루어졌어. 그런 이상한 일이 벌어진다는 걸 그녀는 알고 있었던 거야."

"이해가 안 됩니다. 대체 그게 무슨."

"조금 더 이야기해볼까. 가모 씨의 검안에서 다른 부자연스러운 점은 없었어?"

"모르겠어요. 어쨌든 롯폰마쓰 씨 등이 앞에 있어서 잘 보이지 않았거든요."

"그건 좋지 않아. 그렇게 바로 생각하기를 포기하는 건. 그래, 지금 그게 하나의 답이야. 롯폰마쓰 씨 등이 방해가 되었다는 것."

그는 단지 사실을 말했을 뿐이다. 야쿠인은 그때 눈앞에 서 있었던 두 사람, 롯폰마쓰와 하시모토를 번갈아 바라봤다.

"어머, 우리가 방해가 되었군요. 실례했어요, 호호."

"자, 바로 그 점이야. 왜 그때 두 사람은 그 자리에 서 있었을까?"

"하시모토 씨가 검안에 흥미가 있어서, 라고 말했어요."

"그래. 그래서 입회했지. 그런데 그런 일이 정말 가능할까? 가족이라면 모를까. 단지 한나절을 함께 보냈을 뿐인 생판 타인의 검안에 일반 시민이 입회한다는 게 말이야."

"보통은 있을 수 없는 일이겠지만, 그때는 나나쿠마 선생님이 호기심은 생명을 연장하는 최고의 약이라고 하셨잖아요."

"하하하! 맞아, 그랬지. 아니, 그렇긴 한데 검안 장면에 그렇게 호기심을 자극하는 요소가 있을까? 기분 나빠서 오히려 수명이 줄어들 것 같은데. 게다가 설령 그런 이유가 있었다 하더라도 참관을 허락할 의사는 없어, 보통은."

"지로마루 선생님이 보통이 아니라고 말하고 싶은 건가요?"

"너, 바보야? 지로마루 선생님은 지극히 정상이야. 매우 총명하신 분이지. 보통이 아닌 건 당시의 상황, 그리고 너야."

반박할 말을 찾았지만, 입에 올리면 또 반론을 불러올 거라고 생각한 야쿠인은 입을 다문 채 가만히 있었다.

"롯폰마쓰 씨와 하시모토 씨는 그 자리에 있어야 했던 거야."

"왜죠?"

"실례지만 두 사람 모두 건장한 체격이니까. 입구에 서 있으면 네 시야를 좁히는 데 효과적이겠지."

"시야를 좁힌다?"

"자, 거의 다 왔어. 이제 두세 가지 오류 탐색만 끝내면 가모 씨 장면의 결말이 보일 거야. 앞으로 한 걸음만 더, 야쿠인. 그때 무슨 일이 있었지? 말해보렴."

그 말을 듣고 떠올렸다. 검안 장면. 두 사람의 등 너머로 본 것.

"나나쿠마 선생님이 의문사에 대한 강의를 했어요. 그러고 나서."

그리고 맹렬하게 돌진했다.

"가모 씨에게 달려갔어요. 휠체어를 타고 간 것이지만요. 그리고 인슐린설을 확인하는 것처럼 짐을 뒤지고, 혈당치, 글루코스 수치를 측정했죠."

"그래. 이상은 없었지. 글루코스 수치의 변화에 이상이 없었단 말이야, 야쿠인. 넌 그 장면에서 어떤 생각으로 입회한 거지? 어쨌든 신체 표면이나 혈당치에는 이상이 없었고, 가모 씨는 다행히 자연사로 분류되었어."

이상이 없다, 그 점을 나나쿠마는 유난히 강조했다.

"그걸로 확정된 것과 마찬가지지만 말이야. 그 부분의 검안 운운한 것은 뭐 흘려보내는 의미도 있었지. 시나리오대로라고 할까, 그 이상으로 진행되었으니까 조금만 더 맞춰주자고 생각했지. 신중하게 이야기를 쌓은 결과 그렇게 된 거지만."

"뭔 소리죠? 무슨 말을 하는 건가요?"

"돌려 말하는 건 탐정의 특기야. 특히 나는 머리가 손상되었으니까 좀 너그럽게 봐줘. 자, 그래서 가모 씨는 그 뒤 어떻게 됐지?"

"다른 장소로 옮겨졌고……."

"왜?"

나나쿠마가 즉각 태클을 걸었다.

"왜 옮길 필요가 있었을까? 실내 온도는 조절할 수 있으니까 그 방에 그대로 안치해두면 되는 거잖아. 굳이 장소를 옮긴다는 건 꽤나 귀찮은 일이야. 게다가 옮긴 사람은 자야마 씨와 지로마루 선생님이었다면서. 이 중에서 가장 힘이 센 사람은 야쿠인, 바로 너야. 그런 때야말로 힘을 발휘할 사람인 너는? 옮기는 걸 좀 도와달라는 말 정도는 걸었을 법한데 말이지."

거기서 나나쿠마는 말을 잘랐다. 사쿠라코가 새로 끓여온 홍차를 마신 후 말을 이었다.

"결국 검안은 이상한 일투성이었어. 서로한테."

"서로한테라고요?"

"야쿠인 씨, 가모 씨를 옮길 때 당신 힘을 빌릴 수는 없었어요."

"이유는 알겠지, 야쿠인. 네가 범인이기 때문이야."

범인. 그 말을 들은 순간 야쿠인의 어깨는 미세하게 떨렸다. 동요를 들키지 않으려고 야쿠인은 가만히 나나쿠마를 바라보았다.

"아이쿠, 착각하지 마. 범인이라고 해도 가모 씨를 죽인 범인은 아니니까."

"가모 씨 이야기를 하고 있었던 거 아닌가요?"

"가모 씨 이야기 맞아. 하지만 살해는 아니야. 살인 미수범이지."

"살인 미수라고요?"

험악해진 야쿠인의 얼굴과는 대조적으로 나나쿠마는 태연한 얼굴을 하고 있었다. 시선은 찻잔과 야쿠인 사이를 왔다 갔다 하며 분주하게 움직이고 있었다.

"그래. 가모 씨는 살아 있으니까."

"살아 있다고요? 자야마 씨와 지로마루 선생님이 했던 검안은요?"

"검안? 아아, 그건 방금 말한 것처럼 위화감투성이, 부자연스러움 덩어리였지. 겉만 번지르르한 형식적인 절차에 불과했어. 그런 두꺼운 이불 위에서 뭘 알아낼 수 있겠어? 가모 씨는 지금 도서실 옆 방에 있어. 아, 맞다."

"이번엔 뭐죠?"

"이야기가 잠시 새는데 하나 더 떠올랐어. 어제 저녁 식사 후 귀가할 차편 이야기를 했지? 누가 어떤 차에 타는지 말이야. 그걸 듣고 넌 아무 생각도 안 들었어?"

"생각이라뇨, 아."

"가모 씨 말이야. 가모 씨의 시신은 장례업체가 운반한다고 했잖아. 자야마 씨가 그 절차를 밟겠다고 했고. 그런데 같이 돌아간다는 얘기가 나왔어. 이상하지? 그건 자야마 씨의 실수야. 아무도 지적하진 않았지만."

"아, 죄송합니다."

"다시 검안 이야기로 돌아가지. 그 검안은 말이야, 네가 어떻게 행동하나 지켜보려던 거였어."

"제가요?"

"너는 가모 씨의 입을 막았어. 그걸로 끝났을지도 모르고, 그 흉악한 행위가 나한테까지 미쳤을지도 모르지. 나뿐이라면 집으로 돌아가고 나서 간단히 입막음할 수 있지만, 단순한 너라면 연속해서 자연사로 위장하는 것도 충분히 생각할 수 있었지. 생판 모르는 사람이 있을 때 죽는 편이 둘만 있을 때 죽는 것보다 설득력을 더한다고 생각했을 거야. 예상대로 너는 그렇게 행동했지. 나한테도 가모에게 했던 것과 같은 방식으로 범행에 나선 거야."

말이 없는 야쿠인 대신 하시모토가 "어머나, 정말 끔찍하네요." 하고 중얼거렸다.

"너의 수단은 단순해. 인슐린으로 자연사처럼 보이게 하는 것. 힘으로는 우위에 있지만 폭행해서 상처를 남기면 의미가 없지. 어디까지나 자연스럽게 천수를 다한 것처럼 보여야 하니까. 경찰 수사가 닿지 않게 하려면. 그렇다면 단순한 너는 간편하게 인슐린 사용을 떠올렸을 거야. 너는 내 약을 허리에 차는 파우치에 넣고 있었으니까. 그래, 그 액체가 든 작은 병 말이야. 펜형 인슐린도 있지만, 그건 한 번에 많이 투약할 수 없어. 여러 번 피부를 찌르고 주입하는 사이에 상대가 깨어나지 말라는 법이 없으니까. 그래서 할 거라면 병 쪽을 쓴 거야. 너라면 그렇게 생각하겠지. 오래 같이 지낸 사이니까 너의 생각쯤은 꿰뚫고 있어."

나나쿠마는 홍차를 들이켰다.

"그래서 내용물을 바꿔뒀지. 여기에 오기 전에 말이야. 안에 든 것은 그냥 생리 식염수야. 피하에 넣든 혈관에 넣든 아무 일도 안 생기지. 그리고 펜형이 아니라 굳이 약병과 주사기를 맡긴 것에도 너는 위화감을 느끼지 않았어. 뭐, 전혀 느끼지 않았겠지. 그러니 맡길 수 있었던 거고……."

야쿠인은 차가운 액체가 피부를 타고 흐르는 걸 느꼈다. 여름 날씨가 거짓말처럼 몹시 으스스하게 느껴졌다.

"여기 오기 전이라고요?"

"그래. 왜냐하면 그 병은 네가 관리하고 있었으니까. 도착하고 나서 바꾸는 건 어려울 것 같았거든. 아, 맞다. 혹시 몰라서 가모 씨의 약병도 내용물도 바꿔두도록 부탁했어. 뭐, 너라면 가져온 것을 썼겠지만."

"왜죠? 왜 그렇게까지."

"아니, 사실 그건 내가 하고 싶은 말인데. 그리고 그렇지, 가모의 연속 혈당 측정용 바늘을 뽑아 묽은 설탕물에 담가서 사후의 글루코스 수치처럼 보이게 했지. 바늘을 뽑으면 기록이 끊기지만 하루 24시간 중에 잠깐이니까. 눈치 못 챘겠지. ……아, 그래, 말이 나왔으니 덧붙이자면 가모 씨는 우리가 올 걸 알고 있었어. 뭐 너도 당연히 알고 있었겠지만 말이야."

"설……"

설마라는 말이 목 안에서 막혔다.

"그래. 이름이야. 네가 본 가모 씨의 수첩. 거기에 이름이 쓰여 있었을 거야."

"쓰여 있었어요."

"그건 물론 첫날 자기소개 때 적은 메모가 아니야. 누가 보더라도 자기소개 순서와 이름 배열이 엉망이었으니까. 그래, 그 이름은 이곳에 오기 전에 적은 거야."

"아니, 왜요?"

"뭐, 됐잖아. 그럼 다음." 하고 나나쿠마는 일부러 거드름을 피우며 화제를 돌렸다.

"나나쿠마 선생님, 야쿠인 씨가 대화를 따라가지 못하는 것 같습니다."

자야마가 조용히 덧붙였다. 정말 그랬다. 이 상황은 조심스럽게 말해도 혼란이라는 표현에 딱 맞았다.

"그럼 나를 죽인 사건으로 넘어가지."

제안을 무시하고 나나쿠마는 계속했다.

"잠깐만요. 동기는요? 제가 가모를 죽였다고 한다면 그 동기는 뭐죠?"

"그런 건 너도, 여기 있는 모두도 알고 있잖아. 불필요한 설명은 하지 않을게."

모두라니. 아, 정말. 또 입을 다무는 거야?

"그럼 간단히 말해줄게. 입막음이지. 날 죽이려고 했던 이유도 같아. 가모는 기자로서 지로마루 사야카의 죽음을 쫓고 있었어. 동네 의원 후계자의 돌연사. 잡지의 기사로서는 사소한 거지만 그는 생계가 어려웠으니까 작은 사건이라도 소재로 삼고 싶었지. 아이쿠, 실례했습니다."

이렇게 말을 마친 나나쿠마는 지로마루 쪽을 바라보았다.

"작은 사건이 아닙니다."

"죄송합니다. 세상 기준으로는 작아도 유족에게는 그럴 수 없으니까요. 그렇죠, 지로마루 선생님께서는 유일한 손주, 후계자를 잃은 거니 작은 일일 수가 없지요. 그래서 가모 씨는 사야카의 죽음을 조사하기 시작했어. 당연히 곧 너한테 다다르게 되겠지. 고소공포증이 있는 여성이 돌계단에서 굴러떨어졌다는 의혹을 풀기 위해서 그는 탐문을 시작한 거야."

"아니, 잠깐만 기다려주세요. 확실히 가모와는 안면이 있었어요. 왜냐면 저한테도 탐문하러 왔었거든요. 여기서 처음 식사할 때는 잘못 본 줄 알았을 정도였어요. 하지만 사야카의 죽음에서 무슨 냄새를 맡고 찾아왔다는 건……. 거기서 조사를 시작하다니, 탐정도 아닌 주제에."

"보수를 받기 위해 사건을 조사하는 것, 어떤 의미에서는 기자도 탐정과 비슷하잖아. 그래서 사건 현장 부근의 방범 CCTV 기록을 되돌려 본 모양이야. 너도 본인한테 직접 들었겠지. 경찰은 그때 이미 사고사로 간주했으니까 정밀 조사는 안 했어. 네 의도대로 말이지. 그리고 방범 CCTV에도 영상은 남아 있었지만, 가모도 그게 너인지 아닌지 단정하기는 어려웠어. 그 영상은 말이지, 신사를 향해 우산을 쓰고 걷는 두 사람의 모습, 그리고 수십 분 후, 이번에는 같은 우산을 든 한 남자가 신사에서 돌아 나오는 장면이었지. 아, 그나저나 목이 마르군.”

그때 말을 이어받은 사람은 지로마루였다.

“그래서 가모 씨는 그 영상을 자네에게 보여줬네. 그저께 심야에 있었던 일이지. 뭐랄까, 흔들기였겠지.”

“그런데 불안해진, 아니, 마음이 흔들린 너는 그 단순한 머리로 고민한 끝에 가모 씨를 없애야겠다고 생각한 거지. 아울러 홀의 그림을 보고는 사야카를 떠올릴지도 모른다는 생각에 나까지 죽이려 했고. 그리고 어제 지로마루 선생님과 면담할 때, 내가 사야카의 죽음에 대한 진상을 알고 있다고 했으니까. 헛소리로 받아들였을까 진실로 받아들였을까, 성실한 너라면 후자였을 거야. 예상대로 곧 행동으로 옮겼지. 정말 뻔한 반응이었어. 이틀 밤으로 나눈 것은 한 번에 두 명이면 부자연스럽다고 생각해서야?”

야쿠인은 다시 꿀 먹은 벙어리처럼 입을 다물었다. 나나쿠마가 말을 이었다.

“첫날 밤, 당구를 치고 있던 가모 씨와 눈이 마주쳤을 거야. 그는 너랑 이야기하고 싶어 했어. 너도 마찬가지였겠지만. 그래서 그 후 심야에 가모 씨의 방에서 만났어. 이 모임이 끝나면 다른 증거와 함께 경찰에 가겠다고 했을지도 모르지.”

“그래서 입막음을 하려고 한 거야?”

"꽤나 자기중심적이네요."

"사쿠라코 씨, 범인은 원래 자기중심적인 사람뿐이죠. 그럼 이제 내 살해 이야기로 넘어가볼까. 그 전에 홍차 좀 한 잔 더 주세요. 맥주라도 좋고요."

사쿠라코가 자리에서 일어나 찻주전자를 들고 나나쿠마 쪽으로 다가갔다. 홍차를 따르고 돌아갈 때, "아직 이야기가 계속되는 거죠? 다과는 어때요?" 하고 묻자 나나쿠마는 "그거 좋지" 하며 과장되게 끄덕였다. 곧 모두의 앞에 백자 접시가 놓였다. 밤색과 벚꽃색 쿠키였다.

"야쿠인, 먹어보는 게 어때. 아마 이렇게 맛있는 과자는 앞으로 구경도 못 하게 될 텐데."

야쿠인은 그 말에 손을 뻗었지만 맛은 느껴지지 않았다.

"저, 있잖아요, 나나쿠마 할머니를 죽인 얘기는요?"

"아, 맞다. 야쿠인, 네가 했으니까 직접 말해보는 게 어때. 계속 나만 말하려니 피곤해서 말이야."

"나나쿠마 씨, 야쿠인 씨도 지쳤어요."

"박정하군요. 늙은 탐정보다 젊은 범인을 챙기다니. 뭐 어쩔 수 없지. 자, 살해 방법은 역시 인슐린이야. 자연사처럼 보이게 하는 것. 야쿠인이 힘을 쏟은 건 이 점밖에 없어. 전날 밤, 가모 씨가 당했으니까 조심하고 있었지만, 밤중에 걱정하는 것처럼 찾아왔지. 아, 왔구나 싶더라고. 허리에 차는 파우치에서 꺼낸 게 나이프였다면 골치 아팠겠지만, 그의 사고방식으로는 찔러 죽이는 건 있을 수 없는 일이니까 말이야. 예상대로 길쭉한 주사기를 꺼냈어. 그걸 내 가느다란 팔에 콕 찔렀지."

"어머, 안쓰러워라. 그래서요?"

"하시모토 씨, 그렇게 아프진 않았어요. 바늘이 엄청 가늘거든요. 게다가 당뇨로 통증 감각이 마비되어 있기도 해서 몇 번을 찔려도 피부가 자극에 익숙해져 있거든요. 다만 마음이 아팠지요. 나는 지금 손주에게 살해당하는구나 하고 생각하니 뭔가 울컥 올라오더라고요."

나나쿠마의 말투는 천연덕스러울 정도로 평소와 다르지 않았다.

"흐음, 그래서 아침까지 기다렸다는 건가요?"

"예. 야쿠인은 열쇠를 훔쳐 잠궈놓고 나갔어요. 아침에 자야마 씨에게 열어달라고 부탁했고, 검안이 시작되기 전에 몰래 열쇠를 되돌려놓았겠지요. 그래서 저는 검안 중에 그에게 얼굴을 들키지 않도록 벽을 향해 엎드린 자세로 최대한 가슴이 들썩이지 않게 얕은 숨을 쉬며 기다리고 있었지요. 여기서도 자야마 씨, 지로마루 선생님이 능숙하게 숨겨준 덕분에, 게다가 야쿠인의 우둔함까지 더해져 살아 있다는 걸 들키지 않고 넘어갈 수 있었어요."

"그런데 야쿠인 씨, 그 자리에서 확인은 하지 않았나요? 죽었는지 어땠는지."

야쿠인은 말없이 고개를 숙이고 있었다.

"야쿠인, 젊은 여성이 일부러 질문했는데 대답도 안 하는 거야? ······ 사쿠라코 씨, 그것도 중요하지만 그의 경우 자신을 보호하는 것이 최우선 사항이었거든. 현장에 오래 머무르면 발각될 위험도 커진다는 것을 무엇보다 두려워한 거지. 그래서 실행하고 나서 바로 떠난 거고. 밤의 복도는 어둑했어. 방 안에서 빛이 새어 나오고 무슨 소리가 들린다거나, 우연히 방에서 나온 사람이 있다면 범행이 들킬지도 모르니까. 멍청하다고 하면 멍청한 일이지만, 범행이 있었던 사실을 숨기기 위한 그 나름의 생각이 드러난 거지."

"흐음, 신중하다고 해야 하나 소심한 사람이라고 해야 하나, 돌다리를 두드려보고도 건너지 않은 느낌이네요."

"건넜다고 생각했겠지, 본인으로서는. 뭐, 덕분에 나는 삼도천을 건너지 않아도 됐지만."

'후유' 하고 크게 숨을 내쉰 사람은 자야마였다.

"나나쿠마 선생님, 곧 경찰이 도착할 시간입니다만."

"도착하면 홍차와 쿠키를 대접합시다. 가로막는 것이 없는 자리에서 손주와의 마지막 대화를 슬퍼하고 있습니다. 조금쯤 기다려줘도 상관없잖아요."

나나쿠마는 대화 중에도 슬픔을 드러내는 기색이 전혀 없었다. 적어도 야쿠인에게는 그렇게 느껴졌다. 그녀는 지금 이 자리를, 할머니와 손자로서가 아니라 탐정과 범인의 관계로서 즐기고 있는 듯했다.

"자, 다음. 나에 대한 살해는 끝났으니까, 아니, 벌써 끝인가? 아, 몇 가지 확인할 게 있었어. 그렇다고 해도 우리에게는 별 의미 없는 일이지만, 철창 안으로 들어갈 네가 계속 고민만 하고 있다면 머리숱이 줄어들 테니까. 뭐, 여기서부터는 서비스, 덤 같은 이야기라고 생각하면 돼."

"서비스라뇨, 어떤?"

"그렇지, 너에게 오해가 있다면 이참에 풀어주려고. 내가 죽은 뒤에 하루나 씨의 손가락을 보고 사쿠라코 씨가 가모 타살설, 그것도 내가 범인이라는 추리를 했지. 그걸 어떻게 생각했지?"

그건 정말 훌륭한 추리였다. 자연사처럼 꾸민 범행에, 후기를 붙인 거라 하더라도 다른 해석을 덧붙일 수 있다니.

"너의 입장에서 가모 씨는 자연사로 처리되는 것이 바람직했겠지. 그러니까 타살설이 나왔을 때 조바심이 났을 거야. 하지만 부정할 근거도 없었어. 그래서 내가 범인이라는 설을 받아들였던 거겠지. 아니, 거기까지는 생각이 미치지 못했는지도 몰라. 그 부분을 서로 맞춰보자고."

그때 하시모토가 끼어들었다.

"그게 이상해요. 가모 씨는 병사했다는 결론으로 밀어붙여도 됐을 텐데요. 나나쿠마 씨를 생각하면, 야쿠인 씨 입장에서는 그대로 가만히 있었던 게 낫지 않았을까요?"

"그렇지요. 어때, 야쿠인?"

묵묵부답인 야쿠인을 대신해 사쿠라코가 대답했다.

"가모 씨 건은 나나쿠마 할머니를 범인으로 만들고, 나나쿠마 할머니 건은 자연사로 처리하려고 생각했던 거 아닐까요?"

"그럴 거야. 그게 가장 유리하니까. 같은 수법인데 다른 범인이 있다는 건 생각하기 힘들 거고, 내 병도 상당히 진행되어 있었으니까. 내 검안에서는 혈당 측정기 조작 같은 건 아무도 하지 않았고 말이지."

"그렇네요. 야쿠인 씨, 입을 다물고 있지만 그렇게 생각해도 돼요?"

말 없는 야쿠인을 무시하고 나나쿠마는 이어서 말했다.

"자, 사쿠라코 씨의 추리에는 그녀 자신이 말했듯 빈틈이 있었어. 너는 거기에 눈을 감았는지, 아니면 순수하게 수긍했는지는 모르겠지만 그 추리의 의도는 따로 있었던 거야."

"무슨 뜻이에요?"

사쿠라코가 물었다.

"야쿠인 씨, 친할머니가 범인 취급을 받고 있잖아요. 할머니는 그걸 부정해주길 바랐을 뿐이었어요."

"그렇게 해서 너의 진심을 알고 싶었지. 나를 비호할지 범인이라고 추궁할지. 하지만 너는 모호하게 사쿠라코 씨의 주장에 동조했지. 누덕누덕 이어 붙인 추론에 기대어 내가 범인이라며 묵인한 거야. 지켜줬으면 했는데 말이지, 그건."

나나쿠마의 입가에 여유로웠던 미소가 사라졌다. 굳게 다물었던 입술이 바짝 마르기라도 하는지 서서히 벌어졌다.

"그래서 뭐, 어쩔 수 없었어. 나도 할머니로서가 아니라 탐정으로서 너와 대치하기로 결심한 거야."

"그래서요? 오해를 푼다는 이야긴 어떻게 된 거죠?"

"그래, 사쿠라코 씨의 주장인데 말이야. 먼저 가모 씨의 검안 때 내가 혈당 측정기를 바꿔치기했다는 얘기였어. 그건…… 실은 그렇게 하지 않았지만 말이야. 혈당치의 추이를 기반으로 만들어낸 억지 추론이지. 열쇠도 마찬가지야. 검안 때 내가 몰래 되돌려놨다는 이야기였는데, 사실은 가모 씨 자신이 방 안에서 잠가두었을 뿐인데. 너는 가모 씨가 죽었다고 믿고 있었으니까 그 말에 납득했겠지만 말이야. 그는 살아 있어. 열쇠는 처음부터 가방에 넣어둔 거고."

"그렇다면……"

"거슬러 올라가 수면제 이야기가 있었지. 첫날 오락실에서 내가 가모 씨의 홍차에 약을 탔다는 얘기였어. 확실히 나는 약을 늘 가지고 다니긴 하지. 그런 의미에서는 가능할 거야. 하지만 그 자리에는 너도 하시모토 씨도 있었어. 여러 사람이 본 것은 아니지만 늘 주변에 시선이 있었지. 그런 곳에서 들키지 않고 홍차에 약을 넣는 건 불가능하지. 너무 위험해서 내가 범인이라면 그렇게는 안 할 거야."

"그렇구나. 야쿠인 씨 정도의 두뇌니까 동조했겠지요."

"사쿠라코 씨, 그건 실례 아닌가요?"

"미안, 하루나. 생각한 것이 바로 입 밖으로 튀어나오는 성격이라서."

"괜찮아요, 사쿠라코 씨. 야쿠인 정도의 지능이라서 그 이야기에 넘어간 거니까요." 하면서 나나쿠마는 쿠키를 입에 넣었다.

"그런데 야쿠인, 사쿠라코 씨 말로는 만화 잡지로 가리고 잔에 수면제를 넣었다고 했다지? 하지만 휠체어에 앉아 있어 높이가 낮은 내가 그걸 했다고 치면 바로 들킬 거라는 의심은 들지 않았어? 바로 옆에서 숨기고 그런 짓을 했다가는 바로 의심받을 것 같은데."

말을 마친 뒤 이번에는 홍차를 마셨다.

"그러니까 너는 이야기가 너한테 유리하게 굴러가기만 하면 그걸로 좋았던 거야? 아니면 혹시 정말 의문을 품지 않았던 거야? 물론 수면제 같은 건 안 넣었어. 전부 내가 지어낸 이야기야. 그걸 사쿠라코 씨 입으로 너한테 말하게 했을 뿐이야."

야쿠인은 멍하니 입을 벌리고 '아' 하고 조그맣게 신음했다.

"자, 다른 질문은?" 하고 묻자 야쿠인은 치밀어오르는 질문을 천천히 해나갔다.

"모르는 것투성이입니다. 제가 범인이라는 걸 알고 있었다거나, 사쿠라코 씨도 가모 씨의 검안을 보지도 않고 알고 있었다거나, 대체 어디까지, 아니, 어디서부터 알고 있었던 건가요?"

"전부야. 처음부터."

"처음이라뇨?"

"가모 씨는 확신을 갖고 있었어. 네가 사야카를 죽였다는 확신을. 방범 CCTV의 영상, 고소공포증이 있는데도 일부러 높은 곳에 갔을 리가 없다는 위화감에서 말이지. 하지만 그걸로는 확실한 증거가 되지 못했어. 그래서 직접 너한테 물었던 거야. 흔들어본 거지."

"먼저 그게 이해가 안 됩니다. 가모 씨가 왜 그런 짓을? 기사를 쓰려고요?"

"내가 고용한 거야."

쉰 목소리로 지로마루가 말했다.

"가모 씨와는 안면이 있었으니까. 즐겁지는 않았지만 어디서 들었는지 내 과거를 파헤치려는 녀석이었지. 인간성은 모르겠지만 그의 조사 능력을 높이 산 거야. 손주가 왜 죽었는지 그 진상을 파헤치라고 의뢰한 건 나야."

"지로마루 선생님이 가모를요?"

"그래. 그래서 가모 씨는 너의 과거를 조사했어. 그저께 심야에 너도 그한테서 들었던 거 아냐?"

기억을 더듬었다. 가모와의 대화로 의식이 옮겨갔다.

"너, 여러 여성과 사귀었던 모양이더군. 그중에는 기간이 겹쳤던 경우도 몇 있었고. 자신을 재주가 좋다고 믿고 있었으니까 꽤 능숙하게 교제했을 거야."

"어머, 바람을 피운 거예요?"

"하시모토 씨, 이제 그만하시죠. ……으음, 그래서 상대는 대체로 자산가의 딸이라든가 의사 집안이라든가 금전적으로 유복한 사람들뿐이었다고 하더군. 어느 정도 좋은 시간을 보내면 헤어지는 거지. 그런 교제를 반복했나 보더라고."

"괘씸한 남자로군."

"그런 와중에 만나게 된 것이 지로마루 사야카였어. 동네 의원의 후계자, 단 하나뿐인 가족. 게다가 할아버지는 늙어서 살날이 얼마 안 남은 상태였고……. 아, 실례했습니다."

"괜찮아요. 계속하세요."

"이건 더할 나위 없는 조건이라고 판단했을 거야. 아니야?"

"조건이라뇨?"

"사쿠라코 씨, 이제 됐어요. 하지만 덕분에 이야기가 매끄러워졌어요. 알고 있겠지. 유산 상속에는 딱 맞는 조건이야. 동네 의사고 돈이 있고 상속인은 사야카. 그런 그녀가 죽으면 그 돈이 너한테 흘러들어오겠지. 이렇게 좋은 기회가 어디 있겠어. 경솔한 너라면 그렇게 생각했을 거야."

"야쿠인 군, 그러니까 자네는 그런 목적을 가지고 내 손녀에게 접근했다는 건가? 그게 맞나?"

"아니에요. 전 그녀를, 사야카를 사랑했어요."

"뭐, 어떻게 변명하더라도 그녀가 부자연스러운 죽임을 당한 이상, 뭐라고 반박하기도 힘들지만 말이야. 유산을 노린 결혼. 그게 너의 당초 목적이었어. 하지만 사야카는 너를 점점 의심하게 되었고, 어쩔 수 없게 된 너는 돈보다 자기 보호를 택했지. 그래서 사고사로 위장해서 살해한 거야."

"그 증거는요?"

"내가 이 이야기를 어떻게 알고 있다고 생각하지?"

"어떻게요?"

"난 병 때문에 지로마루 선생님께 신세를 졌어. 당연히 사야카와도 안면이 있었고."

"그건 그렇지만."

"나는 탐정이야. 사무소도 운영하고 있고."

"알고 있습니다."

"하지만 너는 자리에 없을 때가 많았을 거야. 의뢰인을 가장 잘 파악하고 있는 사람은 소장인 나야."

"그게 어떻다는 거죠?"

"사야카는 내 의뢰인이었어. 너와의 교제가 시작되고 얼마 지나지 않았을 때 나를 찾아왔지. 어때, 처음 듣는 얘기지?"

야쿠인은 아무 말도 하지 않았다. 그걸 긍정으로 받아들였는지 나나쿠마는 다시 유창하게 말을 이었다.

"가모 씨가 조사하기 전에도 생전의 사야카는 독자적으로 너의 과거를 조사했어. 가모 씨만큼 자세히는 아니었지만 말이야. 그래서 너를 조금씩 불신하기 시작했지. 그리고 이렇게 말했어. 머지않아 자신이 죽으면 범인은 야쿠인, 너일 거라고 말이야."

"뭐라고요?"

"'데이트를 해도 즐겁지 않았어요. 웃을 때도 겉으로만 웃었고 덧없는 일상이었죠. 테이블 앞에서 손을 모으는 순간조차 있는 그대로가 아니었죠. 속마음이 이 사이에 끼어 잘 나오지 않는 것처럼 뭘 생각하는지 알 수 없었어요.' 사야카는 담담하게 말했어."

"시시한 남자네. 알고는 있었지만."

"그래서 나도 너에 대해 조사했지. 손자라고 해도 사적인 면은 잘 몰랐는데 역시 사야카가 말한 대로였어. 넌 살인에는 허술하지만 연애 사기에는 제법 재능이 있는 것 같더군. 여성들에게 진실을 숨기고 착취를 해왔던 거지. 이런 것들은 나중에 가모 씨가 조사하는 데도 유익한 정보가 된 것 같아. 하지만 어쨌든 그 무렵부터 나는 너를 위험인물로 간주하고 경계하기 시작했어. 그래도 정말 죽일 거라고는 생각하지 못했지. 그건 내 오산이었어."

지로마루가 살짝 덧붙였다.

"그리고 사야카가 말한 대로 부자연스러운 죽음을 맞이했지."

"아아, 저지르고 말았구나 싶었어. 하지만 물적 증거는 남기지 않았잖아. 영상만으로는 고발하기에도 빈약해. 그래서 너 스스로 나서게 만들고 싶었지. 그랬더니 예상대로 움직여주더군."

"나서다니요? 예상대로?"

"그래. 너는 두 번의 살인 미수와 기물 파손을 저질렀어. 이걸로 확정이야. 설령 사야카를 죽이지 않았다고 주장해도 더는 도망칠 수 없어. 정말 처리하기 쉬웠어. 그림을 망가뜨린 건 하루나 씨한테 미안하기는 하지만 말이야."

하루나는 나나쿠마를 바라보며 살짝 고개를 끄덕였다. 그 표정에서는 아무것도 읽어낼 수 없었다.

"이것으로 지로마루 선생님의 뜻은 이루어진 셈이야. 좀 과장이긴 하지만 정공법으로 갔다면 너는 입을 다물 뿐이었을 테니까, 행동으로 보여주게 하는 쪽이 빠르다는 판단이었지."

"지로마루 선생님의 뜻이요?"

"뭐야, 아직도 이해하지 못한 거야?"

그때 나나쿠마는 천천히 숨을 내쉬었다.

"여기 올 때 말했잖아. 너는 스페셜 게스트라고."

그런 말을 들었던 것 같기도 하다.

"'하루살이회'는 자야마 씨가 주관하는 실제 모임이야. 하지만 이번은 특별편이지. 분위기를 바꾼 거야. 시민회관이 아니라 별장에 묵는 모임으로 말이지."

그런 말도 했다. 하지만······.

"알겠어? 이번은 야쿠인, 너를 위한 모임이었던 거야. 네가 자연사로 위장해 가모 씨의 입막음을 하는, 바꿔 말하면 사야카의 죽음에 대해 자신이 했다고 자백하는 걸 확인하기 위한 모임이었어."

"뭐라고요?"

"지로마루 선생님의 제안이었지. 나도 협력했고. 아니, 협력한 것은 여기 있는 모든 사람들이야. 그리고 가모 씨도. 그가 방범 CCTV 데이터를 확보해서 너의 범행을 확신한 것은 최근의 일이고, 결국 모임을 개최하게 된 거지. 너의 성격상 이 상황에서 흉기는 인슐린이 될 거고, 칼이나 둔기는 사용하지 않을 거라는 걸 염두에 둔 계획이었지."

그 순간 눈앞이 새하얘졌다. 이어서 시야 가장자리에서부터 균열이 생기고, 그것이 세계 전체로 퍼지더니 머릿속에서 뭔가가 와르르 무너져 내리는 것을 느꼈다.

"그럼, 그럼 이 사람들은······."

"기획자는 지로마루 선생님, 각본은 자야마 씨, 롯폰마쓰 씨와 하시모토 씨는 내 후배야."

"후배라뇨?"

"어머, 이래 봬도 우리는 경찰에서 일한 적이 있어요."

"병을 앓아서 은퇴했지만 두 분 다 연극을 좋아하고 몸 상태가 좋을 때는 취미로 배우 활동도 했거든요. 뭐, 드물지 않은 일이에요."

"롯폰마쓰 씨는 연기가 지나쳐서 좀 헛돌기는 했지만요. 호호호."

"그 정도는 해주는 게 좋지."

"사쿠라코 씨와 하루나 씨는요?"

"자야마 씨의 손녀와 그 후배야. 두 사람 다 게스트이긴 하지만 당연히 사정을 알고 있었지. 네가 어떤 짓을 저지를지 모르니 방 밖에서는 단독 행동을 삼가도록 당부해뒀어. 나도 다른 사람들도 너를 감시하고 있었으니까 문제는 없었지만 말이야."

사쿠라코가 말을 덧붙였다.

"뭐, 만약을 대비해서 저도 주걱과 스프레이를 준비하고 있었어요."

"저도 뾰족한 펜을……"

"아니, 그런……"

야쿠인은 자신의 표정이 굳어 있다는 것을 깨달았다. 대체 언제부터였을까.

"그럼 사쿠라코 씨의 그 추리는요?"

"아아, 그 부분은 내가 쓴 대본이야. 연기를 시켰을 뿐이지. 그녀는 미스터리에 밝지 않은 것 같으니까. 혹시 갑자기 탐정으로서의 재능이 깨어나기라도 한 거라고 생각한 거야?"

의자에 앉아 있지 않았다면 무릎이 꺾여 무너질 뻔했다.

"그리고 가모 씨 말인데 검안 직후에 바로 등장하게 해도 좋았지만 네가 나한테 어떻게 대응할지 알고 싶어서 오래 끌게 됐어. 뭐, 대체로 각본대로였지만 말이야."

야쿠인은 무릎 위에 놓인 주먹을 꼭 쥐었다.

"그건 그렇고."

사쿠라코가 나지막하게 속삭였다. 야쿠인 쪽을 보며 이번에는 또렷한 어조로 말했다.

"약혼녀가 뒷조사를 의뢰했다는 사실은 그 시점에 이미 의심받고 있었다는 거고, 완전범죄(?)로 보이게 했다고 생각했지만 이미 들킨 거고, 할머니의 시나리오에 말려들었고, 탐정인 척하는 것도 애매했고. 으음, 뭐랄까……"

말을 찾는 듯이 간신히 우물거렸다.

"탐정으로는 삼류, 범인으로는 반쪽짜리, 인간으로서는 쓰레기, 이런 느낌인가?"

"사쿠라코 씨, 말이 너무 거칠어요."

"하루나는 참 상냥해. 그림도 훼손했는데 말이야."

그때 잠깐의 정적이 흘렀다.

"……글쎄요, 우리 얼굴이 상처 입은 것 같아서 기분은 좋지 않아요. 아무리 그렇게 될 것을 예상하고 그랬다고 해도요."

"설마, 그 그림도?"

"이제 와서 설마라니요. 세가 그렇게 서툰 그림을 그릴 리 없잖아요. 그건 나나쿠마 선생님 부탁으로 사흘 만에 완성한 습작이에요."

멀리서 소리가 들렸다. 기와와 자갈이 무너지는 소리였다. 하지만 조용한 식당에 기와나 자갈이 있을 리 없다. 환청이라는 걸 깨달을 무렵, 자야마가 다음 말을 내뱉었다.

"반론은 없습니까? 없다면 일어나서 오른쪽으로 돌아 서주세요. 경찰이 도착할 때까지 손 정도는 묶어두겠습니다."

야쿠인은 천천히 일어섰다. 테이블을 등지며 순응할 수밖에 없었다.

※

"……선생님, 나나쿠마 선생님."

나를 부르는 소리에 눈을 떴다. 목소리의 주인은 지로마루 선생이었다.

"아아, 일어났군요. 너무 기분 좋게 주무시고 계셔서 깨우기가 망설여졌지만 아무리 그래도 가만히 있을 수는 없어서 말이지요. 슬슬 경찰이 올 것 같네요."

"경찰……, 아아."

어느새 눈을 감고 있었던 모양이다. 지금까지와 앞으로의 일을 생각하느라 정신적인 피로가 심했는지, 아니면 그저 피곤이 몰려온 것인지.

"야쿠인은요?"

"야쿠인 군이라면 저기요."

지로마루 선생의 손끝이 가리킨 곳, 식당 구석에 야쿠인이 있었다. 뒤로 손이 묶여 의자에 고정된 채 앉아 있었다. 테이블에 가려 보이지는 않지만 아마 다리도 움직일 수 없이 묶여 있을 것이다. 숙인 얼굴은 머리카락에 가려져 표정을 엿볼 수 없었다.

"꿈을 꾸었어요. 아니면 환상을 본 걸까요?"

"그래요, 어떤?"

"지금보다 나이 든 야쿠인이 태양 아래에서 천천히 나를 향해 걸어오는 거예요. 해바라기밭이었어요. 여름의 색채 속에서 그가 뒤로 돌아와 휠체어를 밀며 걷기 시작하는……, 그런 꿈이었어요."

"속죄한다면 어쩌면……."

"하하하, 그때쯤 저는 이미 그의 기억 속에서 환영 같은 존재가 되어 있겠지요."

"서로 죽을 때까지 열심히 삽시다."

"지당하신 말씀입니다."

이야기가 일단락되었을 때 사쿠라코가 다가왔다. 그녀도 하루나와의 이야기가 결말이 난 모양이다.

"하루나는 역시 그림 때문에 좀 마음이 쓰이는 것 같아요."

"그런가. 미안하군. 습작이라지만 너희가 상처 입은 것과 같은 거니까."

"전 괜찮아요."

사쿠라코는 말하며 야쿠인 쪽을 곁눈질했다.

"저는 미스터리 같은 거 젬병인데 말이에요."

"그렇게 말했지."

"추리가 젬병이라는 게 아니라 범인의 동기를 이해할 수 없어서 멀리해왔어요. 왜 그런 짓을 하지 하고요."

"그래서?"

"탐정 흉내를 내면서 뭔가 알게 되지 않을까 싶었는데 역시 잘 모르겠더라고요. 사람의 마음이란 참 어려워요."

"그런 거지. 그는 특히."

"하지만 좀 괜찮구나 싶기도 했어요. 물론 하고 싶지는 않지만요."

"뭘?"

"탐정요."

나는 입가에 작은 미소를 지었다. 사쿠라코의 입도 나와 같은 모양을 하고 있는 듯 보였다. 진지한 것도 아니고, 친구와 잡담이라도 하는 듯한 억양으로 그녀의 입에서 나온 나의 천직은, 지난 사흘간 사쿠라코에게 어떻게 비쳤을까.

"마침 조수 자리 하나가 비었어. 돌아가면 구인 공고라도 낼까 하던 참이야."

그 조수의 불미스러운 일로 망할 가능성은 높지만.

"으음, 일단 책 같은 걸 읽어볼게요. 직업으로는…… 네, 요리사가 더 안정적일 것 같네요. 그보다 아직 시간이 좀 남았잖아요. 음료라도 드실래요?"

"그럼 커피."

"지로마루 선생님도 커피 괜찮으세요?"

선생님이 고개를 끄덕이는 것을 보고 사쿠라코는 자리에서 일어났다.

"야쿠인 씨는요? 여러 가지 일이 있었으니 목마르지 않아요?"

"예……, 아아."

그제야 가까스로 야쿠인이 얼굴을 들었다. 머리가 흐트러지고 눈에 피곤한 기색이 스며든 야쿠인은 지난 한 시간 사이에 서너 살은 더 먹은 것처럼 보였다.

"커피를."

"잠깐만 기다려요" 하고 사쿠라코는 뒤돌아보았다.

※

"하루나, 하루나."

부르는 소리에 눈을 떴다. 목소리의 주인은 사쿠라코 씨였다. 실신하듯 잠에 빠져 있었던 모양이다. 그림이 훼손된 스트레스가 한꺼번에 밀려왔던 것일까. 아니면 나도 이제 얼마 남지 않은 것인지도 모른다.

"아, 깼어? 괜찮아?"

"네" 하고 고개를 끄덕였다.

"모두의 커피를 끓이려고 하는데, 하루나 넌 어때?"

"모두라면, 전원이요?"

방구석의 범인을 향해 시선을 던졌다.

"응."

나는 심심풀이로 약 보관함을 열었다 닫았다 해봤다. 알록달록한 알약들이 보였다 안 보였다 했다.

"저도 도울게요. 곧 따라갈게요."

약 보관함을 들고 일어나 범죄자의 의자 가까이 다가갔다.

야쿠인은 내가 다가온 것을 알고 얼굴을 들었다.

허공을 응시하는 듯한 눈은 초점이 맞지 않았다.

그야말로 저혈당 상태의 사람처럼 보였다.

"커피에 설탕을 넣을까요?"

"……아아."

긍정일까 체념일까. 목소리엔 힘이 없었다.

완전히 멍해 있었다. 그 모습을 보고 생각했다. 나중에 밧줄은 풀어줘야지.

커피를 마실 수 있도록.

그러고 나서 주방으로 향했다.

사쿠라코 씨는 이미 포트와 잔, 그리고 스푼을 준비하던 참이었다.

"이미 다 끓였어."

"미안해요. 그보다 야쿠인 씨, 설탕이 필요한 것 같아서요. 제가 준비할 테니 사쿠라코 씨는 먼저 다른 분들께 드리세요."

"어디 있는지 알아?"

고개를 가로젓자 사쿠라코는 설탕이 있는 곳을 알려주었다. 그러고 나서 조용한 걸음으로 식당으로 사라졌다.

정적에 휩싸인 주방에서 나는 눈을 감았다.

약포를 벗긴다.

스푼을 든다.

스푼의 뒷면으로 눌러댄다.

둔탁한 소리와 함께 알약이 산산조각이 난다.

얼마나 쓴 커피가 될까.

아니면, 설탕이 이기려나.

맛을 물어볼까 싶다.

대답해줄까.

입을 열지 않을지도 모른다.
뭐, 아무래도 상관없다.
어차피 곧 죽을 텐데, 뭐.

참고·인용 문헌

가이도 다케루海堂尊, 『사인불명사회 2018(死因不明社会 2018)』, 고단샤.
엘리자베스 퀴블러 로스 Elizabeth Kubler Ross, 스즈키 쇼 옮김, 『죽음의 순간
– 죽음과 그 과정에 대해: 완전신역개정판 On Death and Dying』, 요미우리신문사.

작품 해설

여유가 불러오는 놀라움과 유머

후루야마 유키古山裕樹(미스터리 서평가)

여유가 느껴지는 말투로 음모 가득한 스토리를 전개한다. 독자를 현혹시키는 놀라운 장치들이 마련되어 있고, 끝까지 읽고 나면 저절로 처음부터 다시 읽고 싶어진다.

고사카 마구로의 『어차피 곧 죽을 텐데』는 그런 소설이다. 이 작품은 제23회 《이 미스터리가 대단해!》 대상의 문고 그랑프리 수상작이다.

탐정사무소를 운영하는 나나쿠마 스바루는 조수인 야쿠인 리쓰기 운전하는 차를 타고 산속의 별장으로 향한다. 별장의 소유자인 자야마가 주최하는 모임에 참가하기 위해서다. '하루살이회'는 자야마 본인을 포함해 다양한 병으로 시한부 선고를 받은 사람들의 모임이다. 나나쿠마는 탐정으로서의 경험을 나누는 게스트라는 형식으로, 조수 야쿠인과 함께 별장을 방문한다.

나나쿠마와 야쿠인이 회원들과 처음 대면한 첫째 날은 평온하게 지나간다. 하지만 이튿날 아침, 상황은 크게 변한다. 회원 중 한 사람이 그린 그림이 누군가에게 훼손당하고, 회원 중 한 사람인 가모가 아침 식사 시간에도 모습을 드러내지 않는다. 닫혀 있던 방문을 열자 그는 침대 위에서 움직이지 않은 채 발견된다. 의사인 지로마루 일행은 그의 죽음을 지병에 의한 자연사로 결론짓는다. 하지만 그 결론에 납득하지 못한 야쿠인은 나나쿠마를 끌어들여 회원들을 상대로 탐문 조사를 시작한다. 만약 가모의 죽음이 살인이었다면 시한부 선고를 받은 사람을 굳이 왜 죽인 것일까……?

《이 미스터리가 대단해!》 대상의 제1차 심사에서 이 작품을 읽었을 때의 즐거움을 지금도 기억하고 있다. 차 안에서 우연히 목을 맨 시신을 발견하는 장면으로 시작되는 탐정 나나쿠마와 조수 야쿠인의 대화. 그 대화를 통해 두 사람의 관계와 각각의 캐릭터가 선명히 떠올랐다. 경쾌한 말투 속에 빠져들며 두 사람이 별장에 도착할 무렵에는 이미 '이 작품, 괜찮은데?' 하고 마음에 들어 하고 있었다. 두 사람의 대화만이 아니다. 나나쿠마의 1인칭 시점으로 쓰인 지문에서도 그 인물 특유의 개성이 스며 나오는 유쾌한 말투를 즐겼다. 그렇게 그대로 빨려 들어가 예상 밖의 결말을 맞이하는 최후의 장면까지 단숨에 읽고 말았다.

이러한 서술이 자아내는 즐거움의 핵심은 무엇일까…… 생각하며 떠오른 것이 '여유'라는 키워드였다. 그렇다면 그 여유란 과연 무엇일까? 이야기를 이어가기 전에 잠시 미스터리란 무엇인가에 대해 짚고 넘어가자.

한마디로 미스터리라고 하지만, 현재는 다양한 하위 장르가 존재한다. 그래서 미스터리에서 무엇을 기대하는가, 어디서 재미를 느끼는가, 라는 질문에는 독자마다 답이 다를 수밖에 없다. 하지만 역시 '의외의 진상이 가져다주는 놀라움에서 가치를 발견하는 사람이 많을 것이다.

미스터리에 장치된 놀라움은 이야기의 구도나 전제가 어떤 사실을 제시하는 순간 완전히 바뀌어버리면서 경험할 수 있다. 지금까지 읽어온 내용의 의미가 순식간에 머릿속에서 다시 쓰이는 것이다. 사건의 의미뿐만 아니라 등장인물의 말이나 행동이 가지는 의미도 확연히 달라진다. 마치 착시 그림처럼 특정한 시점을 도입함으로써, 보이는 풍경이 확 바뀌는 것이다. 독자의 인식도 다시 바뀌면서 더는 읽기 전의 상태로 돌아갈 수 없게 된다. 불가역적인 인식의 고쳐 쓰기. 그런 변화를 일으키는 이야기 장르가 미스터리이고, 처음 읽었을 때의 놀라움은 단 한 번뿐이기에 더 소중하다. 미스터리에 대해 말할 때 스포일러를 기피하게 되는 것도 '무슨 일이 일어날지 모른 채 읽는 경험'이라는 첫 번째 독서의 특권을 해치지 않기 위해서다.

인식을 변화시키는 놀라움을 초래하는 수단으로서 간혹 서술 트릭도 이용된다. 묘사 방식에 정교함을 더해 독자가 이야기를 잘못 해석하게끔 유도하거나, 작중인물의 나이나 성별 같은 속성을 오해하도록 만드는 식이다. 특히 정교한 트릭의 경우, 독자의 선입견이나 편견을 역이용하는 경우도 있다. 명확하게 보여주는 걸 삼가는 것만으로도 독자가 스스로 오해하게 만드는 것이다. 그런 작품을 만나면 놀라는 것과 동시에 자신도 선입견이나 편견과 결코 무관하지 않다는 사실을 뼈저리게 느끼게 된다. ……이렇게 미스터리라는 장르 이야기만으로 글이 꽤나 길어지고 말았다.

이 작품 『어차피 곧 죽을 텐데』는 지금까지 언급한 놀라움을 여러 겹으로 배치한 작품이다. 작은 것에서부터 이야기 전체와 관련된 것까지 그 변주도 다양하다. 물론 이미 읽은 독자라면 그 완성도에 대해서는 새삼 다시 언급할 필요도 없을 것이다.

마지막까지 읽으면 바로 앞으로 돌아가 다시 읽고 싶어지는, 그런 타입의 작품이다. 물론 한 번만 읽고 끝내는 것도 나쁘지 않다. 하지만 가능하다면 한 번 더 읽고 새로운 놀라움을 맛보았으면 싶은 작품이다.

두 번째로 읽으면 전혀 다른 풍경이 보인다. 쓰인 글자는 아무것도 바뀌지 않았는데 읽히는 내용은 또 다르다. 다시 읽다 보면 '여기에 이런 게 적혀 있었던 거야!' 하고 오싹해지는 순간을 맛볼 수 있다.

그 놀라움의 중심에 있는 것이 '왜 시한부인 인간을 굳이 죽이는가'라는 수수께끼를 품은, 시한부 선고를 받은 사람들의 모임에서 일어나는 사건이라는 독특한 설정이다. 그렇지만 작가 고사카 마구로에 따르면, 이 설정이 만들어진 계기는 동기의 수수께끼보다는 클로즈드 서클에 대해 생각하다 이른 결과라고 한다.

기상 예보가 발전한 현대에는 큰 눈이 내릴 것 같은 날 산장에 가는 것이나, 폭풍이 몰아칠 것 같은 날 외딴 섬으로 간다는 설정이 부자연스럽다. 그러한 물리적인 장벽에 의하지 않는 것으로 나온 설정이 시한부 선고를 받은 사람들의 사건이라고 한다.

그런 창작 경위 때문인지 이 작품에서 벌어지는 사건의 무대는 산속 별장이긴 하지만 건물 자체가 외부와 물리적으로 차단된 것은 아니다. 작중 대사에도 나오듯이, "누가 뭐래도 밖은 쾌청하거든, 현수교가 끊어진 것도 아니고 거대한 나무가 길을 막은 것도 아니지. 두 시간쯤 걸린다는 걸 제외하면 경찰이 오는 데 방해되는 것은 없으니까"라는 상태다. 작중에서는 '어정쩡한 클로즈드 서클'이라고 부른다.

이 작품에는 이런 '약속된' 패턴에서 미묘하게 어긋나는 전개가 여기저기에 준비되어 있다. 예를 들어 탐정 나나쿠마가 과거에 자신이 해결했던 사건에 대해 이야기하는 장면이 있다. 나나쿠마가 밝히는, 탐정으로서 자신이 잘하는 분야를 설명하는 장면을 보면 자신도 모르게 허탈

해지고 만다. 또는 별장의 도서실을 방문하는 장면도 있다. 『정신병리학 원론』, 『인격의 성숙』이라는 다소 어려운 전문서적과 함께…… 웬일인지 만화 컬렉션(이것이 또 제대로다)이 진열되어 있다.

나아가 클라이맥스의 수수께끼를 푸는 장면에서 나오는 대사도 있다.

"으음, 어디서부터 말할까. (중략) 순서를 세워서 논리정연하게 설명하는 게 도리겠지만……"

원래라면 멋지게 결정지어야 할 순간에 어쩐지 자신 없는 말투가 튀어나온다. 이처럼 '과연 있음직한' 관습적 패턴들에서 미묘하게 어긋나는 데서 어깨의 힘을 뺀 듯한 독특한 분위기가 생겨난다. 그런 일탈이 바로 이 작품의 매력이기도 하다.

애초에 사람의 죽음을 다루는 이야기임에도, 이 작품의 이야기가 자아내는 분위기에는 심각한 그늘이 엷다. 〈이 미스터리가 대단해!〉 대상의 최종 심사평에서도 "답답하고 우울한 이야기가 될 것 같지만, 전반적인 분위기는 오히려 밝은 편"이라는 평가가 있었을 정도다.

이러한 분위기를 지탱하는 기반이 바로 앞에서 언급한 '여유'다. 한 발짝 물러서서 이야기 전체를 내려다보는 시선. 전체를 조망하며 다양한 곳에서 유형으로부터 일탈하는 장치를 보여준다. 대상과 거리를 두고 다른 각도에서 바라보는 자세야말로 이 소설을 지탱하고 있는 그런 관점인 것이다. 또한 여유는 유머와도 통한다. 이 작품은 특히 웃음을 전면에 내

세운 것은 아니지만, 정형에서 벗어난 구성과 그것을 뒷받침하는 여유 있는 시각이 유머가 배어나는 작품으로 만들어주고 있다. 애초에 『어차피 곧 죽을 텐데』라는 제목 자체에도 유머가 느껴진다.

 참고로 작가 고사카 마구로는 쇼지 사다오東海林さだお, 쓰치야 겐지土屋賢二의 에세이를 즐겨 읽는다고 한다. 그래서 이 작품의 기저에는 고사카의 독서 경험에서 비롯된 유머가 섞여 있는지도 모른다.

 진지한 얼굴로 이상한 일을 하는 듯한 해학 정신은 이 작품 곳곳에서 보인다. 그런 개성은 미스터리라는 장르에서 강력한 무기가 될 수 있다. 원래 의외성과 예측 불가능한 전개가 높이 평가되는 장르이기에, 유치함이나 장난기와도 친화성이 높다. 유머 역시 예정된 조화에서 벗어남으로써 생기는 경우가 많다. 대상으로부터 한 걸음 물러나 조금 다른 관점에 서보는 것. 그런 관점이 이 작품에 담긴 놀라움이다.

 고사카 마구로에게 이 작품은 데뷔작이다. 앞으로 계속 작품을 발표하며 다양한 강점을 보여줄 것이다. 그렇더라도 이 작품에서 보여준 그런 시선은 앞으로도 작가의 독특한 개성이 될지도 모른다.

 참고로 이미 두 번째 작품의 구상도 진행 중이라고 한다. 우선은 새로운 작품을 기대해보기로 하자. 읽을 날을 침착하게 기다리면 될 것이다.

 어차피 곧 나올 텐데, 뭐.

어차피 곧 죽을 텐데

초판 1쇄 발행 2025년 9월 20일

지은이 | 고사카 마구로
옮긴이 | 송태욱
펴낸이 | 정광성
펴낸곳 | 알파미디어
편집본부장 | 임은경
편집 | 장기영
디자인 | 황하나
홍보. 마케터 | 차재영

출판등록 | 제2018-000063호
주소 | 05387 서울시 강동구 천호옛12길 18, 한빛빌딩 2층(성내동)
전화 | 02 487 2041
팩스 | 02 488 2040
ISBN | 979-11-7502-009-2 (03830)

*이 책은 저작권법에 따라 보호를 받는 저작물이므로 무단전재와 복제를 금합니다.
*이 책 내용의 전부 또는 일부를 사용하려면 반드시 저작권자의 서면 동의를 받아야 합니다.
*잘못된 책이나 파손된 책은 구입하신 서점에서 교환하여 드립니다.

알파미디어에서는 책에 관한 기획이나 원고 투고를 기다리고 있습니다. 출간을 원하시는 분은 alpha_media@naver.com으로 연락처와 함께 기획안과 원고를 보내주세요.